행복한 부모가 세상을 바꾼다

슈퍼맨을 꿈꾸는 부모에게 들려주는
정신과 전문의 이나미의 교육처방전

행복한 부모가
세상을 바꾼다

이나미 지음

이랑
BOOKS

* *

제2부....... 모든 부모와 모든 자녀는 다르다
– 부모와 아이의 개별 유형 및 상황에 맞는 자녀교육 원칙

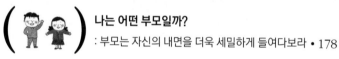

나는 어떤 부모일까?
: 부모는 자신의 내면을 더욱 세밀하게 들여다보라 • 178

* *

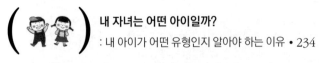

내 자녀는 어떤 아이일까?
: 내 아이가 어떤 유형인지 알아야 하는 이유 • 234

부모가 행복해야 자녀도 행복하다

**'부모라서' 일방적으로
희생하는 것이 아니다**　　　　"어머님은 짜장면이 싫다고 하셨어"라는
가사로 유명한 그룹 GOD의 노래가 있다. 매일 생계를 위해 일하러
간 어머니를 기다리며 혼자 먹는 라면에 질린 아이가 "맛있는 것 좀
먹어요!"라며 대들자 어머니는 아이를 위해 숨겨둔 비상금으로 짜
장면 한 그릇을 주문한다. 맛있게 먹는 자신과는 달리 어머니는 짜
장면이 싫다며 손도 대지 않았던 일을 어른이 된 자녀가 뒤늦게 회
상하며 슬퍼하는 내용이다. 이 노래를 처음 들었을 때부터 눈물이
울컥 올라왔고, 지금도 들을 때마다 여전히 가슴이 찡하다.

　　사실 '자녀에게 희생적인 부모'를 추억하는 이야기는 유행가의
단골 소재이다. 개인주의가 만연한 외국에도 이와 비슷한 노래가

많다. 한 예로 크리스티나 아길레라의 〈Hurt〉라는 노래를 보자. 성공한 뮤지션이 자신을 버린 아버지와 연락을 끊고 지내다가, 어느 날 아버지의 부고를 듣고는 그제야 아버지가 자신에게 얼마나 많은 사랑과 가르침을 주었는지 깨닫게 된다. 이 노래에는 그동안 아버지를 미워하고 외면했던 자신의 잘못을 뉘우치고 더는 아버지를 볼 수 없음을 한탄하는 내용이 담겨 있다.

이렇듯 부모님의 희생적인 사랑을 회고하는 이야기를 꼽으려면 책 수십 권으로도 모자랄 것이다. 하지만 조금 냉정하게 진화론적 관점으로 이야기하자면 착하든 착하지 않든, 똑똑하든 그렇지 않든, 부자든 가난하든 부모는 자식에게 희생하도록 본능적으로 프로그래밍 되어 있을 뿐이다. 즉 자식에게 희생적인 부모가 되려는 것은 종족 보존을 위한 강한 원형적 콤플렉스 중 하나이다.

그러나 기술과 문명이 발전하면서 부모의 희생본능은 본성에서 많이 벗어나고 변형되었다. 특히 부모 자녀의 관계도 과거 순수하게 희생적인 부모의 덕성이나 유교에서 말하는 '효'에서 우러나오는 것이 아니라, 조건에 맞추어 주고받는 계약관계로 변질되어 버렸다. 그래서인지 자녀의 가슴을 후회와 죄의식으로 아프게 할 만큼 모든 것을 희생하였던 부모를 요즘은 보기 어렵다. 경제적으로 어렵거나, 어디가 심하게 아프거나 혹은 비극적으로 돌아가신 분만이 희생적인 부모상에 부합될 정도이다. 엄밀히 말하자면 자녀의 인생에 간섭하여 휘두를 만한 힘을 갖지 못한, 정말 낮은 위치에서 고생한 분이거나 아니면 이제는 세상에 존재하지 않는 부모에 대해서만 자녀가 안쓰럽게 생각하는 것 같다. 인정하기 싫은 현실일지도 모르지만, 많은 자녀가 부모에게 점점 연민의 감정이나 죄의식을 느끼지 못하는 시대가 된 것이다.

그러나 이를 꼭 자본주의가 오염시킨, 부정적이고 도덕적이지 못한 측면으로 볼 것만은 아니다. 자녀는 자신에게 생명을 준 부모라는 산을 언젠가는 넘고 잊어야 한다. 언제까지나 부모만 그리워하며 사는 것은 진정한 어른의 삶이 아니기 때문이다. 또한 부모가 자녀에게 자신을 희생하는 것이 따지고 보면 대가를 바라지 않는 무한한 내리사랑이 아니라는 점도 자녀나, 부모 모두 인정해야 한다. 부모를 딛고 떠나려는 자녀나 부모에게 복종하지 않는 자녀에게 분노하며 억지로 자신의 품에 다시 들이려는 것 모두 소용없는 일이다. 그저 축복으로 그들의 선택을 존중해 주어야 한다. 자신이 자녀를 위해 헌신하는 것을 고결하고 도덕적인 선택인양 포장하여 자녀에게 죄책감을 강요하거나 혹은 이제 독립하려는 자녀에게 '부모를 버린 자식'이라는 저주를 퍼붓는 태도는 자녀뿐 아니라 부모의 인생도 불행하게 만들 뿐이다.

그러니 '기껏 희생했는데 보답은커녕 버림받았다'라는 생각은 버리자. 자녀 역시 시간이 지나면 부모와 비슷한 운명을 맞이할 것이다. 무의식 상태에서 자신의 본능과 유전자가 시키는 대로 행동했던 어린 시절과는 달리 자녀도 보다 객관적이고 이성적인 판단을 할 때가 언젠가는 올 것이라고 생각하며 기다리자. 그리고 항상 헌신하는 부모를 원하는 자녀가 이기적인 것처럼, "부모의 사랑은 대가를 바라지 않는 희생"이라고 강변하는 부모 역시 이기적이라는 사실을 냉정하게 인정하자.

야박하게 들릴지라도, 이런 전제를 머리에 둔다면 실제로도 훨씬 더 부모 자녀 관계가 편안하고 긍정적일 수 있다. 부모는 자녀를 덜 조종하려 할 것이고 자녀에게 자신이 희생한 대가를 요구하고 싶은 주장 또한 아낄 수 있다. 즉 '부모의 역할이 꼭 희생이기만 한 것인지, 이런 태도가 과연 최선인지'를 되돌아보게 될 것이다. 자녀 역시 부모가 완벽한 슈퍼맨이 아니라는 것을 알게 되어도 서운하지 않고, 부모에게 무조건적인 사랑을 기대하지 않을 것이다. 이렇게 되면 부모와 자녀 모두 각자 더 씩씩하고 독립적인 인생을 살며 진정으로 자기가 원하는 것이 무엇인지 제대로 알아볼 수 있는 에너지를 축적할 수 있다. 부모는 자녀에게 자신의 희생을 인정하라고 강요하는 시간에 본인의 삶에 더욱 집중할 수 있고, 자녀는 부모에게 조금 더 희생해 달라고 떼쓰는 시간에 자신의 삶을 어떻게 더 단단하게 만들어갈지 집중할 수 있다.

우리에게는 행복한 부모가 될 권리가 있다

처음 아이를 가졌던 순간으로 돌아가 보자. 초음파로 아이의 작디작은 심장이 뛰는 것을 보고 들었을 때 태어나 처음 느껴보는 감동에 경이롭지 않았는가? 내 안에 나와 함께 살아 움직이는 존재가 있어 이제는 외롭지 않다는 생각을 해보지 않았는가? 힘든 산고를 겪은 후 내 몸 밖으로 나온 아이와 처음 마주했을 때 이렇게 아름다운 존재가 나에게서 나왔다는 것에 감사하지 않았는가? 젖을 빨다 곤하게 잠든 아이의 순수한 모습에 감동한 적이 없었는가? 나의 "까꿍" 소리에 아이가 같이 웃어줄 때,

그 아름다운 눈망울이 내 몸 전체를 녹이는 것 같은 느낌을 받지 않았는가? 처음으로 "엄마" "아빠"라는 소리를 들었을 때 자녀에게 '어머니' '아버지'라고 불리게 되었다는 사실에 크게 감격하지 않았는가? 뒤뚱뒤뚱 첫걸음마를 떼는 아이의 발자국 하나하나가 신기해 손뼉을 치며 같이 흥분하지 않았는가? 유치원에 아이를 등원시킨 후 온종일 전전긍긍 했지만, 막상 가서 친구와 잘 놀고 있는 아이를 보면 정말 대견하고 자랑스럽지 않았는가?

하지만 이 짧디짧은 기쁨을 기억하고 나누며 행복해하는 부모가 많지 않은 것이 지금 우리 사회의 현실이다. 아이를 가졌다는 것을 안 순간, 앞으로 아이를 낳아 키우는 것이 얼마나 즐거울지를 기대하기 전에 앞으로 얼마나 많은 돈이 들지부터 걱정하는 시대가 되었기 때문이다. 태아의 지능을 높이려면 어떤 태교 프로그램을 해야 하는지, 나중에 아이를 영재 수업에 참여시키려면 어느 산후조리원에 들어가서 어떤 어머니들과 친분을 맺어야 하는지, 영어 공부를 생후 몇 개월 때부터 시작해야 아이가 영어를 모국어처럼 구사할 수 있는지, 상류층이 되려면 어느 영어 유치원에 넣어야 하는지 등 태어날 아이를 손꼽아 기다리는 행복보다는 경쟁사회에서 어떻게 하면 내 아이가 승자가 될 수 있을지에 대한 걱정부터 앞서는 현실이다. 여기에 매스컴과 사교육 기관이 펼쳐놓은 각종 상술뿐만 아니라 자기가 불안하니 물귀신처럼 붙어 다른 사람까지 불안하게 만드는 다른 부모의 걱정이 더해져 그만 중심을 잃고 꼼짝없이 휘둘리고 만다.

그나마 다행인 것은 요즘에는 자신을 '불량하지 않은 불량부모'

라고 칭하는 사람이 점점 늘고 있다는 점이다. 자녀에게 명문대를 강요하지 않고 좋은 직장을 위해 지금을 희생하라는 요구를 하지 않으며 자녀를 있는 그대로 인정하는 부모를 '불량 부모'라 한다고 한다. 나는 이런 불량 부모들에게 전폭적인 지지와 성원을 보낸다.

이제 우리는 부모가 된다는 것이 행복과 축복보다는 불안과 공포가 된 사회 속에서 살고 있다. 이를 증명하듯 출생률 역시 급격하게 떨어지고 있다. 설상가상으로 이미 태어난 아이들 역시 제대로 키우지 못해 수없는 미혼모와 미혼부들의 아이가 버려지고 있으며, 법도 바뀌어 입양마저 어려워진 실정이다. 버려진 아이들은 의지할 데가 없으니 성인이 되어도 방황과 일탈을 되풀이한다. 이뿐만이 아니다. 있을 수 없는 비극적인 사건으로 생때같은 아이들을 저세상에 보내는 일은 얼마나 많은가. 또 해마다 많은 아이가 가족 내 갈등과 성적, 학교 폭력, 강간 등의 희생자가 되어 자살한다. 분명 정상이 아닌 사회이다.

그렇다면 어떻게 해야 부모도 행복하고 아이도 행복한 사회를 만들 수 있을까? 부모는 내 아이뿐 아니라 세상 모든 아이를 다 내 피붙이처럼 사랑하고 자녀는 모든 어른을 내 부모처럼 공경하며 예를 갖추는, 그런 사회를 만드는 것은 정말 불가능할까? 이 사회가 지금은 정상이 아닌 사회임을 알지만, 나는 언젠가 이 소망이 이루어질 것이라는 기대를 하고 있다. 지난 역사를 돌이켜 보더라도 우리의 이성은 조금씩 진화했고 지혜도 점점 커졌다. 그렇다면 '비록 작고 미미하더라도 내가 이 사회에서 어떤 역할을 할 수 있을 것인가' 하는 이런저런 고민 끝에 자신의 한계를 알면서도 나는 감히 이 책을 쓰게 되었다.

다시 강조하지만, 자녀를 잘 키우기 위해서는 우선 부모부터 행복하고 사람다운 사람이 되어야 한다. 똑똑하지만 성공을 위해 물불 가리지 않는 야심 많은 부모는 행복하고 좋은 부모가 될 수 없다. 즉 자녀교육에 앞서 부모 자신의 심리부터 찬찬히 들여다보는 것이 기본과 인격을 갖춘 좋은 부모가 되는 첫걸음이다.

이 책의 1장에서는 21세기 대한민국에서 자녀교육이 어려워진 이유를 1차 양육자인 부모와 2차 양육자인 조부모 및 사회 환경을 통해 알아본 뒤, 어떻게 하면 좋은 부모가 될 수 있을지 여러 각도에서 살펴보았다. 그러기 위해 우선 모성 콤플렉스와 부성 콤플렉스의 심리적 및 역사적 기원을 돌아보고 현재에 대입하여 각종 자녀교육의 유형을 살펴본 뒤, 좋은 부모 콤플렉스를 극복하기 위한 22가지 처방전을 제시했다. 먼저 핵심만 요약하자면, 부모는 자녀에게 무엇이든 다 해주는 슈퍼맨이 되려는 생각을 버리고 아이에 대한 결론은 반 박자 늦추어 내리며 공부보다는 예의범절을 가르치고 기초 체력을 키울 수 있도록 교육해야 한다는 것이 나의 주장이다. 누구나 다 아는 단순한 이야기지만, 교육의 근본은 타인에 대한 배려를 가르치고 기본을 충실히 하는 것임을 잊지 말아야 한다.

사실 이런 기본에 충실하기도 쉽지 않은 세상이다. 또 부모가 노력한다고 해서 모두 자녀교육에 성공하는 것은 아니다. 하지만 실패는 미래를 위한 투자라고 생각하며 마음을 느긋하게 먹고, 아이도 남이라는 것을 인정하며 공부보다 올바름을 먼저 가르칠 수 있는 배짱 있는 젊은 부모가 나는 더 많아지길 바란다. 그래야 공부만 잘하는 아이에 앞서 훌륭한 인격을 갖춘 아이로 키울 수 있고, 그것이 부모와 자녀 모두에게 행복한 일이 될 것이다. 부모가 행복하면 아이도 행복하고, 행복한 부모와 자녀가 많으면 사회 역시 행복하다. 부모가 삶의 근본을 가르치고 그것을 몸에 익힌 아이가 엇나갈리 없듯 그런 아이들이 모여 만드는 세상 또한 반듯하고 아름다울 것이다.

2장에서는 부모의 유형과 자녀의 유형을 각각 세밀하게 분석하고 그에 맞춘 교육방법을 보다 자세하게 기술하였다. 부모의 유형을 심리학 및 교육학적으로 분석한 이유는 자녀교육에 앞서 자신이 어떤 부모인지 객관적으로 아는 것이 꼭 필요하다고 생각했기 때문이다. 그러니 이 장을 통해 부모는 자신이 어떤 유형인지 분석하고 파악한 후 나와 자녀가 서로 다른 인격체임을 인정하기 바란다. 그렇게 된다면 부모의 바람에 맞추어 아이를 휘두르기보다는 아이의 적성에 맞추어 자녀교육을 할 수 있을 것이다. 뒤이어 아이의 여러 가지 유형을 분석하여 상황별 교육법을 기술한 이유는 부모가 자녀 개개인의 특성에 맞추어 교육할 수 있도록 하기 위함이다. 나는 이를 통해 어렵고 힘들지만, 그만큼 특별하고 보람 있는 자녀 키우기에 모든 부모가 즐거운 마음으로 임하기를 바라고 있다.

이 책은 전문가를 위한 학술서도 아니고 사회분석을 통해 사회 변화 운동을 하겠다는 목표를 가진 책도 아니다. 오히려 "교육의 근본을 살피고 바로잡으라"며 부모의 자세 변화를 요구하는 오지랖 넓은 한 잔소리쟁이의 글모음에 불과한 것은 아닐지 걱정도 된다. 하지만 교육을 바로잡기 위해서는 지금이라도 부모의 자세 변화는 물론 사회제도와 구조가 함께 바뀌고 동시대를 사는 사람들의 의식 또한 변해야 한다는 생각만큼은 공론화해야 한다고 감히 단언하는 바이다. 특히 경제적인 안정과 공정함이 전제된 상태에서 교육에 대한 불안과 상대적인 박탈감을 해소하고, 이를 통해 자녀교육에 비정상적으로 매달리는 분위기를 바꾸어야 한다.

정치적으로나 경제적으로 교육 환경을 바꿀 수 있는 능력이나 도구가 내게는 없지만, 문제점을 공론화하는 글을 쓸 수 있는 사람이라는 점은 다행이라고 생각한다. 나 자신의 한계를 잘 알고 있음에도 독자를 위해 부모와 아이 모두 행복한 교육이 무엇인지 최선을 다해 고민하며 나의 견해들을 한데 모아 엮어 보았으니, 부족한 점이 매우 많더라도 너그러운 마음으로 용서해 주시기를 희망해 본다.

부모는
자녀에게 무엇이든 다 해주는 슈퍼맨이 되려는 생각을 버리고
아이에 대한 결론은 반 박자 늦추어 내리며
공부보다는 예의범절을 가르치고
기초 체력을 키울 수 있도록 교육해야 한다

1부

자녀교육,
먼저 기본을 가르쳐라

행복한 부모의 유쾌한
22가지 자녀교육 원칙

모든 부모는
이기적인 바보다

아이에 대한 과도한 기대와 강요를 버리는 순간, 오히려 평범해도 괜찮은 부모로서의 나 자신을 발견할 수 있다. 즉 좋은 부모가 되겠다는 지나친 욕심을 버린다면 존경받고 사랑받는 부모로 거듭날 수 있다.

부모 노릇, 어떻게 해야 하는 걸까?

감성적인 소설이나 영화에 자주 등장하는 희생적이고 헌신적인 부모만이 제대로 된 부모라고 생각해본 적이 있는가? 누구나 한번쯤 자신의 부모는 자식에게 희생적이지 않았으니 계모 혹은 계부이거나 아니면 몹시 나쁜 부모라고 생각해본 적이 분명 있을 것이다. 하지만 자신이 부모가 된 후 밤새 보채는 아이를 안고 달래다 지쳐 남몰래 아이를 바닥에 패대기치고 싶다는 생각을 해본 사람도 있을 것이다. 그럴 때마다 자신은 부모 자격이 없는 나쁜 부모라고 자책했을 것이다. 또 있는 돈 없는 돈 들여 공부시키고 금이야 옥이야 공들여 키운 자녀가 어느 날 갑자기 "부모님 때문에 숨 막혀 죽겠어요!"라고 말해, 아이를 키우느라 청춘이라 불리는 좋은 시절을 낭비했음에도 결국 얻은 것이 아무것도 없다며 허탈해하는 사람도 있을 것이다.

만약 '나에게는 그런 일이 한 번도 일어나지 않았다'라고 생각하는 사람이 있다면, 그리고 앞으로도 절대 그런 일은 일어나지 않으리라고 믿는 사람이 있다면 그는 다음과 같은 사람일 경우가 크다. 감정이 없는 냉혈한이거나 혹은 부모 노릇과 자녀 노릇에 대한 경험을 제대로 해보지 않아 그게 무엇인지 모르는 사람일 수도 있다.

여자의 삶은 '가문과 부족을 잇는 자손 생산자'로서만 가치 있다고 생각했던 시대에도 부모와 자녀의 갈등 및 부모 노릇에 대한 회의와 후회는 있었다. 가문을 위해 이 한 몸 다 바쳐야 한다고 가르쳤던 조선시대조차 모든 어머니가 철저하게 자기희생으로 아이를 낳아 키우지는 않았다. 어머니는 아들을 낳아야 집안에서 사람 대접을 받을 수 있었고, 아버지는 가문의 재산을 물려주고 불려줄 수 있는 아들이 있어야 노후를 보장받을 수 있었다. 다만 그런 삶이 오랜 세월 여러 입을 거치면서 왜곡되고 변형되어 이상적인 모성 혹은 부성이라는 신화로 거듭나게 된 것은 아닐까? 예를 들어 현대에서 이상적인 어머니상으로 꼽히는 신사임당은 친정을 나와 시댁으로 들어간 지 몇 년 지나지 않아 쉰도 채 되지 못한 나이에 세상을 떠났다. 현대의 심리학적인 측면에서 보면 재능이 출중한 여성이 그 날개를 펴지 못하고 정신적으로 억압받은 나머지 육체의 면역력까지 떨어진 것이 아닐까? 어쩌면 그녀 역시 헌신적이고 희생적인 어머니 역할이 버거웠던 것은 아니었을까?

"나는 아이를 낳아 키우는 노고 그 자체가 좋아서 아이를 낳고 키우는 것이다. 그러므로 아이에게 바라는 것이 전혀 없다!"고 말하는 사람이 있다 해도, 그 사람의 무의식 깊은 곳까지 정말 조건 없는 자녀 사랑이 있다고는 말할 수 없으리라. '계산하지 않고 주는 것이 사랑'이라고 말하는 연인의 마음도 시간이 지나가면 퇴색하듯, 아이 키우는 일 역시 인간인 이상 집착과 욕심이 없다고 부정할 수는 없다.

자녀가 원하는 것을 마음껏 해주겠다는 태도의 본질

"나는 싸구려 옷을 입지만 아이에게는 명품 옷을 입힐래" "나는 길거리표 불량식품을 먹어도 아이에게는 유기농 음식만 먹여 키우겠어"라고 말하는 부모들이 있다. 수백만 원짜리 유모차에 태워야 아이의 정서가 안정되고 비싼 장난감을 사줘야 아이가 기죽지 않는다고 생각하는 이들이다. 나는 그렇게 자라지 못했지만 내 아이만은 최고로 키우겠다고 다짐하고 또 다짐하는 것에서 비롯되는 행동이다.

딸을 반드시 재벌가로 시집보내겠다며 어려서부터 귀족(?) 훈련을 시키는 어머니의 모습이 언젠가 TV에 등장해 깜짝 놀란 적이 있다. "시집가기 전에 험하게 산 여자는 시집가서도 험하게 산다"는 속신(俗信)을 믿었던 그 어머니는 딸을 무조건 귀하고 예쁘게 키우려 했다. 딸의 인생에는 레드카펫만 깔려야 한다고 생각했던 모양이다. 아들도 마찬가지이다. 내 사랑스러운 아들만은 최고로 키우고 싶다는 어머니는 얼마나 많은가. 이뿐인가? 자신은 좁은 원룸에서 라면으로 끼니를 때우며 살아도 배우자와 아이는 외국 유학을 시키는 소위 기러기 아버지도 부지기수이다.

과연 이들은 좋은 부모일까? 왜 비싼 물건을 아이에게 사주는 것으로 자신이 좋은 부모임을 증명하려는 것일까? 그리고 왜 이러한 행동을 희생이라는 말로 포장하는 것일까? 이 심리의 기저에는 우선 부모로서의 불안을 물질로 해소하려는 성향이 숨어 있다. '나는 좋은 부모가 될 수 있을까' '아이를 잘못 키워 남에게 창피를 당하면 어떡하나' 같은 불안감과 자신감 부족을 돈과 물질로 감추고 싶은 것은 아닐까?

두 번째는 한이다. 어린 시절 한 번쯤 겪었던, 자신보다 잘사는 사람에 대한 질투나 상대적 박탈감 등으로 인한 마음의 상처를 '내 아이만은 겪지 않았으면' 하는 소망에서 비롯된 마음이다. 하지만 그런 결핍이야말로 자신을 성장시킨 큰 자원이라는 사실을 모르고 있는 경우라서 안타깝다.

세 번째는 공허감이다. 삶에서 뚜렷한 목표와 가치를 발견하지 못해 삶 자체가 텅 빈 느낌이 들어 그 공간을 비싼 물건으로 채우면서 마음의 허기를 달래는 것이다. 자기 자신을 위해 명품을 산다면 배우자나 가족 등 주변 사람들에게 비난을 받을 수 있지만, 자녀를 위해 돈을 아끼지 않는다면 헌신적인 부모로 인정받을 수 있다는 계산도 기저에 깔려 있다. 이 역시 공허한 인생을 메우는 허울 좋은 가면일 뿐이다.

**부모 되기를 거부하는
심리의 바탕에는** 개인주의가 팽배한 21세기를 사는 한국인에게 "나와 내 가정부터 잘 챙기자!"라는 신조는 매우 자연스럽다.

오늘을 사는 한국인은 구해야 할 '나라'도, 끝까지 지켜야 할 '이념'도, '종교적 신념'이나 '도덕적 가치'도 없이 철저하게 소시민적인 '성공제일주의의 가치를 지키고 사는 세대'라고 할 수 있다. "너보다 공부 못하는 아이, 우리보다 잘살지 못하는 아이, 힘없고 인기 없는 아이와는 어울리지 마라"라는 부모의 말이 전혀 이상하게 들리지 않는 사회는 분명 깊이 병든 사회이다. 게다가 선행이나 남에 대한 배려를 배우기 이전에 "남에게 맞아서는 안 돼! 때려도 되니 무조건 이기고 와!"라는 지극히 적자생존적이고 본능적인 지시와 "다른 아이에게 져서 손해 보지 마라" "수단과 방법을 가리지 말고 이겨라"라는 메시지가 범람하고 있다. 이는 학력이나 빈부 등과 상관없이 많은 사람의 마음속에 큰 영향을 미치고 있다.

무한경쟁과 약육강식을 강조하는 사회적 분위기에서 자란 데다, 인정을 통해 남을 배려하기보다 자신의 욕망에 더 충실한 젊은 부모 입장에서는 어느 날 난데없이 들어선 뱃속의 아이를 위해 자신을 희생하고 헌신해야 한다는 논리가 낯설 것이다. "아무에게도 희생하지 말라고 배웠는데, 왜 내 자녀라고 희생해야 하지?"라는 의문이 드는 것도 당연하다. 남에게 봉사하는 것은 손해 보는 짓이고 남을 돌보는 것은 인정받지 못하는 무가치한 돌봄 노동이라고 생각하는데, 왜 내 아이라고 돌보아야 하는지 이해할 수도 없다. 또한 나는 아이를 돌보느라 내 생활이 없는 데 반해 배우자는 여전히 자기 생활을 누리며 좋아하는 활동에 열심히 집중하고 있는 듯 보인다면, '나만 손해보고 있다'는 생각이 들어 배우자에 대한 부정적인 감정이 부부관계를 악화시킬 만큼 커질 수도 있다. 이는 부부 사이가 아이가 생긴 이후 어긋나는 이유 중 하나이기도 하다. 여기에 '돌봄'은 무능력한 사람이나 하는 단순노동으로 취급하여 고학력자가 일하기를 꺼리는 3D 직업이 된 현실도 일조를 한다.

이외에 부모 되기를 완고하게 거부하는 또 다른 이유로 피해의식과 낮은 자존감이 있다. '내 몸은 아름답고 소중하므로 아이 때문에 망가뜨릴 수 없다'거나, '내 생활은 귀중하므로 아이 때문에 포기할 수 없다'고 생각하는 사람들이 이런 경우에 속한다. 이 생각의 근저에는 '내 몸은 나 자신 그 자체이자 가장 큰 가치이다. 그러므로 자산인 몸이 늙고 약해진다면 나는 무가치해질 것이다'라고 지레짐작하여 두려워하는 태도가 깔려 있다.

물론 모든 사람이 아이를 낳을 필요는 없다. 사람마다 가치관이 다르므로 아이를 갖고 싶지 않다는 심리 자체에 무슨 문제가 있다고 강변하는 것은 지나친 주장이다. 결혼의 목적은 아이를 낳는 것이 아니라 두 사람의 사랑과 자기실현의 한 과정이기 때문이다. 그러나 아이를 가지는 것이 자기 인생에도 도움이 되고 부부 역시 간절히 원하지만, 무의식적으로는 아이 낳기를 끝까지 거부한다든가 혹은 아이 이야기만 나오면 마음이 불편해지고 육아에 대해 지나치게 부정적 반응을 보여 결혼생활이 원만하지 못하다면, 이런 마음을 갖게 된 자신의 내면을 깊이 들여다볼 필요가 있다.

예를 들어 "상위 1퍼센트만 대우받는 사회에서 내 자녀를 들러리로 키우기 싫다"는 생각과 "아무리 열심히 살아도 돈 많은 집 자녀나 잘살지 요즘 세상에 개천에서 용이 나겠느냐"는 패배적인 냉소주의도 아이 낳기를 거부하는 큰 이유 중 하나일 것이다.

물론 지금은 전쟁 직후처럼 신분 상승의 기회가 많지도 않고 고도성장을 거치며 어느 정도 불평등이 굳어져 있는 사회임은 분명하다. 그러나 많은 돈을 들여 키워야 아이가 잘 자란다고 굳게 믿는 마음 뒤에 '내 인생이 별로 성공적이지 못한 이유는 부모가 내게 충분히 돈을 들이지 않았기 때문'이라고 원망하는 심리가 있는 것은 아닌지 한번 들여다볼 필요가 있다. 인생을 돈과 권력으로 서열화시켜, 이른바 꼭대기에 있는 삶 이외는 아무 가치가 없는 것처럼 무화(das nichten, nihilation, 無化)시켜 버리는 가치관은 다양한 삶이 가진 아름다움과 행복을 무차별하게 폄하하는 태도일 뿐이다.

　자신의 삶을 열심히 즐기고 가꾸기보다는 언뜻 화려해 보이는 남의 삶만 부러워한다면 스스로 자신의 삶을 누군가의 들러리로 만들어 버리는 것이다. "내 아이는 상위 1퍼센트로 키우겠다" "내 아이는 특별하다" "세상은 1등만을 기억한다"는 광고 문구나 "1등만 기억하는 더러운 세상"이라는 개그맨의 독설은 머리에서 지우고, 사회의 대다수를 이루는 평범한 많은 사람이 자신을 좀 더 소중히 하고 서로 존중하는 사회를 만들어야 한다. 그러기 위해서는 구조적 혁신 못지않게 개개인의 노력도 필요하다.

　아직 낳지도 않은 아이 혹은 막 걸음마를 뗀 아이를 앞에 놓고 타인과의 불필요한 비교를 통해 '상대적 박탈감'에 사로잡힌 젊은 부부가 점점 늘어, 결국에는 모두 다 부모 되기를 거부하는 사회가 된다면 얼마나 불행한가. 아이를 일류로 키우지 못할 바에야 아예 낳지 않겠다고 생각하는 젊은 부모에게 출산보조금이나 "아이는 꼭 낳아야 한다" "대를 이어야 한다"는 불문율이 이제는 먹히지 않는다.

부자가 아니라서 최고로 키우지는 못한다 할지라도, 혹은 자신이 완벽하게 좋은 부모가 아니라서 자녀를 탁월하고 훌륭하게 키우지 못한다 할지라도 사람은 부모가 되는 것 그 자체만으로도 행복한 사회와 미래를 꿈꾸고 누릴 자격이 있다. 자녀 역시 많이 배우거나 많이 벌지는 못하지만 아낌없이 자신을 사랑해주는 부모에게 감사할 줄 안다면 그 사회는 건강하고 아름답다.

고액 과외를 받아야만 명문대에 가고, 명문대에 가야만 좋은 직장을 잡을 수 있으며, 부자가 되는 가장 빠르고 쉬운 방법은 부모의 재산을 물려받는 것으로 착각하는 사회에서 자라는 아이는 건강한 성취감을 경험하기 어렵다. 부모 노릇을 물질적인 소비로만 평가하는 사회에서는 '돈이 많은 부모와 자녀'는 있을 수 있으나 '행복한 부모와 자녀'가 설 자리는 없다. 부모와 자녀는 돈을 버는 능력으로 서로를 평가하지 않고, 있는 그대로의 서로를 인정하고 사랑해야 한다. 즉 부모와 자녀는 존재하는 그 자체로 서로가 행복을 느낄 수 있는 관계여야 한다는 뜻이다. 한센씨병(나병)에 걸려 일생을 가난과 병마에 시달린 시인 한하운은 어머니가 돌아가셨을 때에도 사람들 앞에 나서지 못했지만, 어머니에 대한 한없는 사랑을 시로 승화한 바 있다.

어머니

나를 낳으실 때

배가 아파서 울으셨다

어머니

나를 낳으신 뒤

아들 뒀다고 기뻐하셨다

어머니

병들어 죽으실 때

날 두고 가신 길을 슬퍼하셨다

어머니

흙으로 돌아가신

말이 없는 어머니

─한하운의 시 「어머니」

어머니에게 받은 것은 병밖에 없었지만 어머니에 대한 한없는 사랑으로 가득했던 한하운의 시 안에는 단순하고 소박하지만 숭고한 부모의 사랑이 배어 있다. 어떤 과외가, 어떤 유산이, 어떤 어려운 교육이론이 이런 사랑을 감히 흉내 낼 수 있을 것인가. 좋은 부모란 어쩌면 다시 원점으로 돌아가, 보다 겸손하고 질박하게 마음을 비운 이들이 아닌가 싶다.

**기성세대 교육과
신세대 교육의 충돌**　　　　'지혜로운 부모 되기'에 대한 강박관념이 오히려 아이를 낳아 행복하게 키우는 것을 방해하기도 한다. 자녀교육에 관한 책을 엄청나게 읽은 똑똑한 젊은이라도 막상 아이를 낳으면 그 많은 정보가 크게 도움이 되지 않는다는 것을 깨닫게 될 때가 많다. 한때 대부분 어머니의 육아필독서였던 스포크 박사의 『육아 전서(Baby And Child Care)』는 이제 거의 잊힌 책이 되었다. 그의 자녀교육법이 아이나 어머니의 정신건강에 오히려 나쁜 영향을 줄 수 있다고 알려졌기 때문이다. 아무리 자녀교육서를 쓰는 저자라도 자기 아이를 완벽한 환경에서 키우지 못하는 경우가 많다. 실제로 아이를 키워 보았다면 화내지 않고 자녀를 키우는 것이 불가능하다는 사실을 안다. 좋은 책을 많이 읽었다 해도 내 삶과 유리되어 겉돈다면 그 정보 또한 별로 유효하지 않다. 모든 정보는 자신의 감정과 경험이 함께 동반되어야 비로소 내 것으로 변환되어 필요한 지혜로 저장되기 때문이다. 눈으로만 익힌 지식은 마치 휘발유처럼 날아가고 잊힌다. 또한 자기 일과 사회생활을 위해 배우고 익혀야 할 것이 지나치게 많은 정보 과잉의 시대를 사는 젊은 부모 입장에서는 정말 중요한 임신과 출산, 육아와 자녀교육을 제대로 공부할 시간이 많지 않다.

물론 과거의 젊은 부모 역시 모두 충분히 준비한 후 부모가 된 것은 아니다. 그러나 예전에는 아이를 낳으면 주변에서 가르침과 도움을 주는 사람이 많았다. 때로는 엉뚱한 방향을 강요할 때도 있지만 할아버지와 할머니, 고모, 삼촌 등 대가족이 어울려 함께 아이를 키우며 모난 것은 둥글게 하고 어려움은 나눌 수 있었다. 아프리카 속담에 "아이 하나를 잘 키우려면 마을 전체가 필요하다"는 이야기가 있다. 수천 년의 세월 동안 친족과 마을 공동체에 녹아 있는 여러 가지 지혜가 아직 준비되지 않은 젊은 부모의 모자란 자리를 메워 준다는 뜻이다.

그러나 지금은 다르다. 산업이 급속하게 발전하면서 대가족이 무너진 후 개인주의적 사고방식으로 무장한 요즘의 젊은 부모는 다른 사람과 함께 아이를 키우는 열린 육아를 대개는 받아들이려 하지 않는다. 주변에서 이런저런 조언을 하는 것이 오히려 오지랖처럼 느껴져 자녀교육에 방해가 되어 힘들다고 말하는 젊은 부모도 많다. 실제로 시대가 변했음을 인지하지 못한 시대착오적인 조언이 해가 되는 경우도 많아서 어느 정도 수긍이 갈 때도 있다.

또한 아이를 키우는 방식의 차이 때문에 시부모나 친정부모와 언쟁을 벌이느라 자녀교육 스트레스가 더 심해질 수도 있다. 환경이 변했음을 인지하지 못하고 위생관념과 경제관념 등이 부족하며 정보기술에도 무지한 나이 든 세대가 이제는 젊은 부모의 스승이 될 수 없는 것이 안타깝지만 현실이다. 또한 아이를 키우면서 곁에 있는 누군가에게 도움을 구할 수 없으니 엉터리 육아전문가가 넘쳐나는 인터넷의 도움밖에 받을 수 없는 젊은 부모 역시 어떻게 보면 참 딱하다.

조부모 입장에서도 자신이 자랐던 환경과 지극히 다른 환경에서 자란 젊은 성인 자녀가 자신과는 확연히 다른 방식으로 아이를 키우는 것이 못마땅할 수 있다. 자녀교육에서 철저하게 배제되는 조부모 중에는 젊은 부모에게 무시당하는 것 같아 속상하고 상처받는 사람도 적지 않다. 이들은 빠르게 변하는 과학기술과 사회 발전에 적응하지 못한 자괴감 때문에 자신감을 잃어 아예 젊은 부모를 도와줄 용기가 없다고 말하기도 한다. 요즘 할머니들은 모이기만 하면 "손자 손녀는 절대로 봐주지 말자!"라는 결의를 다진다고 한다. 이기적이라서가 아니라, 손주를 봐주다가 결국 자녀와 언짢은 관계가 되어 골병을 앓는 사람의 이야기를 수없이 들었기 때문일 것이다. 이처럼 요즘의 젊은 부모와 늙은 조부모는 육아에서 서로 부족한 부분을 보충하고 도와주는 관계가 아니라 의심하고 견제하며 건강하지 못한 상호작용을 하기도 한다.

결국 주변의 도움을 받지 못하는 젊은 부모는 탁아시설을 이용하지만, 그 숫자와 질은 그들이 기대하는 것에 훨씬 미치지 못한다. 또 인터넷이나 친구와의 수다, 책 등에서 얻는 정보 중에는 꼭 필요하고 도움이 되는 것도 있지만 독만 되는 나쁜 것도 많아서 시행착오를 거듭하게 된다. 이것이 반복되면 아이 키우는 것이 젊은 부모에게는 큰 짐이 된다. 정보의 홍수 속에서 초보 부모는 오히려 자신의 무지와 무기력만 절감하게 되는 것이다. 어쩌면 21세기 한국의 젊은 부모는 못살고 어려웠던 100여 년 전 부모보다 더 힘든 정신적 갈등과 물질적 어려움을 겪고 있을 수 있다.

**아이와 함께 매순간을
즐기는 것이 육아다**   이런 답답하고 대책이 없는 듯한 상황에도 출구는 있다. 우선 자녀를 낳아 키우는 것을 '희생'으로 포장한 부모의 이기적인 욕망과 무지를 인정하는 것이다. 헌신적인 어머니와 희생적인 아버지상을 나의 부모에게 항상 요구할 수 없는 것처럼, 나 역시 부모이기 이전에 완벽하지 못한 사람이므로 완벽한 부모가 되는 것은 어렵고 힘들다. 그러니 아이를 낳는 것이 내 인생에 도움이 되는지 아닌지 의심할 수도 있음을 인정하라. 또 아이를 낳고 키우면서도 끊임없이 '내가 왜 이런 고생을 사서 하는가'라고 회의할 수도 있다. 그러나 크고 작은 고통스러운 사건과 완벽하지 못한 조건 속에서도 이만큼 괜찮은 어른으로 성장한 나를 한번 돌아보자. 어쩌면 나는 내가 생각하는 것보다 훨씬 더 훌륭한 사람이고, 나의 부모도 따지고 보면 어려운 환경 속에서 나를 이만큼 키워낸 괜찮은 부모일지도 모른다. 내 아이 역시 때로는 실패하고 상처받을 일도 많겠지만, 결국은 나처럼 훌륭하게 성장할 것이라는 희망을 품어 보자.

누구에게나 부모 노릇이 녹록지 않다는 점과 인간은 아무리 노력해도 무수한 시행착오를 되풀이할 수밖에 없다는 원초적 상황을 받아들이고 나면 부모로서 실수하고 실패하는 자신에게 조금 더 관대해질 것이다. 또 모자라고 부족한 자신을 있는 그대로 인정하면 그런 부모 밑에서도 잘 커주는 내 자녀에게 더욱 고마운 마음이 들 것이다. 어쩌면 내 욕심 때문에 이 힘든 세상에 태어났지만 더할 수 없이 아름다운 미소로 나를 행복하게 해주고, 이런저런 일 때문에 힘들어 도망가거나 삶을 포기하고 싶을 때마다 나를 버티게 해주는 내 아이야말로 나를 구원해준 천사가 아니고 무엇이겠는가! 그들이 무엇이 되어 어떻게 살아가건, 아이가 내게 준 기쁨과 사랑이 내가 아이에게 준 헌신과 돌봄보다 훨씬 더 크다. 그리고 그 아이 역시 나처럼 때가 되어 결혼을 하면 언젠가는 자신의 아이를 낳아 키우며 감사하고 행복한 순간을 맞을 것이다.

부모 대부분은 자녀가 무엇을 잘 해내거나 혹은 부모 말을 잘 듣거나 성적을 잘 받았을 때 그들에게 칭찬하고 사랑하는 마음을 표현한다. 반대로 자녀는 부모가 자신을 때리고 굶기며 욕을 해도 무조건 부모에게 복종하고 부모를 사랑하는 경우가 많다. 아직 독립할 준비가 되어 있지 않은 어린 자녀에게 부모는 우주 그 자체이기 때문이다. 그러므로 내가 완벽하게 훌륭한 부모라서 아이가 나를 좋아한다는 오만한 자만심이나 환상은 벗어야 한다.

아이에게는 그 어떤 어른보다 내 부모가 소중하다. 아이에 대한 불필요한 기대와 강요를 버리는 순간 오히려 평범하지만 괜찮은 부모로서의 나 자신을 발견할 수 있다. 또한 좋은 부모 되기에 대한 지나친 욕심을 버리면 오히려 존경받고 사랑받는 부모로 거듭날 수 있다. 이기적이고 실수투성이지만, 부모로서 무한한 가능성을 지닌 자신을 격려하며 아이와 함께 성숙해 가는 자신을 뿌듯하게 지켜보다 보면 아이와 함께하는 순간순간이 소중하고 아름답다는 것을 느끼게 될 것이다.

육아는 '똑똑한 아이 키우기'라는 목표를 향해 부모의 모든 것을 희생하는 '제로섬 게임'이 아니라 아이와 함께 매 순간을 즐기는 '놀이'이다. 부모와 아이가 서로 사랑하며 하나씩 배워 나가는 것이 육아인데, 완벽함과 물질적 풍요가 왜 그렇게 중요한가!

내 안의 '아이'도
소중하다

임신을 비정상적으로 거부하거나 집착한다면 자신의 마음속에 있는 '아이'가 가진 상징적 의미를 찬찬히 살펴보는 것이 필요하다. 부모가 되는 과정은 내가 낳은 아이를 키우면서 '내 안의 아이' 역시 함께 키우는 것임을 알아야 한다.

임신, 불안인가
축복인가

근 30년이 다 된 이야기지만 종합병원에서 근무하던 시절, 나는 양수가 터지던 날까지 당직을 섰다. 다른 의사에게 폐를 끼칠까 봐 출산 예정일에 임박해서까지 근무했기 때문이다. 아이를 낳은 후에도 2주일쯤 지나 대학원에서 시험을 보았고, 3주일도 안 되어 다시 근무를 했다. 나만 그런 것이 아니라 그때는 여의사 대부분이 그렇게 살았다. 레지던트 수련기간 동안 감히 아이를 가진 죄인이었기에 교수님과 동료에게 수련기간 내내 미안한 기분을 가져야 했다. 또한 가사도우미를 쓰는 것을 싫어하는 시어머니께서 내가 일하는 낮 동안 아이들을 직접 봐주셨기 때문에 나는 아이들이 클 때까지 집 안팎의 죄인으로 살아야 했다. 당연히 여러 사람에게 안팎으로 무언가를 보상하려고 엄청나게 애를 써야 했다. 반면 남자 의사는 예비군 훈련을 간다며 자기 일을 여의사에게 대신 떠넘길 때에도 미안한 기색조차 없었고 남편들이 육아에 전혀 참여하지 않아도 문제 삼지 않던 시대였다. 생각해보면, 아이를 낳은 어머니가 죄인 취급 받는 것을 지켜본 자녀들이 성장한 나라에서 출생률이 떨어지지 않는 것이 더 이상한 일인 것 같다.

내가 임상에서 만난 38세의 한 내담자는 고학력에 전문직 여성으로 결혼한 지 10년이 넘었지만 아이가 없었다. 그렇지만 아이를 낳기 위해 특별히 노력하지도 않았다. 육아와 일을 병행하면 건강만 상하고 이도 저도 되지 않을 것 같은 불안감 때문에 그녀는 일에만 전념하고 싶다고 말했다. 하지만 상담을 거듭했더니 진짜 이유는 따로 있었다. 자녀에게는 관심이 없고 돈 버느라 바빴던 어머니, 식구들에게 무관심하고 어쩌다 집에 들어오면 소리나 지르곤 했던 아버지 때문에 부모가 되는 것이 싫다고 했다. 나처럼 아이를 낳아 키우는 일로 죄인 취급을 당하거나 사회에서 경력 단절을 겪어야 했던 어머니 세대의 선배 여성을 직·간접적으로 경험하면서 내린 결론일 것이다.

남성이라고 다르지 않다. 또 다른 내담자인 49세의 미혼 남성은 직장생활과 취미활동 등으로 바쁘게 사느라 결혼이나 아이를 가질 계획이 없다고 했다. 그의 어머니나 누이는 아이를 낳은 후 자신을 희생하며 육아를 하는 것을 당연시했지만, 젊은 여자 대부분은 가사나 육아 때문에 자신을 희생하는 것을 두려워하거나 바보 같은 일이라고 말해 여자를 만나는 것도 쉽지 않았다고 했다. 남자의 마음에는 어머니나 누이 같은 아내를 바라는 소망이 있었지만, 한편으로 그런 여성은 지나치게 고리타분하고 자신에게만 매달릴 것 같은 전업주부 스타일이라 선뜻 결혼을 결심하지 못하고 있었다. 결국 그는 어떤 여성에게도 마음을 주지 못했고 특별한 문제가 없음에도 오십을 바라보는 총각이 되었다.

실제로 많은 젊은이가 "내 노후를 자녀가 책임지지도 않을 것인데 왜 가장 왕성하게 활동할 때에 자녀교육이란 명목 하에 아이에게 엄청난 돈과 에너지를 쏟아야 하는지 이유를 모르겠다"고 말한다. 자녀에게 "네 덕분에 행복하다"는 말 대신 "너 때문에 걱정과 근심만 가득하다"는 부정적인 메시지를 끊임없이 전달하는 부모도 많다. 사회 역시 마찬가지이다. "아이를 키우려면 평생 몇 억이 들어가는지 아느냐" "사교육비가 얼마나 비싼지 아느냐" "탁아시설이 얼마나 부족한지 아느냐" "학교 교육에 어떤 문제가 있는지 아느냐" 등의 부정적인 이야기만 강조할 뿐, 아이와 함께하기 때문에 부모의 인생이 얼마나 행복하고 의미가 있는지와 같은 근원적인 기쁨에는 초점을 맞추지 않는다. 결국 많은 젊은이가 "결혼과 육아는 자신의 행복과 성취에 별 도움이 되지 않는 짐이자 부담일 뿐"이라는 결론을 내리게 된다. 그 결과 임신과 육아는 내 자유를 방해하는 덫이자 위협하는 지뢰밭 같다고 생각하며 가임 시기를 보낸 뒤 폐경이나 은퇴를 앞두고 내가 젊은 시절에 잘못된 판단으로 허송세월을 했다며 후회하게 되는 것이다.

임신과 출산은 무의식적으로 자신의 탄생과 성장 과정을 되돌아보고 다시 경험하는 계기가 된다. 자신의 탄생이 부모에게 축복받지 못했고 성장 과정에서도 부모의 충분한 사랑을 받지 못한 채 방치되거나 학대당했다면, 자신이 부모가 되었을 때 과연 내가 좋은 부모가 될 수 있을지 불안하고 자신이 없을 수 있다. 즉 내가 답답해하고 증오하는 부모처럼 될까 봐 무서운 것이다. 이와 반대로 자신은 정말 좋은 부모가 될 것이라는 확신이 지나친 나머지 비현실적으로 좋은 부모 되기에 집착할 수도 있다. 양쪽 모두 바람직하지 않다.

이 세상에는 완벽한 부모가 될 자질을 타고 나는 사람도, 또 철저하게 나쁜 부모가 되도록 운명 지워진 사람도 없다. 그릇이 작으면 작은 대로, 크면 큰 대로 자기가 할 수 있는 만큼 노력하면 된다. 자녀는 훌륭한 부모의 완벽함에 감동하는 것이 아니라 어려운 상황에서도 노력하고 최선을 다하는 모습에 감동한다. 이는 똑똑하지만 오만한 부모보다는 어리숙하지만 겸손한 부모 밑에서 오히려 훌륭한 인재가 나오는 이유가 된다.

임신이 힘든 심리적 요인은?

부모가 되기 위한 첫 관문인 임신과 출산은 인생에서 가장 큰 신비이자 축복이지만, 안타깝게도 현실에서는 적지 않은 사람이 임신과 출산에 대해 공포와 불안을 느낀다. 특히 어려서부터 임신과 출산, 자녀교육 등에 대해 부정적인 이야기를 듣고 자란 사람이라면 임신 그 자체를 꺼릴 수도 있다.

"너를 가졌기 때문에 어쩔 수 없이 무능한 너희 아버지와 결혼했다. 그래서 내 인생이 이 모양 이 꼴이다" "널 낳으면서 죽을 뻔했다. 다시는 그런 끔찍한 일을 겪고 싶지 않다" "네 어머니가 너를 갖는 바람에 내 인생이 망가졌다" "너 키우느라 내 인생이 이렇게 됐다"
는 말을 귀에 딱지가 앉을 정도로 듣고 자란 사람과 "네가 태어나서
엄마는 그 힘으로 지금까지 행복하게 살았다" "네가 없었으면 어쩔
뻔했니. 너는 내게 큰 축복이야"라는 말을 듣고 자란 사람은 임신과
출산에 대한 자세가 다를 수밖에 없다. 전자는 아이의 탄생이 나와
상대방을 옥죄는 족쇄가 될지도 모른다는 불안감에 휩싸이고 후자
는 아이의 탄생이 내게 큰 기쁨이라고 기대할 것이다.

실제로 특별한 신체적 원인이 없음에도 임신을 거부하는 심리적
인 요인 때문에 불임이 되는 사례가 종종 있다. 무의식적으로 가임
시기를 피하거나 혹은 아예 부부 관계 자체를 꺼리기도 한다. 마음
이 불편하면 생리적으로도 임신에 필요한 호르몬이 충분히 분비되
지 않아 임신이 잘 되지 않는다. 임신에 대한 거부감으로 여러 번 낙
태를 하게 되면 자궁내막증 등으로 자궁과 난소의 환경이 나빠져
불임이 될 수도 있다. 남자 역시 발기가 되지 않거나 사정이 되지 않
는 등의 증상을 보일 수 있다.

또한 피임에 실패하여 계획하지 않은 아이를 갖게 된 경우 임신
에 대한 거부감으로 출산 내내 심한 입덧을 하는 여성도 있다. 남성
역시 배우자가 임신을 하면 자신이 아버지로서 잘 해낼 수 있을지
에 대한 걱정이 불안감으로 바뀌어 여성 못지않게 까칠해지고 입맛
이 바뀌며 불면증을 호소하는 경우가 있다.

보고에 따라 조금씩 다르지만, 아내가 임신했을 때 남편의
25~90퍼센트 정도가 아내와 비슷한 입덧을 경험한다. 정신의학에
서는 이를 '쿠바드 증후군(couvade syndrome)' 혹은 '공감적 임신

(sympathetic pregnancy)'이라고 말한다. 쿠바드는 프랑스어로 "알을 낳다"라는 뜻이다. '아내가 아이를 낳는 과정에 남편도 동참한다'는 의미인데, 아내의 임신을 질투하고 부러워하다 무의식적으로 닮는 경우도 있지만, 실제로 남편도 아내처럼 호르몬 분비의 변화가 일어나 생기는 현상이다. 그러나 만약 남편이 아내 대신 입맛이 변하고 여러 가지 임신 증상을 호소한다면, 아내는 한편으로 남편에게 서운한 감정을 느끼고 심지어 남편이 못나 보일 수도 있다. 즉 임신 기간 몇 달 동안 아내를 대접해주는 것이 아까워 본인부터 챙겨 달라는 이기적인 남편으로 오해할 수 있다는 이야기이다.

반대로 자신의 내면에 있는 공허감을 감추기 위해 혹은 배우자에 대한 불안 등으로 과도하게 임신에 집착하는 경우도 있다. 사회생활에 적응하지 못하거나 깊은 좌절을 맛본 여성이 결혼으로 전업주부가 되고 아이를 낳아 육아에 몰두하다 보면 과거 상처받은 마음이 저절로 치유되기도 하지만, 지나치게 임신에 기댈 경우 오히려 부부생활에 부담을 느끼거나 사회생활처럼 결혼 생활에서도 실망감을 느낄 가능성이 크다.

사회생활의 스트레스 때문에 임신이 되지 않는 것 같으니 직장을 그만두고 전업주부가 된 후 아이를 갖겠다는 사람도 많은데, 안타깝지만 직장을 그만둔다고 임신이 백퍼센트 보장되는 것도 아니다. 다시 사회로 복귀할 수 있을까 두렵기도 하고 아이를 가지는 것이 정말 자신이 원하는 일인지 확신이 생기지 않아 오히려 아이 갖는 것을 무의식적으로 피할 수도 있다. 육체적으로나 정신적으로 에너지는 넘쳐나는데 직장을 그만두어 그 에너지를 쏟아 부을 일이 없어졌다면 몸은 편안해질지 모르지만 오히려 마음은 복잡해져서 또 다른 신경증을 앓을 수도 있다.

내 아이만은 최고로 키우겠다는 결연한 의지와 지나친 동기 역시 임신 기간에 산모를 더 힘들게 할 수 있다. 자연스러운 태교 대신 본인도 듣기 싫은 영어 CD를 듣고 비싼 산후조리원을 예약하기 위해 산후조리원 투어를 하는 등 미리부터 자녀교육에 대한 정보를 과열되게 찾아본다면 육아는 더욱 공포스러운 짐이 되어 산모를 사로잡게 될 것이다.

**내 안의 '아이'가 말하는
소리에 귀 기울이라**　　　　　행복한 결혼 생활 및 적절한 시기의 수태와 건강한 임신 기간, 자신의 사회적 성취감을 만족하게 할 만한 일과 배우자의 안정된 직장 등 행복한 임신 및 출산과 관련된 여러 가지 조건을 완벽하게 갖춘 부부는 그리 많지 않다. 가임 연령의 남녀는 이제 막 사회에 첫발을 디딘 사람이므로 모든 것이 불안하고 불확실하며 어설픈 것이 당연하다. 자신의 능력을 충분히 인정받지 못했고 앞날이 보장된 것도 아니라서 아직 성숙하지 않은 '내 안의 아이(inner chid)'조차 제대로 돌보지 못하는 사람이 더 많다.

예전보다 '나'를 강조하는 자의식은 강해졌지만 부모로부터 경제적으로나 심리적으로의 독립은 늦어지는 소위 '캥거루족'인 21세기 젊은 부모는 성인이 되어도 자주적이고 독립적인 삶을 살고 있지 못하다. 나도 덜 자랐는데 내가 돌보아야 할 또 다른 아이를 갖는 것 자체가 공포일 수 있다.

융 분석심리학에는 '아이 원형(child archetype)'이라는 개념이 있다. 이때 '아이'는 자신이 낳아 돌보는 아이만을 뜻하지 않는다. 또 '내 안의 아이'가 꼭 철이 들지 않아 유치하고 보채기만 하는 미숙한 존재는 아니다. 융 분석심리학에서 말하는 아이 원형에는 퇴행적이고 유치한 내면의 아이라는 측면도 숨어 있지만, 창조적인 에너지와 변화를 두려워하지 않는 용감한 태도, 지혜로운 사람을 만났을 때 배우고 익히는 겸손한 성격 등 긍정적인 의미도 갖고 있다.

만약 임신을 비정상적으로 거부하거나 혹은 집착하여 현실에서 아이를 가지기 위해 자신의 모든 것을 희생하거나 아이 때문에 그 무엇도 포기할 수 없다고 고집을 부려 부부관계가 흔들릴 정도라면 먼저 자신의 마음속에 있는 '아이'가 가진 상징적 의미를 찬찬히 살펴보는 것도 필요하다. 부모가 되는 과정은 내가 낳은 아이를 키우는 것에만 국한되는 것이 아니라, '내 안의 아이'를 키우는 과정일 수도 있음을 알아야 한다.

또한 임신과 출산은 자기실현 과정을 돕는 훌륭한 경험이긴 하지만 모든 사람이 꼭 거쳐야만 하는 관문으로 이상화하는 것도 곤란하다. 아이를 가져서 성숙해지는 사람도 있지만, 반대로 아이를 갖지 않고도 얼마든지 훌륭한 개성화의 길을 가는 사람도 있기 때문이다. 특히 어쩔 수 없는 상황으로 눈물을 삼키며 낙태하는 여성이나 임신을 피하는 여성을 무조건 비난하거나 책임을 회피하는 미숙한 사람으로 몰지 말아야 한다. 뜻하지 않는 임신으로 인한 여성의 심리적인 불안과 죄의식을 고려하거나 보살피지 않고 무조건 아이를 낳아야 한다고 도덕률만을 강요하는 것은 그렇지 않아도 불안정한 모성을 더욱 불안하고 불행하게 만들 뿐이다. 실제로 함께 아이를 키울 배우자가 없는 여성이 미혼모가 된다고 생각해보라. 힘없고 경제력도 없는 젊은 여성이 혼자 아이를 키울 수 있겠는가? 자신을 챙겨줄 사람이 아무도 없는 상황에서 미혼모 대다수는 아이를 업은 채 겨우 끼니를 챙겨 먹으며 편하게 몸을 누일 공간 하나 마련하지 못하는 것이 현실이다. 그런 미혼모를 챙기기는커녕 비난만 하는 것은 『주홍글씨』의 시대인 19세기보다 더 퇴행적이다.

개인적인 의견이지만, 나는 출산율이 떨어지는 것을 걱정하기 이전에 이미 세상에 태어났지만 버려지거나 학대당하고 있는 아이를 사회가 제대로 돌보아 나라가 요구하는 동량으로 키우는 일에 더 심혈을 기울여야 한다고 생각한다. 특히 우울증과 불안증 등 정신질환을 앓는 부부에게 뜻밖에 아이가 생겨 할 수 없이 낳아 키울 경우, 부모가 자칫 아이를 학대하거나 유기하는 경우가 적지 않게 일어난다. 무기력하고 병든 부모와 그 아이를 위해 이웃과 사회가 아무 도움도 주지 않으면서 낙태를 손가락질 하고 미혼모 혹은 미혼부만을 책임감이 없는 몰지각한 사람이라고 비난하는 것은 참으로 가혹한 일이 아닐 수 없다.

사실 아이 원형은 임신한 어머니 혹은 아버지의 무의식 속에서만 존재하는 것이 아니라 우리 사회의 집단 무의식 속에서도 다양한 형태로 존재하기 때문에 사회 구성원이 아이 콤플렉스에 사로잡혀 있게 되면 여러 가지 병적인 양상이 나타난다. 반대로 내 안의 아이가 창조적인 에너지로 작용하면 개인뿐 아니라 사회 전체를 새롭게 변환시키는 긍정적인 효과로 나타난다. 그러므로 아이를 낳지 않아

늙어가는 사회에서는 이런 창조적 에너지가 부족할 수밖에 없다.

그렇다면 육아, 어떻게 시작해야 할까?

신기하게도 아이의 성격이나 성향은 어머니의 뱃속에서부터 결정되는 것이 많다. 예부터 임신한 여성에게 권유했던 태교는 여러 가지 면에서 과학적인 근거가 있다. 우연인 것 같지만 입덧 중에 어머니가 잘 먹은 음식은 아이가 태어나 성장한 후에도 잘 먹는 경우가 많다. 뱃속에서 힘차고 활발하게 태동한 아이 역시 태어나서도 활동적인 아이로 성장할 가능성이 많다. 따라서 뱃속의 아이를 생각해 어머니가 정말로 신경 써야 할 것은 잘 먹고 적당히 운동하면서 행복하고 편안하게 지내는 것이다.

내가 아이를 가진 1980년대에는 배가 남산만큼 불렀을 때도 버스나 전철에서 자리를 양보받았던 기억이 거의 없다. 오히려 임신 후기에 체중이 많이 불어난 나에게 자기 관리를 하지 못했다고 조롱하는 사람이 더 많았다. 그때 나는 레지던트 수련 중이었는데, 학술 세미나와 강의 도중 혹은 환자와의 상담 중에 어지럼증이 와도 임신한 죄인이었기 때문에 아픈 것을 숨겨야만 했다. 그만큼 직장에서는 임신이 큰 죄악이었고 임산부를 보는 사람들의 시선이나 사회의 눈도 그다지 따뜻하지 않았다. 물론 요즘은 만삭인 자신의 모습을 사진으로 담는 등 임신한 것을 자랑스러워 하는 젊은 부부가 늘고 있고 사회에서도 "임신하면 애국자"라고 말하지만, 임산부를 위한 구체적인 배려는 여전히 미흡한 것이 사실이다.

육아와 돈을 지나치게 연결하고 육아로 자신의 자유가 침해당한다고 생각하는 점은 젊은 부모뿐 아니라 조부모에게도 적용된다. 적지 않은 젊은 부모가 아직 경제적으로나 정신적으로 독립하지 못한 상태에서 자신의 육아를 다시 조부모에게 의탁한다. 물론 퇴직이나 폐경 이후 손주를 돌보는 즐거움은 매우 크다. 그러나 이른바 '할아버지 할머니 장학금'이라는 명목으로 손주의 유치원 등록금에서부터 사교육비까지 감당해 달라고 손을 내밀고 육아 수고비는 전혀 내지 않으면서 손주를 키워 달라고 다 큰 자식이 당당하게 요구한다면, 노후가 불안한 조부모로서는 손주의 탄생이나 방문이 한없이 즐겁지만은 않을 것이다.

육아에 대한 공포는
있는 것이 정상이다

자녀교육은 부부의 팀워크가 중요하다. 어쩔 수 없이 일어나는 사고와 질병은 장기적으로는 아이에게 꼭 필요한 경험일 수도 있다며 서로를 격려하라. 또한 발달과정 모두를 아이의 욕구와 성장발달 정도에 맞추어 부부가 상호작용하고 협력하는 것도 중요하다.

주변 사람과 육아의
고민을 나누어라

첫째 아이를 낳고 병원에서 퇴원하기 전날, 나는 아이를 옆에 뉘어 놓고 잠을 이루지 못했다. 편안한 엄마 뱃속에서 열 달 동안 지내던 아이가 앞으로 이 낯설고 험한 환경에 잘 적응하며 살아갈 수 있을지 걱정이 되었기 때문이다. 인턴 시절 출산 장면도 여러 번 보았고 신생아실에서도 근무해 보았지만, 막상 내가 아이를 낳아보니 의사로서의 짧은 경험이나 지식은 큰 도움이 되지 않았다. 아이를 워낙 크게 낳는 바람에 산후후유증으로 몸도 좋지 않았고 멀리 떨어진 곳에서 군 복무를 막 시작한 남편의 도움도 받을 수 없었다. 다행히 친정에서 짧은 산후조리를 할 수는 있었지만, 어쨌든 내 몸도 채 추스르지 못한 상태에서 시댁으로 들어가 가시방석 같은 상황에서 아이들을 키워야 했다.

낮에 아이들을 돌보지 못한다는 죄책감 때문에 힘들어도 밤에는 꼭 아이들을 데리고 잤다. 그리고 아이들이 중·고등학교를 졸업할 때까지 사실상 내 모든 개인적인 사회생활을 접어야 했다. 밤에도 자주 우유를 먹이고 기저귀를 갈아주어야 해서 거의 매일 잠이 부족하고 몹시 피곤했다. 특히 아이가 그 전날 잠을 자지 않고 칭얼거리면 다음 날 잠을 쫓기 위해 내 허벅지를 꼬집어 가며 환자를 보거나 강의를 들어야 했고 아이들이 걸음마를 시작하며 활동량이 많아졌을 때에는 체력이 달려서 쓰러졌던 적도 있었다. 이런 상황은 아이들이 중·고등학교에 들어간 이후에도 시험 기간 때마다 아이들의 공부를 봐주느라 거의 20년 가까이 계속되었다. 이렇게 힘들었음에도 같이 사는 시부모에게 도움을 받지는 못했다. 피 한 방울 섞이지 않은 시부모가 내 건강을 걱정할 리 없다는 생각이 첫 번째였고, "그렇게 힘들면 집에서 살림해" "시골 가서 농사지으면 체력이 좋아져"라고 말씀하시는 옛날식 사고방식의 시부모에게 지쳤다고 이야기해봐야 바깥일이나 그만두라고 할 게 뻔했기 때문이다.

하지만 몸이 힘든 것보다 더 힘든 것은, 아이가 아플 때도 일하느라 밖에 있어야 하는 나의 상황이었다. 아이가 병원에 입원할 정도로 아프면 몰라도 어느 정도 아플 때에는 일을 그만둘 수 없었기에 나는 할 수 없이 직장에 나가야 했고, 그 때문에 "매정한 어머니"라는 비난을 실제로 듣기도 했다. "직장 그까짓 게 뭔데 아픈 애를 내팽개치고 나가느냐"는 따가운 비난을 들으며 일하러 가야 할 때에는 피눈물이 나는 느낌이었다.

지금 생각해보면 낮에 아이들을 봐주시는 시어머니께서 비난의 화살이 본인에게 올까 봐 먼저 "아이가 아픈 것은 나 때문이 아니라 아이의 어미인 네 책임"이라고 하셨던 것도 같다. 일하는 어머니 대부분이 아마 비슷한 경험을 했을 것이다. "아이 봐주는 공은 없다"는 옛말도 있듯이, 보모건 시어머니건 친정어머니건 일단 부모 대신 봐주는 아이가 아프거나 사고가 나면 아이를 돌보았던 당사자는 좌불안석일 수밖에 없다. 온종일 아이를 돌보다 보면 뜻하지 않게 사고가 날 수도 있고 아플 수도 있다. 어떤 질병이나 사고도 100퍼센트 예방할 수는 없기 때문이다. 그럴 때면 자기가 비난받을까 봐 직장에 다니는 어머니를 먼저 질책하는 것은 아닐까?

이런 때일수록 아이를 함께 돌보는 사람들의 팀워크가 매우 중요하다. 서로 비난하거나 책임을 따지기 전에, 신이 아닌 이상 모든 사고와 질병을 예방할 수 없으니 기왕 일어난 일 함께 힘을 합쳐 해결해 보자는 동료 의식을 공유해야 한다. 즉 엎질러진 물이니 모두 스트레스를 덜 받고 현명하게 넘어갈 방안이 있는지 구체적으로 모색하는 것이 중요하다. 나쁜 일이 일어나면 "왜?"를 따지지 말고 '어떻게 대처할 것인지'를 생각하고 실행에 옮기는 육아는 조화로울 수 있지만 서로에게 비난의 화살을 돌리면 깊은 상처만 남게 된다(조부모 등 양육하는 사람이 따로 있는 경우의 여러 가지 힘든 점은 다음 장에서 더욱 심도 있게 설명하도록 하겠다).

아무리 능력 있는 슈퍼맘이라도 그 누구의 도움도 받지 않고 혼자서 24시간 아이만 돌보고 있다면 정신적으로나 육체적으로 황폐해질 수밖에 없다. 결국 누군가의 도움을 받아야 한다. 침팬지나 고

릴라 같은 영장류는 무리가 새끼를 함께 키운다. 사실 인간 역시 원시시대부터 어머니 혼자 아이를 키우지는 않았다. 그러니 육아를 누군가와 나눌 때 생기는 갈등이 싫어 육아의 부담을 부부 둘만 지게 되면 쉽게 지칠 수 있다는 점을 명심하자.

아이와 함께 밖으로 나가 논다는 것은

전적으로 혼자 육아를 담당하는 전업주부는 아이와 온종일 씨름하다 보면 고립감과 피로감 등으로 짜증이 나고 '나만 혼자 이렇게 뒤처지나' 하는 느낌에 불안할 때가 많다. 직장에 다니는 어머니도 마찬가지이다. 퇴근 후 집에 들어오면 몸은 피로하고 지치지만 어떻게든 아이의 지능을 더 계발시켜야 한다는 생각에 사적인 외출을 하거나 휴식을 취하지 않고 여가를 아이와만 함께하는 등 폐쇄적인 시간을 보낸다. 하지만 사람은 사회적인 동물인지라 누군가와 대화를 하고 같이 밥을 먹으며 함께 무언가를 할 때 자연스러운 안정감과 행복감을 맛볼 수 있다. 아이가 방긋방긋 웃을 때마다 혹은 무언가 새로운 행동을 배울 때마다 부모는 기쁨을 느끼지만, 그와 동시에 말이 통하는 또래 어른과의 대화도 필요하며, 아이와 함께 밖으로 나가 무언가 새로운 것도 경험해 보아야 한다.

부모가 된다는 것은 이 세상 무엇과도 비교할 수 없이 귀하고 좋은 일이지만, 개인적인 사회생활은 전혀 하지 않고 아이하고만 지낸다면 오히려 육아가 힘들어 싫증과 짜증이 나고 정신적으로도 취약해질 수 있다. 남편이 퇴근하기 전까지 온종일 아이와 단둘이 지내다 보면 힘들고 짜증이 쌓여 부부 사이에 금이 가는 경우도 부지기수다. 지나치게 고립되어 지내다 보면 심각한 경우, 아이라서 할 수 있는 자연스러운 실수와 실패를 용납하지 못하고 여기에서 오는 당혹감을 풀 곳이 없어 도리어 아이에게 화풀이하는 폭력적인 부모가 되는 경우도 있다. 주위와 어울리지 못하고 고립되어 있어도 어딘가에 그 부정적 에너지를 풀어내야 하는데, 해소할 상대나 방법을 찾지 못했다면 자신에게 의존적인 아이를 학대의 대상으로 삼을 수 있기 때문이다. 이럴 때 배우자나 주변 사람이 "너는 나쁜 어머니다!" 혹은 "당신은 나쁜 아버지다!"라고 비난만 하며 육아에 도움을 주지 않는다면 상황은 더욱 악화된다.

그러니 아이를 키우더라도 온종일 아이와 단둘이 집안에만 있지 말고 일정을 융통성 있게 짜볼 필요가 있다. 바깥에 나가 바람도 쐬어 보고 새로운 것도 접해 보아야 부모는 육아 스트레스가 줄고 아이는 정서와 육체발달이 촉진되며 면역력도 생긴다. 아이를 안고 왼손에는 기저귀 가방을, 오른손에는 우유병을 쥐고 걷는 것이 패션과 멋에 민감한 젊은 어머니에게 쉬운 일은 아니지만, 아이를 안은 어머니만큼 아름다운 모습이 없다는 것을 잊지 말고 당당하게 바깥으로 나가보라. 또한 아이가 걸음마를 하게 되었다면 엎어지고 넘어져 상처가 나고 더위에는 땀투성이, 추위에는 볼과 코가 빨개지더라도 밖으로 데리고 나가 아이에게 더 많은 것을 보고 느끼게 해주어야 한다.

30여 년 전 나는 빨간 포대기로 아이를 업고 출판사든 나와 남편의 직장이든 모임이든 상관없이 어디든지 잘 다녔다. 내가 무슨 퍼

포먼스를 하는 줄 알았다고 우스갯소리를 하는 친구도 있었다. 나는 병원 일을 하지 않는 시간은 오롯이 아이 몫이라고 생각했기 때문에 개인적인 약속이 있어도 가능한 아이를 업거나 안고 다니는 것을 육아 원칙으로 삼았다. 그 때문에 다른 사람들에게는 조금 시끄럽고 짜증이 나는 죄송스러운 일도 있었을 것 같다. 물론 시어머니에게 아이를 맡기고 내 몸 하나만 챙겨 외출했다면 편하고 힘도 덜 들었겠지만 그렇게 하고 싶지는 않았다. 엄마와 떨어지기 싫어 아침마다 울며 떼를 쓰는 아이들을 보았기에, 일하지 않을 때에는 1초라도 더 아이와 있고 싶은 마음이 강했기 때문이다.

아이와 함께 지하철이나 버스를 타고 다니면 아이의 눈으로 세상을 다시 볼 수 있어서 나 역시 모든 것이 새롭고 신이 났다. 어른인 내게는 심드렁한 일상이라도 아이에게는 세상 모든 일이 신기하기 때문이다. 지금 돌이켜 생각해보면, 아이와 함께 다니던 그 시간은 내 몸속에서 자란 후 밖으로 나와 독립적인 한 개체로 성장해가는 아이를 통해 내 무의식에 숨어 있는 아이 원형을 긍정적으로 경험할 수 있는 참으로 귀중한 시간이었다.

아이와의 식사전쟁을 종결하는 방법

젊은 어머니의 자녀교육 난제 중 하나는 아이에게 적절한 식습관을 들이는 것이다. 아이가 밥을 잘 먹지 않아 고민이라는 어머니의 하루를 관찰해보면 아이가 배고프지 않다고 하는데도 때가 되었으니 숟가락을 들고 아이 뒤를 쫓아다니는 경우가 많다. 이것이 반복되면 아이는 먹을 것에 점점 흥미를 잃고 어머니는 더욱더 안달이 난다. 쫓아다니면서 먹을 것을 갖다 바치며 키운 아이는 수동적이고 의욕 없는 어른으로 성장할 가능성이 높다. 가만히 있으면 주변 사람(특히 어머니)이 다 해준다는 메시지를 어린 시절부터 머릿속 깊이 간직하였기 때문이다.

그냥 내버려 두어도 아이는 자기가 먹을 만큼 먹는다. 만약 입맛이 없어 한다면 활동량이 부족하거나 음식에 문제가 있을 수 있다. 식사 시간이 아닐 때에 아이스크림이나 과자 같은 포만감이 큰 간식을 주고는 식사 시간에 아이가 밥을 먹지 않는다고 걱정하는 부모도 많다. 그러니 아이가 밥을 잘 먹지 않는다면 모든 간식거리를 끊고 적절한 수준으로 운동을 시키는 것이 더 효과적이다. 그래도 밥을 먹지 않는다면 차라리 한두 끼쯤 굶긴 후 아이가 먼저 배고프다고 칭얼댈 때에 먹이는 것이 좋다. 많은 소아청소년과 의사가 이렇게 조언하지만 부모는 아이가 병이 나거나 제대로 크지 않으면 어떻게 하느냐며 실천하는 것을 꺼린다. 그러고는 내 아이는 위가 작아 많이 먹지 않는 것뿐이라고 말한다. 하지만 이는 어디까지나 어머니의 관점일 뿐이다. 사실 태어날 때부터 아이의 유전자에는 이미 키와 몸무게에 관한 정보가 들어 있다. 어머니가 노력해서 많이 먹인다고 160센티미터의 키로 저장된 유전 정보를 180센티미터로 만들 수는 없다. 그렇게 키우겠다고 애쓰다가 아이의 육체건강과 정신건강에 큰 위해만 가하게 될 뿐이다.

아이를 닦달하기 전에 우선 부모 자신이 아이의 먹을 것에 지나치게 집착하고 있는 것은 아닌지, 혹은 자신에게 먹을 것과 관련된 어떤 콤플렉스가 있는 것은 아닌지 분석해보는 것도 필요하다. 이런 부모 중에는 자신이 어렸을 때 부모가 자신을 제대로 돌보지 않고 내버려둔 것에 대한 한이 맺혔거나 자신의 작은 키나 왜소한 체격이 콤플렉스라 먹을 것이나 몸과 관련된 고민이 내면에 숨어 있는 경우가 많다.

반면 아이는 배부르게 먹고 싶은데 부모는 비만을 걱정하여 권장량 이상 먹지 못하게 해 아이의 성장발달을 지연시키거나 반대로 아이가 빨리 성장하기를 바라는 마음에 고영양 음식만 먹여 비만아를 만드는 어머니도 있다. 비만 유전자는 타고나는 면도 있지만, 어머니가 균형적인 영양을 생각하지 않고 무조건 많이 먹이면 빨리 자랄 것이라고 생각하거나 식사 준비가 귀찮다고 인스턴트식품만 먹일 때에 아이는 비만이 될 가능성이 높다. 또한 지나치게 성인병에 대해 민감하게 생각해 아이에게 꼭 필요한 영양섭취를 방해하는 것도 피해야 한다.

위의 경우와는 다르게 아이 스스로 지나치게 음식에 집착한다면 일단 아이에게 심리적으로 결핍된 것은 없는지, 아이를 돌보는 주양육자의 식습관에는 문제가 없는지 살펴봐야 한다. 뚱뚱한 것이 건강하다고 생각하는 조부모가 키우는 것은 아닌지, 고열량 음식만 먹이고 있는 것은 아닌지, 아이가 습관적으로 밥 대신 간식을 달고 살아 하루 섭취하는 열량이 지나치게 많아진 것은 아닌지 등 식생활 전반을 꼼꼼하게 점검해봐야 한다.

부모가 바빠 귀찮고 힘들다고 아이에게 패스트푸드나 과자 같은 고열량 저영양의 음식을 자주 먹이면 식이 불균형의 원인이 된다. 아이가 울면 원인을 파악하여 해결하거나 아이와 대화로 해결하기보다는 일단 사탕 같은 간식을 주어 당장 입을 막는 식으로 아이를 키우는 것도 조심해야 한다. 음식으로 불행을 달래는 기억을 아이에게 주입하면 아이는 조건반사처럼 불행할 때마다 먹을 것에 집착하고 식이장애가 생길 수 있다. 또한 부모의 사랑을 충분히 받지 못해 먹을 것에 집착하는 아이도 있으니 아이가 지나치게 먹을 것을 탐한다면 자신이 사랑의 표현에 서툰 것은 아닌지도 점검해야 한다.

급식이 아니면 하루 한 끼 먹기도 힘든 아이가 분명 우리 주위에 있지만, 요즘은 먹을 것만큼은 배부르게 먹는 아이가 대부분이다. 그런데도 여전히 음식 때문에 아이와 실랑이를 하는 부모가 적지 않다. 갑작스럽게 아이의 음식 습관이 바뀌었다면 우울증이나 적응장애 등이 찾아왔을 가능성도 있으니 조심스럽게 살펴봐야 한다. 한 예로 학교 폭력을 당하고 있는 경우나 남몰래 성폭력이나 성추행을 당하고 있을 때에도 아이는 입맛을 잃거나 폭식을 할 수 있다.

그리고 부모와 함께 밥상에 앉아 식사 예절교육을 잘 받고 있는지도 점검해야 한다. 부모 자신이 불규칙적으로 식사하고 식사 예절도 형편없다면 아이는 그 모습을 그대로 닮을 것이다. 또 부모가 매일 똑같은 음식만 먹는다면 아이의 영양 상태도 나빠지지만 창의성 있는 교육 역시 힘들어질 것이다. 제대로 갖추어 잘 먹는 것은 오감을 자극하고 뇌에 영양분을 주는 것이므로 자녀의 교육과 가정의 행복을 위해 꼭 필요하다. 식사 준비를 무가치한 노동으로 생각하는 부모가 짜증을 내며 만든 냉랭한 음식만 먹고 자란 아이가 부모의 따뜻한 사랑을 느끼기는 쉽지 않다. 아이가 좋아하는 음식을 만들어 아이를 행복하게 해주는 것이 영어 단어 하나 더 가르치겠다고 온종일 영어 DVD를 틀어주는 것보다 아이의 머리를 훨씬 더 좋게 하고 학습효과도 크다. '오감을 만족하게 하는 음식'이라는 긍정적인 자극이 아이의 발달을 더욱 활발하게 돕기 때문이다.

배변 훈련과 식사 훈련은 천천히 교육해도 된다

기저귀를 떼는 것은 아이가 태어나 처음으로 겪는, 그리고 반드시 거쳐야 하는 큰 관문이다. 이제껏 언제 어디서든 기저귀에 편안하게 똥오줌을 누다가, 어느 날 특정장소인 변기에 가서 똥오줌을 누어야 한다면 아이 입장에서는 매우 귀찮고 당황스러울 만큼 싫을 것이다. 혼자 폐쇄적 공간인 화장실에 앉아 있는 것이 심심하고 짜증이 날 수도 있다. 지금까지는 괜찮았는데 갑자기 아무 데나 오줌을 쌌다고 볼기를 맞거나 꾸중을 듣는 상황도 이해할 수 없다. 기저귀를 차지 않았다는 것을 잊어버려 자기도 모르게 실수를 한 것인데, 부모에게 똥오줌을 쌌다고 혼나는 일이 많으니 자칫 강박적으로 배변과 관련된 걱정에 사로잡힐 수도 있다.

대변을 볼 때 한쪽 구석에 가서 가만히 서 있는 아이도 있다. 야단맞을까 두렵기도 하고 어떻게 할지 몰라 당황해서일 수도 있으며 자신의 배변 활동을 방해받기 싫어서일 수도 있다. 아이의 감정과 몸의 반응을 잘 알아맞히는 섬세한 어머니는 그럴 때 얼른 아기용 변기를 대주어 변기에 일을 보게 한 후 호들갑스럽게 칭찬해서 아이로 하여금 작은 성취감을 느끼게 해준다. 그러나 초보 어머니 대부분은 아이가 일을 마친 다음에야 이를 발견하고 또 실수했느냐고 아이를 야단치기 마련이다.

〈케빈에 대하여〉라는 영화에서는 스스로 배변 활동이 가능할 만큼 자란 아들이 끝까지 기저귀를 떼지 못하자 어머니가 실망하고 힘들어하는 장면이 나온다. 어머니가 자신을 진심으로 사랑하지 않는다는 것을 알고 있는 아이는 대변을 아무 데나 보는 것으로 어머니에게 은밀한 복수를 한다. 그럴수록 어머니는 아이가 더 싫어지고, 아이는 자기를 싫어하는 어머니에게 계속 복수를 하는 악순환이 반복된다.

평소 집중해서 관찰해보면 아이가 대변이나 소변을 보기 전에 표정과 행동이 달라지는 것을 알 수 있다. 말이 없어지고 약간 어두워지며 긴장하는 표정도 나온다. 또 강아지처럼 아이도 변을 보는 곳(장롱 구석이나 소파 밑 같은 곳)을 찾는 것도 알 수 있다. 배변을 시작하는 듯한 낌새가 보이면 얼른 아기용 변기를 대주어 아이를 안심시킨 후 아이가 무사히 배변을 처리하면 따뜻하게 안아주고 칭찬의 말을 해주어야 한다. 그러면 아이는 성공적으로 배변 훈련을 마칠 수 있다.

초기 정신분석학자들은 기저귀 훈련과 강박신경증이 서로 관련이 있다고 강조했지만, 모든 강박증이 꼭 부모에게 배변 훈련을 잘못 받아서 생기는 것은 아니다. 야뇨증과 유분증 등 나이를 상당히 먹을 때까지 배변 훈련에 어려움을 겪는 아이도 많은데 심리적인 원인이라기보다는 방광이나 요도, 항문 조임근 등의 발달지체로 인한 경우도 많기 때문에 무작정 아이를 다그치기보다는 소아청소년과에서 진료를 받아보게 하는 것도 중요하다. 야뇨증이나 유분증 자체 때문이 아니라, 이로 인한 부모 자녀 관계의 왜곡은 두고두고 불행의 씨앗이 될 수도 있으니 부모는 자녀에게 배변 훈련을 할 때에는 참을성 있게 아이를 잘 달래주는 것이 필요하다.

식사 훈련과 배변 훈련 모두 부모가 일방적으로 자신의 틀에 맞추어 강요하지 말고 아이의 욕구나 성장발달 정도에 맞추어 아이와 상호작용해야 한다. 갓난아이의 울음소리를 관찰해보면 기저귀가 축축할 때, 배가 고플 때, 무서울 때의 소리가 모두 다르다. 하지만 어머니는 그런 훈련을 체계적으로 받은 적이 없으므로 제대로 알아차리지 못한다. 즉 아이는 울음을 통해 자신이 무언가 필요하거나 불편하다는 신호를 보내지만, 부모가 그 신호를 잘 알아듣지 못하는 것이다.

최근의 영·유아 실험에 의하면 돌이 되지 않은 아이도 울음만으로 수십 가지 이상의 언어를 구사한다고 한다. TV를 끄고 인터넷 창을 닫고 스마트폰도 손에서 내려놓은 후 아이에게 집중하다 보면 아이의 언어를 더 잘 알 수 있는데, 요즘 부모들은 아이의 언어를 알아차리기에는 지나치게 바쁘고 시끄러운 환경에 둘러싸여 있으니 안타까운 일이다.

육아가 힘든 진짜 이유는 다른 데 있다

부모의 육아 스트레스가 심하다면, 아이가 이상하거나 자신이 무능하기 때문이라고 생각하거나 혹은 사회가 이상한 것이라고 쉽게 결론짓기 전에 육아에 대한 거부감이 무엇 때문에 온 것인지 탐구하여 그 근원적인 문제와 대면하는 것이 필요하다.

육아에 대한 거부감 극복하기

요즘 부모들은 수많은 책과 정보의 홍수 속에서 살다 보니 과거 조부모 세대에 비해 자녀교육 정보나 육아법을 비교적 잘 아는 편이다. 그러나 알고 있는 것과 실천하는 것이 달라 고전을 면치 못한다. 이미 습득한 지식을 행동으로 옮기지 못하는 심리적인 이유는 무엇일까?

'나는 사회에서 중요한 일을 해야 할 사람인데 겨우 아이 우유나 먹이고 기저귀나 갈고 있어야 하는 건가'라고 부정적으로 생각하며 자신의 처지가 불공평하다고 비관하는 사람이 있다. 한때 상대방, 특히 여성의 무능을 비난할 때 "집에 가서 애나 봐라!"라고 하는 관용구가 널리 쓰인 적이 있었다. 그 당시만 해도 아이 보는 것은 아무나 할 수 있는 쉽고 하찮은 일이라고 생각한 세태를 반영한 말이다. 물론 세상이 많이 바뀌고 여성의 권리가 올라가다 보니 그 반작용으로 출산율이 떨어지고 있는 지금은 아이 돌보는 것이 무엇보다 중요하다고 말하지만, 마음속 깊숙한 곳에는 아직도 집에서 아이 보는 일은 무능하다는 생각이 깊이 자리 잡고 있다.

'이 세상에서 가장 보람 있고 아름다우며 행복한 것이 육아'라는 관념은 어쩌면 최근에야 생긴 것일 수도 있다. 유아 사망률이 높고 아이에게도 독립적인 인격이나 감정이 있음을 인정하지 않았던 과거에는 "아이는 태어날 때에 제 밥 먹을 숟가락은 물고 나와 저절로 자란다"고 생각했다. 또 "부모는 돌아가시면 끝이지만 자식은 얼마든지 또 낳으면 된다"는 무시무시한 말도 자주 했다. 사실 늑대 소년처럼 거의 내버려두다시피 키우고 아주 어릴 때부터 일이나 시키면 육아에 대해 고민할 필요도 없을 것이다.

돌아가신 친정아버지는 일곱 살 때부터 지게를 지고 산에서 나무를 했으며 거름통을 메고 농사를 도왔다고 하셨다. 그럼에도 내 친할머니는 "내가 우리 아들(내 아버지)을 어떻게 키웠는데……"라는 말을 입버릇처럼 하셨다. 현재도 저개발국가의 아이들은 어린 나이부터 가정경제를 책임진다. 관광객 앞에서 "1달러!"를 외치며 돈을 구걸하고 돈 대신 초콜릿 같은 먹을 것을 들고 가면 부모에게 맞기도 한다. 불과 수십 년 전만 해도 우리나라 아이들 역시 그렇게 앵벌이를 하고 중학교에 들어갈 나이가 되면 학교 대신 가발 공장이나 신발 공장, 남의 집 식모살이 등을 하며 가장 노릇을 했다. 교육열만 보면 선진국 이상인 나라였지만 우리의 무의식에는 육아는 아무나 할 수 있는 단순한 일이라는 관념이 뒤섞여 있으니 당최 앞뒤가 맞지 않는다. 아이를 잘 키우는 것이 어머니의 역할이라고 주장하면서도 집에서 아이를 키우는 사람은 사회생활을 할 능력이 없는 낙오자라는 잘못된 이중적 메시지가 주 양육자의 사기를 꺾는 것이다.

또 자신의 부모가 자신이 어렸을 때에 제대로 돌보지 않고 학대하였다면 자신이 부모가 되었을 때 당연히 부모 역할에 대해 혼란을 느끼고 불안해할 수 있다. 실제로 임상에서 만난 내담자 중에는 어린 시절 부모에 대한 불만을 이야기하면서도 자신 역시 그와 똑같은 행동을 하는 것을 발견하여 당황하고 화가 난다는 사람이 많다. "자녀교육 방식은 3대를 간다"라는 말이 있긴 하지만, 부모의 육아 방식에 대해 화가 나면서도 나 역시 내 아이에게 똑같이 그렇게 할 수 있다는 불안감에 빠져 있지 말고 자신의 상처를 의식화해서 하나하나 대면하고 짚어봐야 할 이유가 이 때문이다.

또 배우자에 대한 불만이나 시댁, 처가에 대한 불만이 아이에게 전이(transference)되는 경우도 있다. 남편이나 아내, 혹은 시부모나 장인 장모가 가진 특성 중 내가 특별히 싫어하는 면을 아이가 닮을 수도 있다. 그런 아이의 외모나 성격 때문에 내 배로 낳았음에도 왠지 남 같아서 싫고 짜증이 난다는 부모가 있다. 부모가 부부간의 갈등을 아이에게 투사하면서 죄 없는 아이를 괴롭히는 것이다. 특히 이혼한 다음 아이를 떠맡는 부모가 아이에게 지나치게 집착하거나 학대하는 경우에는 더 그렇다. "너도 누구 씨라서 별수가 없구나" 혹은 "네 어미 닮아서 이 모양이냐" 하는 식으로 아이를 비난하다 보면 아이는 부모나 조부모를 닮은 자기 자신을 미워하게 된다.

부부가 합심해서 아이를 키울 때에 아이에게서 배우자의 좋은 점을 발견한다면 아이를 키우는 일이 소소한 기쁨과 행복이 되지만, 반대로 아이 안에서 배우자나 주변 사람의 나쁜 점만을 자꾸 찾아낸다면 육아 자체가 증오와 분노의 경험이 될 수 있다. 특히 편부모 가정의 경우 양육자가 주변의 적절한 도움을 받지 못하고 혼자 육아에 대한 모든 부담을 떠맡게 되면 힘들고 지치게 되어, 이 모든 상황을 초래한 것처럼 보이는 자신의 아이가 밉고 부담스러울 수도 있다. 아이에게 죄가 있는 것이 아니라, 근본적으로 자신과 배우자에게 책임이 있는데도 그 점을 인정하면 걷잡을 수 없는 죄책감이 몰려올 터이니 애꿎은 아이의 잘못과 실수만 탓하며 자신은 자책감에서 슬쩍 벗어나는 이기적인 행동을 하는 셈이다.

근원적인 문제는 부모에게 있다

자신의 꿈을 펼치고 싶고 나에게 좀 더 시간적으로나 경제적으로 투자하고 싶은데 아이 때문에 그 꿈을 접게 되는 상황 역시 육아를 힘들게 한다. 아이 때문에 직장을 그만둔 어머니, 아이 때문에 대학원 진학이나 유학 혹은 창업 등을 포기한 아버지는 마음속에 이루지 못한 자신의 꿈에 대한 실망과 안타까움이 쌓이면 아이가 자신의 앞길을 막는 존재라는 극단적인 생각까지 할 수 있다. 특히 원하지 않은 임신으로 어쩔 수 없이 결혼하게 되었을 때에는 "너 때문에 내 인생이 이 모양 이 꼴이다"라며 죄 없는 아이를 원망하기도 한다.

일이나 공부는 나중에라도 타협과 양보를 통해 다시 시작할 수 있지만 자녀교육은 필요한 시기를 놓치면 두 번 다시 할 수 없다. 외적인 성취와 물질적 가치를 강조하는 사람일수록 특별하게 빛이 나거나 인정받지 못하는 '돌봄'은 하찮은 시간 낭비라고 생각하는 경향이 강하다. 즉 내면의 평화와 행복보다는 외적인 평가와 과시가 중요한 사람일수록 육아 그 자체가 주는 기쁨을 모를 수 있다. 아이 때문에 타인에게 무언가 자신의 번듯한 것을 자랑할 기회를 놓쳤다는 상실감을 가지고 있는 부모라면 자녀가 좋은 고등학교나 좋은 대학을 가게 되어 주변 사람들에게 이른바 능력 있는 부모로 인정받는 것이 매우 중요할 것이다.

아이에게 고치기 어려운 병이 있는 것도 아니고 주변 환경이 몹시 나쁘지 않은데도 부모의 육아 스트레스가 심하다면 '아이가 이상해서'나 '자신이 무능해서'라고 결론짓기 전에 자신의 내면에 있는 불만과 회의를 깊이 생각해보는 과정이 필요하다.

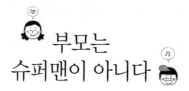

부모는
슈퍼맨이 아니다

육아에 미숙한 젊은 부모나 자신의 생활을 찾고 싶은 조부모에게만 모든 육아 책임을 지우지 말고 사회와 국가도 함께 육아에 책임을 진다는 생각을 해야 한다.

모든 부모가 처음부터
강하고 지혜롭지는 않다

남들이 보기에는 똑똑하고 능력도 있으니 그 정도면 괜찮은 부모임에도 자신이 형편없는 부모라고 자책하는 사람이 생각보다 많다. 아이가 아프거나 공부를 못하면 자신이 잘못 교육했기 때문이라고 생각하며 "나처럼 나쁜 부모 밑에 자랐으니 당연히 결과도 나쁘다"는 식으로 자포자기하며 자기혐오에 빠지는 것이다.

주변의 시각에도 큰 문제가 있다. 시댁이나 친정 식구, 심지어 사회까지도 아이에게 나쁜 일이 일어나면 일단 주 양육자인 부모(특히 어머니) 탓을 한다. 반대로 특별한 재능이 있거나 공부를 잘하는 아이의 부모에게는 자녀교육 비법이 무엇인지 물어보며 부러워하는 경우도 많다. 이 때문에 젊은 부모는 주변 사람들에게 인정받고 부러움을 사는 완벽한 부모가 되기 위해 그야말로 젖 먹던 힘을 다하게 된다. 또한 육아에 대한 책을 몇십 권씩 탐독하고 온·오프라인에서 육아 정보를 찾아 헤매며 일등 분유에, 일등 유아원에, 일등 교육 프로그램을 광적으로 맹신하는 부모를 "정신 나간 데다 욕심 많은 치맛바람 부모"라고 비난만 할 수 없는 속사정이 여기에 있다.

본인이 몹시 아프거나 피로할 때에도 자신의 몸은 돌보지 않고 아이만 챙기다 정말로 큰 병에 걸리거나 사고가 나는 부모도 있다. 육아는 장기적인 활동이다. 부모가 건강해야 아이도 건강하게 클 수 있으므로 자신을 지나치게 희생해서 아이에게 모든 것을 거는 것이 바람직하다고만은 할 수 없다.

나 역시 젊었을 때 아이들에게 최선을 다하느라 몸이 매우 약해진 면도 있다. 만성 기관지염과 천식을 갖고 있었는데, 그게 자주 심한 감기와 폐렴으로 번졌다. 만성적인 설사, 출혈을 동반한 위궤양, 허리와 목 디스크, 전신 알레르기로 인한 쇼크 등 아이들이 성인이 될 때까지 지인들에게 "걸어 다니는 종합병원"이라는 말을 들을 정도로 골골했다. 그리고 어쩌면 그 선상일 수도 있는 암과 심장병까지 앓게 되었다. 발달한 의술 덕에 지금은 큰 문제없이 살고 있지만, 어머니로서 최선을 다한다는 명목으로 정작 꼭 필요한 자기 관리를 제대로 하지 못했던 것이 특히 의사로서 부끄럽다. 만약 내가 건강 관리를 잘하지 못해 계속 병약하여 아이들이 성인이 된 이후에도 끊임없이 건강 문제로 아이들을 귀찮게 하는 노인이 된다면 나뿐만 아니라 가족에게도 결코 도움이 되지 않을 것이다.

물론 나름대로 그렇게밖에 할 수 없었던 이유는 있었다. 자신의 살림에 피가 섞이지 않은 사람의 손이 닿는 것을 싫어하셨던 시어머니의 성벽 때문에 나는 가사도우미 없이 퇴근 후 매일 밤 11시 ~12시가 넘을 때까지 집안일을 해야 했다. 지금이라면 시어머니와 싸워서라도 어떻게든 다른 사람의 도움을 받았겠지만, 당시 나는 어리고 미숙하여 자기 보호를 할 수 있는 처지가 아니었다. 살림도 넉넉지 않았기에 과로로 병이 날 때까지 내 몸을 방치할 수밖에 없었다. 어찌 보면 공부만 하느라 세상 경험이 많지 않아 어리숙하기 짝이 없었던 사람이라 그 모든 것을 혼자 해내며 그저 참는 것만이 능사라고 생각했는지도 모르겠다.

물론 모든 사람이 집안일과 아이 돌보는 사람을 두어 가면서 우아하게 아이를 키우고 집안일도 적당히 하며 살아갈 수는 없을 것이다. 평범한 젊은 주부 대부분은 아마도 젊은 시절의 나처럼 직장과 집안일 때문에 안팎으로 허덕이며 살 것이다. 불만도 많고 짜증이 나는 상황에서 벗어나기 힘든 것이 당연하지만, 반대로 그런 과정 덕분에 아이나 주변 사람에게 존경받고 인정받을 수도 있다. 그러니 무엇보다 스스로 인내심과 성실함에 대한 자부심을 갖고 성취감을 느끼는 것이 중요하다.

육아를 '힘들지만 성숙하고 강하게 변모할 수 있는 기회'라고 생각한다면 그 속에서도 보람을 느낄 수 있다. "여자는 약하지만 어머니는 강하다!"라는 상투어가 어머니들을 꼼짝 못하게 얽어매기도 하지만, 반대로 맷집 강하고 배짱 있는 여장부가 될 기회를 주지 않는가. 모든 어머니가 처음부터 강할 수 없는 것이 당연하다.

돈이 많아 젊어서는 다른 사람에게 집안일을 시키고 자신은 손 하나 까딱하지 않았다가 말년에 사정이 어려워져 생계를 위해 생활 전선으로 나서면서 마음고생을 심하게 하는 사람들을 임상에서 가끔 본다. 젊을 때 일을 배워 놓으면 나이가 들수록 요령이 생겨 같은 일이라도 좀 더 쉽게 할 수 있는데 반해 아예 배울 생각을 하지 않다가 몸도 마음도 굳어진 다음에 일을 하려고 하면 모든 것이 서툴다. 또한 일이 몸에 익으면 노동이 생활이자 즐거움이 될 수도 있지만, 어려운 것 없이 살다 나이가 들어 생계를 위해 당장 일해야 한다면 노동은 그저 서러운 서글픔에 지나지 않는다.

아이를 키울 때에도 모든 것을 남의 손에 맡기고 의지하기보다는 손수 음식도 만들어 먹이고 시장에도 데리고 다니면서 직접 아이를 키운다면 당장은 고달플지라도 육아와 자녀교육에 더욱 자신감이 생길 수 있다. 게다가 아이와 부모 사이에 강한 유대감도 생기니 일거양득이다. 미국에서 흑인 최초로 메이저리거가 된 재키 로빈슨의 어머니는 두 개의 직장을 다니면서 갓난아기부터 사춘기에 이르는 아이들을 남편도, 조부모도 없이 혼자 키웠다. 놀라운 것은 그러면서도 재키 로빈슨이 "어머니가 일터에서 돌아오면 우리 집안에는 웃음꽃이 피고는 했다"고 추억한다는 점이다. 우리가 과연 그 어머니보다 더 힘들겠는가?

현실로 돌아가 보자. 부모가 바쁜 탓에 보모나 조부모의 손에서 자란 아이는 성인이 된 후 뒤늦게 부모와의 관계가 삐거덕거리기도 한다. 아이는 보지 않는 것 같지만 많은 것을 보고, 잊어버린 것 같지만 많은 것을 기억한다. 어린 시절 부모가 최선을 다해 자신에게 사랑을 주고 관심을 기울이는 모습을 보였다면 비록 부모가 못 배워서 서툴고 실패가 많았을지라도 아이는 사랑을 기억할 것이다. 반대로 똑똑하고 능력 있는 부모지만 자신에게 별다른 애정과 관심을 보이지 않았다면 부모가 어떤 고귀한 성취를 한 사람일지라도 자녀는 그 부모를 그다지 훌륭하게 보지 않을 것이다.

같은 이치로 열심히 일하는 부모의 모습을 보고 자란 아이는 자연스럽게 일하는 삶을 배우게 되어 건전한 노동 의욕을 가진 건강한 생활인으로 성장할 수 있다. 반면 어려서부터 보모나 가사도우미, 운전기사, 조부모, 친척 등 누군가가 부모 대신 자신의 모든 것을 돌봐준다면, 그리고 내게는 공부만 하라는 부모 역시 자신처럼 그 모든 것들을 누군가로부터 받고 무위도식하고 있는 것을 알게 된다면 아이는 그런 부모를 그대로 닮을 수밖에 없다.

아이는 직업윤리나 삶에 대한 인내심 대부분을 부모에게서 배운다. 자신은 공부도 일도 하지 않으면서 아이에게만 공부하고 일하라고 한다면 그 말이 아이가 제대로 받아들이겠는가? 아이에게 근검 성실하게 사는 모습을 보여주는 것이 공부하라는 천 번의 잔소리보다 훨씬 더 효과적이다. 그러므로 육아와 자녀교육으로 힘들었던 부모의 시간은 자녀와 본인을 위한 가장 좋은 투자임을 기억하자.

주변 사람에게 적극적으로
가르침을 구하라

그렇지만 젊은 시절의 나처럼 몸에 병이 생길 정도로 모든 것을 혼자 다 해내려는 태도 역시 바람직하지 않다. 나는 14대 종부(宗婦)이자 의사로서 안팎으로 일과 사람들에게

치여 살았지만 천진하고 사랑스러운 아이들 덕에 힘든 순간에도 큰 행복과 기쁨을 느낄 수 있었다. 나는 항상 아이들에게 "너희는 엄마를 구하러 온 천사"라고 말할 정도로 아이들의 맑은 눈망울과 목소리를 듣고 고비를 넘길 때가 많았다. 실제로 아이들이 없었다면 견디지 못할 순간도 많았다. 육아 그 자체 때문에 피로하기보다는 다른 부수적인 복잡한 인간관계와 의무감으로 인한 괴로움이 내게는 훨씬 컸다. 그래서 더 내게 육아는 다른 어떤 것보다 큰 즐거움이었을 수도 있다고 생각한다.

그렇다고 해서 "모든 부모는 육아를 세상에서 제일가는 즐거움으로 여겨야 한다"고 강요하고 싶지는 않다. 사람마다 가진 생각과 중요하게 여기는 가치가 모두 다르고, 육아라는 의무감 때문에 정작 자신에게 정말 중요한 것을 희생하며 살아야 한다고도 생각하지 않는다. 특히 어머니가 자신은 육아와 가사가 적성에 맞지 않는다고 생각하며 힘들어한다면 가능한 한 다른 사람들의 도움을 적극적으로 받아서 그 부담을 줄이는 것이 좋다. 아버지 역시 "육아는 어머니의 몫"이라고만 생각하지 말고 자신 역시 일차적인 육아 담당자가 되어야 한다.

육아에 미숙한 젊은 부모들은 주변 사람에게 적극적으로 도움을 구하자. 현대 여성들은 과거처럼 좋은 어머니와 아내가 되는 이른바 '현모양처 수업'을 받으며 자라기보다는 당돌하고 도전적이며 사회에서 남자와 능력으로 당당히 겨룰 수 있는 전사로 자라고 있다. 그런 여성들에게 "이제 아이가 생겼으니 희생적이고 전통적인 어머니가 되어야 한다"고 강요하면 그들이 얼마나 혼란스럽겠는가.

게다가 안타깝게도 사회에 희망을 거는 것도 어렵다. 탁아시설이나 보육시설, 유치원 등을 운영하는 학교나 대기업 및 병원이나 사회 기관은 생각보다 많지 않으니 말이다.

이제는 "부모 노릇이야말로 가장 큰 행복이다!"라는 감상적인 구호만으로는 임신과 출산, 육아를 두려워하는 젊은 부부를 움직이게 할 수 없다. 국가와 사회가 보육을 위해 구체적으로 변화하거나 해답을 내놓지도 않으면서 부모에게만 일과 육아 모두 잘 해내는 슈퍼맨이 되기를 강요한다면 우리나라의 출산율은 절대 오르지 않을 것이다.

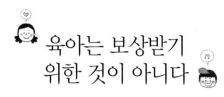

육아는 보상받기 위한 것이 아니다

부모가 아이를 위해 해야 할 일은 부모인 내가 무엇을 원하느냐가 아니라 아이가 무엇에 흥미를 느끼는지 평소 세심한 관찰을 통해 발견하는 것이다. 그러나 부모 대부분은 내가 누리지 못한 것과 하지 못한 것을 아이를 통해 대리만족하기를 바란다.

아이가 진정 원하는 것을 찾아라

힘든 육아를 참을성 있게 겪어내면서 부모는 무의식적으로 자신의 노고를 보상받고 싶어한다. 아이가 주변 사람에게 자랑할 수 있는 영재로 자라서 자부심을 갖게 되거나 그 아이로 인해 경제적으로도 호강할 수 있기를 바라는 것이다. 김연아 선수나 박인비 선수처럼 운동에 재능을 가진 아이, 수능에서 수석을 한 아이, 올림피아드에 나가 상을 받고 과학고나 영재고에 진학하는 아이, 명문대에 입학하는 아이 등으로 성장하는 것이 대부분 부모의 소망이다. 물론 아이가 무언가를 하나씩 배울 때마다 신기하고 흥분되어 '내 아이는 정말 특별해! 혹시 영재가 아닐까?' 하고 생각하는 부모의 마음이 꼭 나쁘다고 보지는 않는다. 젊은 부모의 입장에서는 아이의 변화 하나하나가 신기할 수 있다. 자신이 극심한 경쟁사회에서 자랐기 때문에 다른 부모가 아이에게 무언가를 가르치고 있다면 혹 내 아이만 뒤처질까 봐 조건반사적으로 얼른 따라 하고 싶은 마음이 드는 것도 당연하다. 조기 교육을 놓치면 자녀가 마치 모든 면에서 뒤처질세라 가능한 모든 정보에 촉각을 곤두세우기도 한다. 이를 증명하듯 아직 옹알이밖에 하지 못하는 영아에게 영어 CD를 들려주거나 교육 DVD를 보여주며 글자와 숫자를 가르치기 위해 고문 아닌 고문을 하는 부모도 있다.

만 3세가 되기 전에 글자를 가르치겠다고 아이에게 스트레스를 주게 되면 아이의 뇌와 몸이 제대로 발달하지 못한다. 부모와의 건강한 애착 형성과 친밀감을 쌓는 경험을 통해 몸의 자연스러운 성장과 정서적 발달 및 감각기관의 발달 등이 서로 유기적이고 전체적으로 이루어져야 아이는 건강하게 자신의 능력을 발휘할 수 있다. 그러나 적지 않은 부모가 이런 원칙을 간과하고 지능 발달만 촉진하는 교육을 하다가 건강한 아이를 유사 자폐나 유사 과잉행동증후군 환자로 만드는 경우가 많다. 부모 자신이 영어에 대한 콤플렉스가 있다면 아이에게 영어를 강요하지 말고 부모 자신이 영어를 공부하면 된다. 가드너의 유명한 「다중 지능 이론」을 들먹일 필요 없이 훌륭한 인재는 지능뿐 아니라 사회성, 통찰력, 창의력, 인내심, 체력, 도덕심 등 여러 가지 조건을 함께 갖추어야 탄생한다.

**아이를 있는 그대로의
모습으로 바라보라**
　　　　　　　　어떻게든 내 아이는 상위 1퍼센트로 키우

겠다며 마이너스 가계와 불안한 노후를 무릅쓰고 갓난아기 때부터 온갖 교구와 전집을 사들이는 배우자 때문에 골치를 썩이는 사람도 적지 않다. 장난감도 무조건 많은 것이 좋다고 생각해서 방안 가득 사서 늘어놓으면 아이의 IQ가 저절로 올라간다고 착각하는 경우도 부부싸움을 부추긴다. 쇼핑중독에 걸린 어머니가 다 쓰지도 못할 만큼 아이의 물건들을 엄청나게 사서 집을 창고로 만드는 경우도 많다. 마음이 공허해서 쇼핑으로 그 공허함을 해소하고 싶은데 자신의 물건을 사면 죄책감과 주위의 비난을 감당할 수 없으니 아이를 쇼핑 중독의 제물로 삼는 것이다.

그러나 이렇게 잡다한 자극에 무분별하게 노출되면 아이는 오히려 세상에 대한 호기심을 잃어버린다. "한꺼번에 전집을 사 놓았더니 아이가 펼치지도 않더라" "과학 교구를 사다 놓았더니 한 번도 꺼내 보지 않더라"라는 경험을 한 어머니가 많을 것이다.

모든 아이가 아인슈타인 같은 천재 과학자나 쇼팽 같은 특출한 음악가 혹은 세계적인 운동선수만 된다면 이 사회는 제대로 굴러가지 못한다. 세상에는 평범한 사람이 해야 하는 진짜 중요하고 가치 있는 일이 영재가 하는 일보다 훨씬 많다. 또 그런 평범함 속에 누릴 수 있는 행복도 크다.

어머니가 아이의 행복을 위해 관심을 기울여야 할 것은 "부모인 내가 무엇을 원하느냐"가 아니라 "아이가 무엇에 흥미를 느끼느냐"에 있다. 평소에도 세심한 관찰을 통해 아이의 가능성을 발견하고 이를 위해 최선을 다하는 것이 부모가 할 일이다. 그러나 대부분의 부모는 내가 누리지 못한 것과 내가 하지 못한 것을 아이의 소망인

양 덮어씌운다. 즉 아이를 통해 무의식적으로 자신의 좌절된 소망이 대리만족 되기를 바라는 것이다. 아이의 적성과는 상관없는 것을 요구하다가 부모 자녀 사이가 나빠지고 아이가 세상에 흥미를 잃는 사례는 하늘의 별처럼 많다. 예를 들어 부모 자신이 어려서 피아노를 꼭 배우고 싶었는데 집안이 어려워 배우지 못한 한을 풀고자 축구를 배우고 싶은 자녀에게 피아노 배우기를 강요해서 축구 영재를 망치는 경우가 그렇다.

이뿐만이 아니다. 어린 시절 어려운 형편 때문에 마음껏 공부하지 못한 한을 풀기 위해 노래나 운동을 좋아하는 아이에게 공부만 강요하다 결국 아이를 삐뚤어지게 만드는 부모, 유학가지 못한 아쉬움 때문에 아이에게 조기유학을 시켜 평생 씻을 수 없는 상처를 안기는 부모, 자신이 하지 못했던 예술에 대한 한을 아이를 통해 풀고자 억지로 악기 공부를 시키면서 아이와 원수가 되는 부모 등 이 모두 아이의 희망과 자신의 희망을 구분하지 못하고 혼돈 속에 사는 부모 때문에 벌어지는 일이다. 자신의 부모에게서 받지 못한 것이나 자신의 인생에서 이루지 못한 것이 있다면 그것은 어디까지나 자신의 문제이지 아이의 몫이 아니다. 솔직하고 정직하게 자신의 아이가 무엇을 원하는지 제대로 보고 받아들이는 것이 중요하다.

모성 콤플렉스,
부성 콤플렉스의 실체

모성 콤플렉스는 양면성이 있다. 어머니에 대한 퇴행적 의존과 모성의 일방적인 지배에 대한 공포 같은 부정적인 의미도 있지만, 모성에 내재한 돌봄과 수용, 창조적 에너지 등의 긍정적 의미도 있으므로 양쪽 모두 고려해서 살펴보아야 한다.

**넓고도 깊은
모성 콤플렉스**

요즘 우리나라의 자녀는 부모의 과도한 관심과 성적과 관련된 압박 및 사회적 압력 때문에 불행하고, 부모는 그런 자녀를 지켜보며 불행하다. 게다가 시대가 바뀌면서 컴퓨터와 스마트폰, 도박 및 담배 중독, 따돌림 등의 학교 폭력, 범람하는 성(性)적 자극 등으로 아이들에게는 수많은 고민이 생겼고, 이에 따른 다양한 정신질환도 발생하고 있다.

이 모든 정신질환의 뿌리에는 내적 자신감의 결여와 열등감 및 부모로부터 건강한 애정을 받지 못한 결핍 등이 숨어 있다. 특히 최근 급격하게 증가하는 학생 자살률은 그중에서도 가장 심각한 징후이다. 그런데 이런 교육과 관련된 정신적 문제가 과연 21세기 한국에만 국한되어 벌어지는 일일까? 아니다. 자녀교육과 관련된 심리적 갈등은 고대로 거슬러 올라가도 발견할 수 있다. 부모와 자녀가 있는 한 서로에게 아픔과 상처를 주고받는 복잡한 상황은 시공을 초월하며 존재하였다는 이야기이다.

세계 각국에 존재하는 어머니 여신의 성격과 특징을 살펴보면 모성과 관련하여 흥미로운 현상을 발견할 수 있다. 자녀교육 및 육아와 관련된 스트레스의 뿌리는 '어머니로 사는 삶' 혹은 '어머니에 대한 감정 및 태도 등과 관련된 모성 콤플렉스'로 살펴볼 수 있다. 모성 콤플렉스는 심성의 여러 콤플렉스 중 가장 고태적(archaic, 古態的)이며 뿌리 깊은 콤플렉스이다. 이런 모성 콤플렉스가 긍정적으로 작용하면 아이를 따뜻하게 돌보아 어른으로 성장할 수 있도록 도와준다.

그러나 부정적으로 작용하면 자녀를 매우 힘들게 한다. 최악의 경우 아이를 마음대로 휘둘러 부모의 노예처럼 부리기도 하고 "너를 낳아 키우느라 나를 희생했다"고 세뇌하며 자녀에게 죄책감을 심어주기도 한다. 또 독립하려는 자녀의 앞길을 막으며 철저하게 어머니만을 위한 인생을 살라고 강요하기도 한다. 아이가 성장하며 변하는 것을 받아들이지 못해 자녀가 자기 목소리를 내기 전에 미리 그 싹을 싹둑 잘라버리는 만행을 저지르기도 한다. 겉으로는 '가없는 어머니의 사랑'이라고 포장하지만 실제로는 자녀를 잡아먹는 무서운 어머니의 집착으로, 전형적인 부정적 모성 콤플렉스라고 할 수 있다.

그런데 아이를 가진 어머니에게만 모성 콤플렉스가 있는 것은 아니다. 아버지나 조부모 및 친척에게도 있고 친구 관계에서도 작용하며 심지어는 어떤 기관이나 국가가 마치 어머니인냥 기능할 때에 나타나기도 한다. 이처럼 모성 콤플렉스는 곳곳에서 다양하고 폭넓게 나타난다.

세계 각국의 어머니 원형

태모(Great Mother, 太母)는 위에서 설명한 모성 콤플렉스 중 가장 원시적인 유형이다. 힌두교의 데비(Devi, 사랑 모성 죽음을 상징하는 여신), 아스텍의 코아틀리쿠에(Coatlicue, 나와틀족의 신화에서는 '뱀의 치마'라는 뜻으로 사람들에게 산 제물을 요구한 대지모신으로 알려져 있지만, 아스텍 신화에서는 '뱀의 언덕'이라 불리는 곳에서 경건하게 수행하는 여성으로 그려진다), 그리스의 레아(Rhea, 대지의 여신), 메소포타미아의 이슈타르(Ishtar, 풍요와 동물의 탄생을 수호하는 여신), 이집트의 누트(Nut, 하늘의 여신), 중국의 여와(Nuwa, 女媧), 우리나라의 마고(Magu, 麻姑) 등 원형적 모성에서 보이는 어머니로서의 혹은 어머니와 관련된 성격과 문제점은 시간과 공간을 초월하여 현대 한국의 부모와 자녀에게도 다양한 모습으로 나타나고 있다. 어머니 원형상(archetypal images, 原形像)의 본능적이고 미분화된 측면과 그 부작용은 교육 정도와 상관없이 다양한 부모에게서 관찰된다.

하나씩 살펴보자. 힌두교의 데비 신은 사랑과 모성, 죽음의 여신이다. 아이를 낳는 사람도 어머니지만 정신적으로 학대하여 아이의 영혼을 죽일 수 있는 사람도 어머니이니 데비 신의 책무는 어느 정도 이해가 간다. 코아틀리쿠에 신은 사람들에게 산 제물을 요구하는 신이다. 이는 현실에서 어머니가 "내가 너에게 이만큼 희생했으니, 너도 나에게 그만큼 해야 한다"고 강요하며 자녀의 인생을 방해하는 경우라고 할 수 있다. 레아 여신은 자녀를 구하기 위해 아이가 아버지에게 돌을 먹여 죽이는 것을 방조하는 신인데, 아이만 끼고 돌면서 남편을 가정에서 고립시키고 권위를 깎아내리는 어머니를 여기에 대입할 수 있다.

메소포타미아의 이슈타르 여신은 풍요와 동물의 탄생을 상징하는 어머니 신이지만 사랑과 전쟁의 여신이기도 하다. 이에 걸맞게 성질이 나쁘기로 유명한 여신이다. 남편 타무즈(Tammuz)를 자기 대신 지하 세계로 보내고 길가메시(Gilgamesh)에게 청혼했다가 거절당하자 황소를 보내 길가메시와 그의 친구를 죽이려고 한다. 현실에서도 이슈타르 여신처럼 걸핏하면 배우자와 아이에게 싸움을 걸고 못살게 굴어 가족을 극단적인 상황으로 몰고 가는 어머니와, 자신의 말을 듣지 않으면 아이와 그의 친구까지 함부로 대하는 어머니에게서 이런 모성 콤플렉스를 엿볼 수 있다.

이집트의 누트 여신은 오시리스(Osiris), 세트(Set), 이시스(Isis), 네프티스(Nephthys) 등 네 명의 신을 낳았고 죽은 자들을 보호하고 혼돈을 정리하여 질서를 만들었다. 얼핏 생각하면 좋은 여신인 듯하지만 오시리스를 잔인하게 죽인 데다 질투와 죽음의 상징인 세트를 낳았다는 점을 주목해야 한다. 아이를 낳아 키우는 어머니가 때로는 자녀의 영혼을 갈기갈기 찢는 경우가 있는데, 이 신의 모습을 통해 그와 같은 행동을 이해할 수 있다. 또한 공평하게 자녀를 키우지 못해 형제끼리 사이가 벌어지도록 하는 상황도 생각해볼 수 있다. 자녀의 모든 일에 개입하고 지나치게 관리하여 아이를 숨 막히게 하는 부모에게도 역시 이런 부정적인 모성 콤플렉스가 숨어 있다.

중국의 여와 여신은 반은 사람이고 반은 뱀이다. 흙으로 만물을 만들고 결혼이라는 의식을 만들어 지상에 생명이 번성하도록 만든 창조의 여신이자 자신의 몸으로 홍수를 막아 세상을 구한 희생의 여신이지만 뱀의 형상을 한 이유는 무엇일까? 에덴동산에서 뱀은 아담과 이브가 축복받은 땅에서 쫓겨나는 결정적인 역할을 한다. 뱀은 조용하고 빠르게 움직이는 민첩한 동물이지만 무시무시한 독을 가진 냉혈동물이라 물리면 생명까지 위험해질 수 있다. 여와 여신은 자녀가 지상낙원 같은 어린 시절을 벗어나 어른으로 성장하고 독립할 수 있도록 해주는 모성의 또 다른 원형이라고 해석할 수 있다. 그러나 이런 모성은 때로 아이의 아픈 곳을 건드려 자녀를 무기력하게 만들고 심지어 죽일 수도 있다. 분명 따뜻하고 포근하지만 때로는 지나치게 냉정해 한기가 돌게 하는 모성도 적지 않다는 이야기이다. 이렇게 행동하는 부모의 내면에는 뱀과 같은 차갑고 위험한 모성 콤플렉스가 숨어 있다.

이에 반해 우리나라의 여신 마고는 얼핏 위험한 속성이 없는 것처럼 보인다. 그저 별 계획 없이 산과 강과 섬을 만들고 마음 가는 대로 신 나게 잘 노는 여신처럼 보이기 때문이다. 그러나 마고가 속옷을 제대로 만들어 쭉 이었다면 제주도와 본토가 연결되어 하나의 육지가 될 수 있었는데 그 역할을 마무리 짓지 못했다는 설화를 떠올리면 이야기는 달라진다. 자신의 인생을 즐기느라 자녀를 제대로 돌보지 못해 아이의 안전을 위협하는 어머니가 이런 경우라고 할 수 있기 때문이다. 아이를 내버려두고 집을 나가 도박이나 음주, 춤 등의 쾌락에 빠지는 모성 역시 부정적으로 미분화된 모성 콤플렉스라고 볼 수 있다.

이렇게 모성 콤플렉스는 양면성이 있다. 어머니에 대한 퇴행적 의존심이나 일방적이고 폭력적인 지배에 대한 공포 같은 부정적인 이미지도 있지만 돌봄이나 수용, 창조적 에너지 등의 긍정적 이미지도 있으므로 양쪽을 다 고려해서 살펴보아야 한다. 부정적인 모성 콤플렉스는 우울과 불안, 신체적 장애, 화병, 성격장애 등의 씨앗이 되어 본인뿐 아니라 가정과 사회에서 병적인 요인이 될 수 있지만 반대로 모성 콤플렉스의 긍정적인 측면을 잘 활용한다면 새로운 단계의 인격적 성숙을 경험할 수 있다. 이 과정에서 남성은 어머니와의 동일시나 모성 콤플렉스와 관련된 인격 형성 과정과 증상 형성이 비교적 명료하게 관찰되지만 여성은 어머니로부터의 분리가 남성보다 점진적으로 이루어지므로 여성의 모성 콤플렉스에 대한 접근은 더 세밀하고 신중하게 이루어져야 한다.

부성 콤플렉스의 실체

콤플렉스를 단순히 열등감이나 장애로 보아서는 안 된다. 오히려 인간이 보다 역동적으로 변할 수 있는 정신적 에너지로 보는 것이 바람직하다. 아직은 완전하게 인격 안에 통합되어 있지는 않지만, 오히려 그 때문에 새로운 성취의 가능성을 열어 놓을 수도 있는 것이 콤플렉스의 실체이다.

부성 콤플렉스 역시 긍정적인 동시에 부정적으로 육아에서 작용할 수 있다. 부성 콤플렉스는 자녀에게 어떤 과제를 조직화하고 앞날을 계획하며 동료나 팀원과 협동해서 일하는 것 등 구체적이고 현실적인 과제뿐 아니라 추상적이고 이상적인 과제에도 관심을 두게 한다. 즉 조직 속에 복종하는 측면과 리더로서 작용하는 측면 모두에 부성 콤플렉스가 작동한다.

모성 콤플렉스와 달리 부성 콤플렉스가 이런 기능을 하게 된 이유를 진화론적으로 생각하면 쉽게 이해할 수 있다. 과거 수렵채취 사회에서 아이를 돌보는 어머니와 달리 아버지는 생존을 위해 떼를 지어 사냥에 나서야 했다. 농경사회로 넘어온 이후 생존을 위한 농사 역시 아버지의 몫이었다. 여러 명이 함께하는 사냥이나 농사에는 조직화와 구조화를 통해 미리 계획하고 예측하는 추상적인 개념이 필요한데, 어머니에 비해 아버지는 이런 기능이 우수하다. 이를 융 심리학에서는 부성 콤플렉스라고 말한다.

지금까지 우리는 아이를 키우는 데 있어 어머니의 역할만 지나치게 강조했고 아버지의 역할은 상대적으로 거의 강조하지 않았다고 해도 과언이 아니다. 교육과 관련된 부성 콤플렉스에 대한 논의 역시 거의 하지 않았던 것이 사실이다. 어쩌면 아버지의 역할은 돈 벌어오는 것 말고는 특별히 필요하지 않다는 집단 최면에 걸려 있었을 가능성도 있다. 생계를 위해 부모 중 하나가 외국으로 떠나 가족이 해체되는 외국인 노동자와 달리 순전히 교육을 위해 가족이 해체되는 경우가 한국에서 가능했던 이유가 이것 때문이라고 생각할 수 있다.

또한 이제껏 아이를 키우는 것은 어머니만의 몫이라고 생각했던 관행은 많은 남자가 자기 안에 있는 모성 콤플렉스를 아예 부정하고 이를 키워가는 데에 무관심했던 것과도 연결된다. 여자 역시 자신 안에 있는 부성 콤플렉스를 좀 더 긍정적으로 성장시켰다면 비논리적이고 맹목적인 교육열에 빠져 자신과 배우자 및 자녀를 희생시키는 사람은 되지 않았을 것이다.

모성이나 부성 콤플렉스의 부정적이고 병적인 현상을 극복하기 위해 부모는 다음과 같은 내용을 유념하길 바란다. 첫째, 부모와 자녀는 전혀 다른 개별적 존재이며 자녀가 부모에게서 독립할 수 있도록 이성과 감정을 함께 갖추어 양육하고 교육한다. 둘째, 지금과 같은 성적 관리 위주의 양육이 아닌 도덕과 체육, 감성, 노동, 놀이, 사회성 등 자녀교육에서도 여러 영역에 열정과 관심을 둔다. 셋째, 좋은 부모가 되기 위해서라도 자신의 정신 및 육체 건강을 잘 유지한다. 넷째, 양육은 어머니만의 문제가 아니라 가족과 사회 모두의 문제임을 인식한다.

즉 모성 콤플렉스는 여자에게만 있는 것이 아니라 남성에게도 있고(반대로 부성 콤플렉스 역시 마찬가지이다) 개인뿐 아니라 집단, 넓게 봐서는 국가와 사회 전체에도 영향을 미칠 수 있다는 점을 기억하자.

‘좋은 부모 콤플렉스’ 길들이기

아무리 좋은 부모가 되기 위해 애쓰더라도 자녀교육에는 항상 예측할 수 없는 함정과 덫이 존재한다. 이런 좌절과 불안 및 걱정은 자녀교육에 대한 공포로 변할 수도 있지만, 길게 보면 더 좋은 부모가 되는 초석이다.

무의식 속의 블랙홀, 트라우마

우리는 모두 상처 하나씩은 갖고 산다. ‘상처’라는 뜻의 ‘트라우마(trauma)’가 무슨 트렌드 아이템처럼 사람들 입에 오르내리지만, 따지고 보면 따뜻하고 안전한 어머니의 뱃속에서 머물다 산도를 거쳐 위험하고 무서운 이 세상에 나와 자신의 폐로 호흡하기 시작한 그 순간부터 죽을 때까지 사람의 인생에는 트라우마가 하나씩 덧붙여진다. 그리고 무서운 진실이지만, 내 마음 속 상처의 시작은 다름 아닌 내 부모에게서 비롯되는 경우가 대부분이다. 배가 고픈데 빨리 우유를 주지 않는 부모, 더 먹고 싶은데 젖을 빼는 어머니, 어머니를 독차지하고 싶은데 냉혹하게 빼앗아 가는 무서운 아버지로부터 비롯된 마음의 상처들은 모두 우리의 일상에서 생겨난다. 이런 상처는 우리의 기억에서는 사라져도 무의식의 그릇 그 어딘가에는 여전히 존재한다.

갖고 싶은 장난감을 사지 못하게 하고 계속 놀고 싶은데 공부하라며 게임기를 빼앗아버리며 먹기 싫은 음식도 먹으라 강요하고 친구처럼 비싼 옷을 입고 싶은데 사주지 않으며 유학 가서 공부하고 싶은데 유학은커녕 학원도 보내주지 않고 등등 이처럼 부모에게 받은 상처를 낱낱이 기록하라고 하면 수십 장 이상을 써내려갈 수 있는 사람이 많을 것이다. 그러나 정상적이고 건강한 사고를 지닌 대부분의 성인은 그냥 잊어버리고 말지 그렇게까지 꼼꼼하게 부모의 잘잘못을 따지며 살지 않는다(하지만 적지 않은 경계형 인격장애나 망상형 인격장애, 조증 환자들은 이런 상처를 낱낱이 기억해서 부모를 괴롭히기도 한다). 진짜 문제는 자신에게 아이가 생겼을 때 시작된다.

아이가 생기면 "이제 너희도 부모 노릇을 해야 한다"고 안팎으로 강요받는 부모의 무의식 한쪽 구석에서는 퇴행하고 싶은 마음이 스멀스멀 올라온다. '아이가 울면 자신도 울고 싶고, 아이가 칭얼대면 자신도 칭얼대고 싶은 마음'과 '아이를 위해 슈퍼맨 부모가 되고 싶은 마음'이 공존하는 것이다. 다른 한편으로는 "뭐야! 아이가 먹다 남은 것만 먹고, 아이 똥오줌이나 치우고, 아이가 어지른 걸 정리하느라 바쁘고. 내가 겨우 이런 것들이나 하려고 그동안 그렇게 공부하느라 애쓴 거냐" 하며 억울한 마음도 생긴다.

동시에 무의식 속에 숨겨둔, 자신의 부모에게 받은 상처가 되살아난다. '어릴 때 발레를 하고 싶었는데 어머니는 내게 공부만 하라고 했었지' '공부하고 싶었는데 능력 없는 아버지 때문에 대학 진학을 할 수 없었지' '자유롭게 살고 싶었는데 엄격한 부모님 때문에 숨도 못 쉬며 살았지' 하는 식으로 잊고 있던 부모에 대한 원망이 의식의 표면으로 떠오르는 것이다.

누구에게 감사한 마음을 표현하려면 일단 스스로의 마음이 넉넉해야 하는데 바쁘고 힘든 젊은 부모 대부분은 그럴 여유가 없다. 아이를 키우면서 부모에게 미안함을 표현하는 대신 어린 시절 부모 때문에 서운했던 것을 일일이 기억해 내며 원망할 수도 있다. 마음속으로는 '나만은 내 부모가 겪었던 시행착오를 저지르지 말고 내 아이에게 좀 더 완벽한 부모가 되어야겠다'고 결심하지만 번번이 그러지 못하는 자신에게 실망하기도 한다. 이처럼 '나는 내 부모처럼 살지 말아야겠다'고 매번 다짐하지만, 결국 부모와 똑같다고 느끼는 순간 자기에 대한 실망감도 커진다. 또 부모와 다르기만 하면 잘될 줄 알았는데, 막상 실천해보니 예상치 못한 결과가 나오는 경우도 많아 혼란스러울 때도 많다.

아무리 젊은 부부가 자신의 자녀에게 좋은 부모가 되려고 애써도 자녀교육에는 항상 예측할 수 없는 함정과 덫이 가로막고 있다. 사람은 다 다르고 어떤 성장 과정도 같지 않으며 교과서는 가르쳐줄 수 없는 실생활의 다양한 상황이 발생할 수 있기 때문에 부모는 곧잘 좌절하고 불안하며 걱정스럽다. 이런 좌절과 불안 및 걱정이 자녀교육에 대한 공포로 변하는 것이다. 그리고 이런 상황을 해결할 수 있는 가장 좋은 방법이 돈이라고 생각하여 무엇이든 돈으로 막으려고 한다. 더 비싼 유치원, 학교, 사교육, 유학비용 등을 대주고 남들보다 더욱 화려한 결혼식, 더 큰 집 등등 좋은 부모 노릇을 끝까지 돈으로 사려고 하는 진짜 속마음은 바로 불안이다.

어머니의 분노가
자녀에게로 향할 때

여성이 어머니가 되었을 때 우리 사회는 때로는 아주 지독하고 비열하게 어머니의 사회 참여를 막는다. 공무원이나 교사, 의사나 약사 같은 전문직은 그래도 낫다. 일반 회사와 대학, 연구기관과 각종 단체 등에는 출산과 육아로 몇 년씩 쉬어야 했던 여성이 다시 돌아갈 수 있는 자리가 거의 없다고 봐야 한다. 많은 어머니가 아이를 낳은 뒤 능력과는 상관없이 사회적 참여가 막히고 고립되기 시작하면서 자신의 정체성에 혼란을 느낀다. 문제는 이런 어머니의 좌절과 분노가 사회로 향하지 못하고 자신의 아이와 배우자 및 부모 형제에게 돌아가는 경우이다. 자녀에게 "너 때문에 내 삶을 포기했으니 너는 내 삶을 망친 원흉이다"라는 말을 습관처럼 하는 어머니와 "내가 누구 때문에 이 고생을 하는지 아느냐"라고 자녀에게 노고를 강조하며 자신의 말을 잘 들을 것을 강요하는 어머니가 우리 주위에는 적지 않다. 그러나 그런 말을 하는 어머니를 무조건 비난할 수도 없다. 그들도 어찌 보면 공부는 시켜놓고 일자리는 뺏는 경쟁사회의 희생자이고 피해자이다. 그리고 그 피해자는 다시 자신보다 약한 사람의 가해자가 된다.

아이의 입장에서는 자기가 태어나고 싶어 태어난 것도 아닌데 자신의 탄생 그 자체가 어머니의 사회적 성취와 보람을 막은 셈이 되니 황당한 일이다. "내가 너에게 이만큼 희생을 했으니 너도 그만큼 내게 보상해야 한다!" 하는 식으로 아이의 능력에 맞지 않게 부모가 과도한 기대를 한다면 어느 아이가 진짜 자신이 원하는 것이 무엇인지 탐색할 시간과 힘이 있겠는가. 보상은커녕 부모와 자녀 모두 신경증적(neurotic)인 상태에 빠지기 딱 좋다. 극단적인 경우 사회적인 좌절감으로 자포자기해서 "나는 너에게 좋은 어머니가 될 수 없으니 네가 알아서(혹은 친할머니나 외할머니 손에서) 잘 커라" 하는 식으로 아예 양육을 포기하는 어머니도 있다.

좋지 못한 환경에서 자라며 자신의 부모와 주변 사람들에게 반항만 하다 충동적이고 즉흥적인 관계로 아이가 생겨 정말 아무 생각 없이 부모가 된 경우는 더 심각하다. 잦은 가출과 음주, 흡연, 성(性)적인 일탈 등으로 거친 10대를 보낸 아이들이 얼떨결에 부모가 되어버리면 정말로 정신을 차리지 못한다. 자신의 심리적인 문제를 전혀 해결하지 못한 채 부모가 되었으니 당연히 따뜻하고 좋은 부모가 될 수 없다. 그러니 아이는 아이대로 거리를 헤매고 부모는 부모대로 인터넷 채팅이나 노래방, 술집으로 방황한다.

비교적 곱게 자라 중산층으로 사는 부부 역시 힘들기는 마찬가지다. 특히 자녀의 사교육비나 조기 유학을 위해 자신들의 노년과 부부생활까지 희생하자는 교육열 높은 아내가 배우자는 버겁다. 자기의 한을 대신 풀어줄 것을 강요하는 어머니와 이런 배우자에게 절망해 가정에 무관심한 아버지 밑에서 자란 자녀는 어린 시절을 모두 잃어버린 채 정서적으로 삭막하고 도덕적으로는 무관심한 괴물로 자랄 수 있다. 어머니가 따뜻한 사랑으로 아이의 정서를 돌보고 아버지는 초자아와 도덕, 사회성과 근로의욕 등을 아이에게 키워줘야 제대로 된 어른으로 성장할 수 있는데 양쪽 다 그렇게 하지 못한 것이다. 이럴 때에 자녀는 창조적이고 자립적이며 남을 배려하는 인간미를 배우지 못하고 앞 뒤 재지 않고 제 것만 챙기는 욕심 가득한 사람으로 성장할 가능성이 높다.

부모 노릇은 시행착오와 실패의 연속일 수밖에 없다. 그러니 자신이 완벽한 부모가 될 수 없다는 것을 인정하는 것이야말로 좋은 부모가 되는 가장 빠른 지름길이자 자기 치유의 방법이다.

기본 습관 익히기는
어릴 때부터

일상 속 언어 습관이나 행동거지는 부모가 가르쳐주지 않으면 익히기 힘들다. 특히 요즘 청소년이 사용하는 언어의 반 이상이 욕이라는 현대 사회 문화의 뒷면에는 기본적인 어법과 타인에 대한 예의 및 바른 태도를 가르치지 못한 부모와 사회의 잘못이 크다.

인간으로서 갖추어야 할
기본 조건을 가르치라

각종 육아법과 자녀교육 정보가 범람하는 사회지만, 실제로 아이에게 꼭 가르쳐야 할 덕목은 매우 기본적이고 단순하다. 일정한 시간에 일어나고 자는 것, 규칙적으로 식사하고 청결하게 몸을 유지하는 것, 타인에게 예의 바르고 매너 있는 행동을 하며 다른 사람을 배려하는 것 등이 지식이나 능력보다 먼저 갖추어야 할 인간으로서의 기본적인 조건이다. 그리고 자녀에게 이것을 가르치는 것이 부모의 가장 중요한 과제이다.

지나치게 쉬워 누구나 할 수 있을 것 같지만, 실제로 기본은 쉽게 전수되지 않는다. 부모가 밤늦게까지 컴퓨터를 하거나 TV를 보고 있으면 아이 역시 밤늦게까지 게임에 몰두하거나 휴대전화에 매달린다. 그러지 말라고 제재를 가할 즈음은 이미 몸에 습관으로 붙어 버려 고치기 힘들다. 어머니가 귀찮다고 제대로 식사를 준비하지 않고 아버지가 밤늦게 술에 취해 들어와 야식을 찾으면 자녀 역시 제대로 된 식사보다는 군것질을 하면서 자라기 쉽다. 부모가 서로에게 악다구니하고 싸우는데 아이에게 좋은 언어 습관이 붙을 리 만무하다. 욕이 일상화된 아이의 모습은 욕이 없으면 영화가 흥행하지 않고 거칠고 조야한 가사가 아니면 유행가가 될 수 없는 요즘의 문화를 반영한다. 게다가 부모가 조부모에게 함부로 하고 무시하는 모습을 보인다면 아이 역시 부모를 왜 공경하고 어려워해야 하는지 이해할 수 없을 것이다. 물론 시댁과 처가에 잘해야 하는 것은 도리나 윤리적인 측면이 크지만, 자기 자신도 늙으면 똑같은 대접을 받을 수 있다는 두려움을 갖는 것도 나쁘지 않다. 내 아이에게 모범을 보여야 자신도 늙었을 때 자식에게 설움 받지 않을 것이라는 계산을 미리 해보는 것도 현명하게 노후를 준비하는 방법 중 하나이다.

밥상머리 교육의
중요성
　　　　　　　　　어머니가 맛있고 영양적으로 균형 잡힌 요리를 해서 제때 아이에게 먹이고 밥상머리에서 다양한 주제로 부모와 자유롭게 토론하며 성장하는 집의 아이는 바깥으로 돌지 않는다. 놀고 싶어도 어머니의 맛있는 음식과 다정하고 화목한 밥상머리 대화 때문에 때가 되면 집으로 돌아온다. 한창 성장기에 있는 아이에게 맛있는 음식만큼 중요한 것은 없다. 기분이 몹시 나쁠 때에 어머니가 정성 들여 차려준 밥상이나 혹은 자신이 정말 좋아하는 음식을 먹고 나서 걱정이 사라지는 경험을 해보지 않은 사람은 없을 것이다.

과학적으로도 기분이 좋아지고 마음이 편안해지는 음식이 있다. 따뜻한 우유나 상추는 잠을 잘 오게 하고 우울할 때 먹는 초콜릿 한 조각은 기분을 좋게 한다. 피곤할 때에는 철분과 단백질이 풍부한 선지해장국이나 간, 염통, 천엽 같은 음식을 먹는 것도 도움이 된다. 화가 많이 나거나 초조할 때에는 무기질과 비타민이 풍부한 나물과 과일이 좋다. 머리를 많이 쓰는 일을 할 때에는 포도당이 충분히 공급될 수 있도록 기본적인 곡류를 충분히 섭취하는 동시에 뇌에 꼭 필요한 호르몬과 필수지방산의 재료가 되는 아몬드나 호두, 땅콩 같은 견과류와 식물성 기름인 올리브유를 먹는 것이 좋다.

임상에서 만난 외국인 중에 열여덟 살이 될 때까지 채소라고는 감자밖에 먹은 적이 없다고 말한 피분석자가 있다. 그의 어머니는 심각한 우울증 환자였고 아버지는 폭력적인 알코올 중독자였는데 그 자신도 젊어서는 알코올 중독 환자였다. 노력 끝에 알코올 중독은 극복했지만 예순 살 때에는 대장에 무수한 용종이 생겨 수술을 받아야만 했다. 이처럼 어머니가 채소나 과일은 다듬거나 보관하기 귀찮다고 주지 않고 오래 두고 먹을 수 있는 곰국 같은 음식만 가득 만들어 계속 먹이거나 매일 라면 혹은 짜장면 같은 즉석식품이나 배달 음식만 사 먹인다면 아이의 정신과 신체 활동이 건강하게 돌아갈 수 없다. 또한 매일 똑같은 메뉴처럼 인생 역시 재미없고 지루하다고 느낄 것이다. 식탁을 풍성하고 다양하게 꾸미는 것은 아이에게 큰 공부가 되고 창조성을 자극하는 매개체가 된다.

그러나 음식 준비가 어머니만의 짐이 되어서는 안된다. 그러니 아이가 어릴 때부터 아버지와 함께 요리를 하거나 뒷정리를 하도록 하는 것이 좋다. 좋은 어머니가 되기 위해 혼자 모든 것을 떠맡고 동분서주하는 것도 교육상 나쁘다. 아이 역시 요리에 참여하게 되면 오감의 발달이나 운동신경의 성장에도 큰 도움이 될 뿐 아니라 무언가를 해냈다는 성취감과 자부심을 느낄 수 있고 가정에 대한 책임감도 키울 수 있다.

**부모가 먼저
솔선수범하라**
위생 교육도 중요하다. 외출 후 귀가하면 손발을 깨끗이 씻고 잠자리에 들 때에는 잠옷으로 갈아입는 집이 있는가 하면 외출복을 입은 채 그대로 자거나 씻지도 않은 손으로 음식이나 과일을 집어 먹는 가정도 있다. 온종일 이불을 방바닥에 펼쳐놓고 그 위에서 과자나 음식을 그대로 먹는 부모가 있는가 하면 반대로 지나치게 깔끔해서 물건 하나 흐트러진 것을 보지 못하는 부모도 있다. 주변 환경을 잘 치우고 적절하게 정리하는 것도 어린 시절부터 키워야 할 습관 중 하나이다. 이때 아이가 처음부터 완벽할 수는 없으니 부모는 참을성을 갖고 천천히 기다려야 한다.

식당이나 가게, 백화점 등에서 종업원에게 반말하고 큰소리를 치며 행동해야 자신이 제대로 대접을 받을 수 있다고 착각하는, 이른바 진상인 사람들이 있다. 이런 부모의 모습을 보고 자란 아이가 다른 사람에게 예의 바르게 행동할 리 없다. 남에게 욕을 하고 치고받고 싸우며 물건을 부수는 환경에서 자란 아이는 폭력성향이 발달하거나 반대로 매우 위축되고 소심한 어른으로 성장한다.

다른 사람과 부딪쳤을 때 사과하는 매너, 엘리베이터를 타거나 문을 여닫을 때도 상대방을 배려하는 매너, 식당이나 가게에서 큰 소리로 떠들거나 뛰어다니지 않는 예의범절, 지하철이나 버스 같은 대중교통을 이용할 때 큰소리로 장시간 통화하지 않는 매너, 거칠게 운전하지 않는 법 등 기본적으로 지켜야 하지만 무의식적으로 쉽게 잊어버리는 사회 예절 같은 것 역시 부모가 제대로 가르쳐주지 않으면 익히기 어렵다.

특히 어른을 공경하고 약자나 소수자를 배려하는 것은 부모가 솔선수범해야 한다. 부모가 조부모를 소외하거나 학대하고, 조부모가 부모를 무시하는 모습을 보고 자란 아이는 어른이 되어 똑같이 늙은 부모나 자신의 어린 자녀를 무시하고 학대할 것이다. 또한 부모가 장애인이나 다른 인종과 민족 등에게 편견으로 대한다면 아이 역시 어른이 되었을 때 노환으로 몸이 불편해진 부모를 무시하고 외면할 수 있다.

언젠가 어느 어머니가 TV에 등장해 이제 중학교 1학년이 된 딸에게 맥주를 권한 적이 있다고 당당하게 말하는 것을 보고 매우 놀란 적이 있다. 어린 자녀에게 술과 담배, 커피와 같은 중독성 강한 기호 식품이나 남용 약물 등을 권하는 것은 아동학대에 가깝다. 일부 정신의학자는 알코올 중독 등 많은 중독을 일종의 유전자 결함으로 생각하지만, 건강한 생활환경에서 제대로 된 교육만 받으면 중독 환자의 자녀라 하더라도 훌륭한 어른으로 성장할 수 있다. 하지만 아이는 건강한 유전자를 타고났지만 중독에 빠진 부모 밑에서 자란 경우에는 부모와 같이 중독자가 될 확률이 매우 높다.

다른 질병도 그렇지만 특히 정신의학 쪽에서 발생하는 질병의 특징은 단순한 인과관계로는 설명할 수 없는 복잡한 부분이 많다. 그러니 '내가 부모에게 제대로 받지 못했으니 내 자녀를 교육하기도 쉽지 않을 것이다' '나와 내 배우자의 유전자가 완전치 않으니 결국 내 아이도 잘되지 못할 것이다'라는 단순한 믿음은 잘못된 결정론일 뿐이니 미리부터 겁먹을 필요는 전혀 없다.

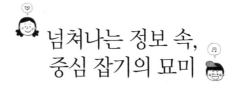

넘쳐나는 정보 속,
중심 잡기의 묘미

자신이 어느 학원에 가는 것이 좋을지 아이 스스로 결정하게 하라. 정보를 찾아 취합하는 훈련도 아이에게는 좋은 교육이 된다.

**자녀교육에 도움이 되는 정보인지
두 번 이상 생각하라**

임상에서 만난 고학력·고소득 주부들의 스트레스 중 하나는 '어머니 모임'이다. 정보가 아이의 성적을 좌우한다고 생각하여 어머니들은 어떤 식으로든 입시 정보를 얻을 수 있는 모임에 참여하려고 한다. 그래서 이른바 '사교육의 메카'라고 불리는 지역에 사는 어머니들은 낮에는 어머니 모임에 참석하고 밤에는 아이를 학원에 데려다 주느라 피곤하고 힘들다고 호소한다. 대형 학원이 주관하는 입시 설명회에 참여하는 어머니들의 모습이 가끔 TV에 등장하는데, 그 어떤 세미나나 심포지엄에 참여하는 학자의 얼굴보다 더 긴장되고 진지해 보인다. 열과 성을 바쳐 자녀교육에 최선을 다하겠다고 하는 것을 나무랄 마음은 없다. 문제는 이런 모임이나 설명회가 '정말로 자녀교육에 도움이 되느냐' 하는 것이다.

예를 들어보자. 50대 초반의 A씨는 일하는 어머니이다. 그는 회사 일로 바쁘지만 자녀의 교육 때문에 어머니 모임에는 가능한 한 꼭 참석하려고 노력했다. 매번 참석할 수가 없어서 아쉽기는 했지만, 그렇게라도 정보를 얻는 것이 언젠가 아이에게 도움이 되리라 생각했다. 그러나 모임에서 만난 전업주부 어머니들이 직업을 가진 자신을 질투한 나머지 일부러 그릇된 정보를 흘려 오히려 아이의 교육에 혼란만 초래했다는 것을 나중에야 알게 되었다. A씨는 그 이후로 사람이 무서워지더라고 말했다.

40대 후반의 B씨 역시 어머니 모임만 다녀오면 기분이 나빠져 아이와 싸우게 된다고 호소했다. 공부를 잘하는 아이의 어머니가 그 모임의 대장이 되어서 자신의 아이보다 공부를 잘하지 못하는 자녀를 둔 어머니를 무시하고 가르치려 들었기 때문이다. 그리고 무슨 수를 쓰더라도 거기에 빌붙어 좋은 과외 그룹에 자신의 아이를 끼워 넣으려는 사람이 밉다고도 말했다. 그들이 아부하는 못마땅한 꼴을 보다가 돌아오면 그 분풀이를 자녀에게 하게 된다고 했다.

요즘 어머니들이 정보 수집에 목을 매는 행위는 산후조리원에서부터 시작하여 입시설명회는 물론 심지어는 취직을 위한 입사 지원까지 계속된다. 고급 산후조리원에 머물며 그곳에서 만난 산모들과 친목을 다지다 본격적으로 '어머니 모임'을 만드는 것으로 사교육을 시작하는 어머니가 많다. 입시설명회에 참석해야만 좋은 어머니인 것처럼 생각하고 양질의 입시 정보를 아이에게 제공하며 좋은 과외선생을 구해주는 것이 마치 현대판 맹모인 것처럼 주장하는 이도 적지 않다. 이렇게 된 데에는 정부의 책임이 더 크다. 박사인 내가 봐도 이해하기 힘든 입시제도는 정말 골치가 아프다.

그러나 교육에 대한 정보를 완벽하게 수집해서 끊임없이 제공해 준 어머니 밑에서 자란 아이가 설령 명문대에 간다 한들 부모로부터 정신적으로나 경제적으로 철저하게 독립할 수 있을까? 아이 마음에는 '어차피 어머니가 모든 것을 다 알아서 해줄 테니 나는 앉아서 시키는 대로 하면 된다'는 정서가 굳게 자리 잡고 있을 것이다. 그런 아이는 "인생을 왜 사느냐?" 하는 추상적인 질문에 답하기는 커녕 '자신이 무엇을 원하고 무엇을 하고 싶은지'에 대한 기본 개념조차 갖추기 어렵다. 결국 지식은 많으나 의욕은 없는 기형적인 어른이 되고 마는 것이다.

부모의 지나친 욕심이 아이를 망친다

이제는 웬만하면 다 한다는 선행학습이 이만큼 유행하게 된 것도 어머니 자신의 불안과 질투 때문인 경우가 많다. 자신의 아이가 공부를 어느 정도 이해하고 있는지에 관심을 두기보다 다른 집 아이가 지금 무엇을 하고 있는지에만 관심을 두어 자기 아이의 수준과는 상관없이 무조건 빨리 학습 진도를 나가야만 한다고 강요하는 것에서 비롯된 풍토이다.

결국 아이는 사교육을 통해 수박 겉핥기식으로 선행학습을 한다. 말만 선행학습이지 아는 것도 아니고 모르는 것도 아닌, 어디서 들어보긴 했는데 막상 풀어보라면 풀 수 없는 경우가 대부분이다. 문제는 이미 들었던 이야기이니 학교에서 선생님이 하는 이야기는 다 아는 것 같고 재미가 없어 수업에 흥미를 잃는 것이다. 실제로 대부분의 중·고등학교 교사가 아이들이 수업 시간에 엎드려 자거나 졸아도 그냥 내버려 둔다고 말한다. 깨워 봤자 학원에서 다 배웠다고 잘난 척하는 아이와 싸우느라 힘 빼기 싫다는 것이다.

하지만 아이는 그 지식을 정말로 이해한 것이 아니라 "이미 여러 번 들어서 지겹다"는 느낌만 남은 것일 수도 있다. 그러니 시험을 보게 되면 당연히 점수가 나오지 않는다. 선행 학습이 나쁜 진짜 이유가 이것이다. 아무리 사교육을 시키더라도 아이는 자신의 그릇에 담을 수 있는 용량만큼만 배우게 되는데, 선행학습을 할 수 있는 능력이 되지 않는 아이조차 억지로 이 시스템에 집어넣으니 아이는 죽을 지경이다. 어머니가 정보를 주워들은 후 거기에 아이를 끼어 맞추려고 하는 데서 오는 처참한 결과이다.

임상에서 만난 중학교 2학년 C양은 툭하면 어머니에게 대들고 언니와도 치고받고 싸운다. 어머니에게 거짓말을 한 후 학원을 빼먹고 놀다 집에 늦게 돌아오기도 하고 학교에서는 다른 아이에게 폭력적인 행동을 하여 나와 상담을 하게 되었다. 면담을 해보니, 아이의 머리가 나빠 공부에 흥미가 없는 것이 아니었다. 어머니가 다니라고 강요하는 학원의 수업 방침이 아이에게 맞지 않을 뿐이었다. 아이는 그 학원은 다니기 싫고 자신이 좋아하는 방식으로 공부를 가르치는 학원으로 옮기고 싶다고 이야기하였다.

그러나 어머니는 "내가 들은 정보에 의하면 그 학원이 가장 좋은 학원이다. 아이가 다니고 싶어 하는 학원은 제대로 공부를 시키지 않으니 아이의 의견을 따를 수 없다"면서 자녀의 의견을 묵살했다. 결국 가기 싫은 학원을 억지로 가야 했던 아이는 공부에도 흥미를 잃고 그 짜증과 분노를 식구와 친구에게 돌리고 있었다. 아이가 원하는 학원으로 옮기라는 내 의견도 어머니는 물론 듣지 않았다. 안타깝지만 그런 식으로 간다면 앞으로 그 학생이 부모님이 원하는 공부 잘하고 성실한 모범생으로 성장할 확률은 거의 없다. 하지만 어머니에게는 전문가의 조언보다 또래 어머니끼리 주고받는 정보와 소문이 훨씬 중요했다. 그런 어머니의 마음속 깊이에는 '또래 어머니 사이에서 나만 따돌림 당하는 것이 아닐까' 하는 불안감이 크게 자리 잡고 있다.

**부모를 불안하게 하는
공포 마케팅**　　　　　　적지 않은 학부모가 일류 강사와 일류 학원이 자녀의 앞날을 보장해줄 것이라고 철석같이 믿는다. 그러나 족집게 사교육을 받은 끝에 자기 실력보다 높은 대학에 들어갔다고 해도 그 아이가 훌륭한 인재가 되어 우수한 성적으로 학교를 졸업하기는 쉽지 않다. 오히려 스스로 열심히 노력하기보다는 무슨 짓을 해서라도 자기가 원하는 것을 취하는 것이 좋다는 잘못된 생각을 가질 수 있다. 이런 아이 중에 일부는 나중에 각종 비리와 패륜을 저지르는 화이트칼라 범죄자로 변모할 가능성도 있다. 학력은 높지만 부모나 친지의 돈을 가져가 수십~수백억씩 날리는 청년 사업가의 이야기, 또 학생을 성폭력·성추행하는 대학 교수, 회사나 국가의 돈을 횡령하는 똑똑한 직원이나 관료가 어린 시절 부모로부터 어떤 도덕교육을 받았을지 상상해보라.

족집게 사교육까지는 아니더라도 일단 돈을 많이 투자하면 아이의 성적이 올라갈 것으로 생각하거나 사교육이 발달한 지역에 살면 상대적으로 좋은 대학에 갈 확률이 높아지고, 좋은 대학에 가면 좋은 직장에 갈 수 있으며 좋은 직장에 가면 그 후로도 오래 오래 행복하게 살 것이라는 고정관념을 살펴보자.

실제로 입시 철만 되면 매스컴에서는 어느 지역, 어느 학교에서 이른바 명문대에 학생을 많이 진학시켰는지를 경쟁적으로 보도한다. 많은 사람이 보는 공적인 매체에서 보도된 활자화된 통계수치는 때로는 해석의 오류를 숨기고 사람들을 호도한다. 그곳으로 이사가 그 동네의 좋은 학원을 다니고 사교육을 받으며 공부하면 아이의 미래가 보장될까? 실제로 강남 지역은 내신이 불리하기 때문에 오히려 지방에 있는 고등학교보다 명문대에 들어갈 확률이 더 낮다. 그럼에도 매스컴은 수익 때문에 사교육 기관을 홍보해주는 광고를 단호하게 거절할 배짱을 지니기 힘들다.

이미 거대한 유휴인력에 일자리를 제공해 온 사교육 기관 역시 이제는 절박하게 생존에 대해 걱정하고 있다. 태어나는 아이들의 수도 줄고, 대학 졸업장이 취직과 성공을 보장하지 않는다는 것을 아는 부모나 학생들이 많아진 탓이다. 지난 수십 년간 우리나라는 기술을 가진 실제적인 산업인력보다는 고학력의 책상물림만 양산해 왔다. 즉 사회에서 요구하는 인력과 학교에서 내보내는 인력의 기능이 서로 다르다는 이야기이다. 결국 안정된 직장을 찾지 못한 사람이 비교적 쉽게 구할 수 있는 직업이 무엇이겠는가.

비정규직이면서 융통성 있게 근무시간을 조정할 수 있는 일자리인 '사교육 시장의 시간 강사'는 일생 헌신할 수 있는 자기 일을 찾을 때까지 잠시 거쳐 가는 일종의 모라토리엄(moratorium)적 기능을 한다. 학교를 졸업한 후 첫 사회생활을 학원 강사로 시작하는 사람 중 일생 그 일을 하겠다는 사명감을 가진 사람은 많지 않다. 생활은 해야 하는데 가장 쉽게 취직할 수 있는 자리가 학원 강사이므로 '당분간만' 하겠다는 생각으로 시작하는 경우가 대부분이다. 그러다 보니 강의를 하며 임용 고시나 행정고시, 기술고시, 공무원 시험 등을 함께 준비하는 등 다른 길을 모색한다. 실제로 강사의 나이가 많아지면 학생에게 인기가 없어져 퇴출당하기도 한다. 퇴출 후 특별히 갈데가 없는 경우에는 '학원'이라는 자영업을 시작한다. 마치 기업에서 근무하던 사람이 퇴직 후 프렌차이즈 가맹점이나 커피 전문점쯤은 특별한 기술이 없더라도 만만하게 할 수 있다고 착각하듯, 특별한 기술이 없어도 머릿속에 입학시험을 준비하며 익힌 지식이 가득하다면 학원 사업쯤은 손쉽게 시작할 수 있다고 생각하는 사람도 많다.

이를 증명하듯 지금 학원 시장은 포화 상태이며 경쟁도 극심하다. 자본주의 국가에서는 어떤 업종도 마케팅이나 세일즈에 소홀히 하면 도태되기 마련이다. 학원 사업가들이 본업인 교육보다는 학부모에게 공포 마케팅을 하는 이유가 여기서 비롯된다.

**관계 지향적
사회가 낳은 부작용**　　　자신에게 유용한 진짜 정보와 무용한 가짜 정보를 구별하지 못해 잘못된 선택을 하는 일은 누구에게나 일어날 수 있다. 하지만 어머니(특히 외둥이를 둔)가 된 입장에서는 한국이라는 초경쟁 사회에서 불안감에 흔들리지 않고 자신의 주관에 따라 자녀를 키우기는 매우 어렵다. 과제나 목적 지향적인 남자에 비해 관계에 비중을 많이 두는 여자, 특히 동양의 경우는 "누가 이렇게 하더라" 혹은 "누가 무엇을 하라고 권하더라"에 따라 무언가를 결정하는 경향을 쉽게 관찰할 수 있다. 부동산과 주식, 상업투자와 교육 등 어떤 일에 쉽게 쏠림 현상이 나타나는 것은 우리 사회가 그만큼 관계 지향적인 외향형 사회라는 반증이다.

문제는 어머니가 아이에게 맞지 않는 정보를 강요할 때 일어나는 부작용이다. 우선은 투자의 비효율성이다. 잘못된 정보 때문에 어마어마한 사교육비를 들였는데도 성적이 전혀 오르지 않는 아이가 태반이다. 배우자와 수십 년간 함께 보내야 하는 노년에 대한 대책 없이 부모의 노후에 도움을 줄 생각이 전혀 없는 자녀에게 엄청난 돈을 투자한 후 훗날 그야말로 땅을 치고 후회하는 경우도 적지 않다.

현재 53세의 D씨는 이른바 명문 고등학교와 대학교를 나왔다. 그러나 실제로 그의 머리가 좋은 것은 아니다. 재력가인 아버지와 정보에 능한 어머니 덕에 가장 좋다는 고액의 과외를 아낌없이 할 수 있었던 덕이다. 그는 적성에는 맞지 않았지만 비교적 공부가 쉬운 과에 입학해 그럭저럭 졸업할 수 있었다. 그러나 자기에게 주어진 과제를 스스로 해결하는 훈련을 한 번도 하지 않았기 때문에 졸업 후 취직이 잘 안 되고 사업도 해보았지만 하는 일마다 쉽게 좌절하여 재력가인 아버지의 돈만 수십억을 날리기도 했다. 결국 그는 지금까지 아버지에게 생활비를 받아쓰고 있다. 차라리 아버지와 어머니의 능력이 조금 부족했다면 D씨는 스스로의 실력으로 중급의 대학에 들어가 적성에 맞는 일을 하며 나름대로 자신의 삶을 훌륭하게 개척했을 수도 있다.

결론적으로 말하자면, 아이가 먼저 사교육을 하고 싶다고 말할 때까지 부모가 기다리는 편이 더 효율적이다. 일단 대부분의 아이가 고학년이 되면 학원에 다니므로 일정한 시기가 되면 친구와 어울리고 싶어서라도 학원에 다닐 마음을 먹는다. 그전까지는 신 나게 놀고 운동도 하며 다양한 경험을 할 수 있도록 돕고 보고 싶은 책을 실컷 읽게 하는 것이 중요하다. 초등학교 저학년 때 많은 양의 책을 읽은 아이는 고학년이 되면 친구에게 정보를 얻어 자신이 어느 학원에 가면 좋을지를 스스로 정하게 될 가능성이 크다. 또래에게 정보를 듣고 취합하는 훈련도 아이에게는 좋은 교육이 된다. 스스로 어떤 방과 후 활동을 할지, 어느 학원으로 가야 할지를 결정하면 아이는 자신의 말에 책임을 져야 하므로 어머니가 수집한 정보에 따라 마지못해 학원에 다니는 아이보다 더 열심히 공부한다.

아이에 대한 결론은
늦출수록 좋다

아이의 성격을 딱 잘라 단정 짓듯 말하는 부모가 있다. 그러나 이는 아이의 내면이 아직 자라고 있다는 점을 간과하는 것이다. 어른도 무의식 속에 숨겨진 자신의 내면을 보고 성격이 변하는 경우가 있는데, 하루가 다르게 변하는 아이는 오죽하겠는가.

**아이에게 지나친
기대감을 갖지 말라**

우리말도 잘하지 못하는 아이에게 영어부터 가르치려는 부모가 많다. 그런 아이는 대부분 우리말도 능숙하지 않고 영어도 시원치 않은 사람으로 성장할 가능성이 높다. 물론 몇 개의 언어를 유창하게 구사하면서 젊은 나이에 세계적인 업적을 척척 내놓은 천재도 있긴 하지만, 평범한 사람은 지나치게 일찍 외국어를 배우기 시작하면 하나의 언어도 제대로 익히지 못한 채 생을 마칠 수도 있다.

우리말도 완벽하게 하지 못한 채 나이를 먹은 내 유전자를 물려받고 평범한 환경에서 자란 내 자녀가 갑자기 돌연변이처럼 엄청난 천재가 될 확률은 그리 높지 않다. 천재로 만들려다가 오히려 공부를 싫어하는 사람으로 키울 가능성만 높다. 실제로 외국어만 강조하는 분위기에서 성장한 요즘 젊은이들의 국어 파괴현상은 심각하다. 정체불명의 줄임말이나 온라인 용어 등을 현실에서 아무 거리낌 없이 쓰는 것은 기본이고 맞춤법과 문법도 엉망이라 거의 모든 대학이 필수교양 수업으로 글쓰기 교육을 하고 있다. 한글 교육은 예전보다 퇴행한 셈이다.

또한 어릴 때부터 아이에게 돈을 지나치게 많이 쓰는 등 경제적으로나 정신적으로 기운을 쏙 뺀 부모 중에는 아이가 중·고등학교에 들어간 후 받은 첫 성적표를 보고 충격을 받아 아이에 대한 희망을 송두리째 버리는 경우도 많다. 열심히 조기 교육을 시키고 열과 성을 다해 사교육으로 뒷바라지했는데도 고작 성적이 이것밖에 안 되느냐며 아이를 미워하고, 더 나아가 아이를 잘못 키웠다며 배우자를 원망하기도 한다. 그러면 배우자는 사교육을 받지 못하게 하고 교육열이 낮은 곳에 집을 사게 한 상대방의 무능력을 탓한다. 아이에게는 "네가 대체 뭐가 되려고 겨우 이 정도 성적을 받고도 창피한 줄 모르는 것이냐!"라며 타박한다. 성적 한번 잘 받아오지 않았다고 "네가 제대로 하는 것이 뭐가 있느냐?"며 아이의 모든 것을 무시한다. 즉 아이에 대한 비정상적인 기대감이 좌절되면서 성적이 아이의 모든 것을 말해주는냥 결론지어 버리는 것이다.

어떤 부모들은 자녀의 진로마저 아이의 의사와는 상관없이 일찌감치 자신의 뜻대로 결정한다. "우리 집안은 대대로 의사니까" "법관이니까" "교수 집안이니까" "부모가 명문대를 나왔으니까" 하는 식으로 부모의 기준으로 아이의 운명을 결정하는 것에 대해 문제의식을 전혀 느끼지 못하는 부모도 있다. 부모의 잣대를 가지고 "어떤 직업은 좋네, 어떤 직업은 나쁘네" 하면서 아이보다 앞서서 직업을 판단하고 결정하는 경우도 있다. 자신이 하고 싶었지만 하지 못했던 일을 아이에게 강요하는 경우도 흔하다.

이제 세상은 눈 깜짝할 사이에 바뀌고 있다. 부모가 경험하지 못한 것을 아이는 엄청나게 경험할 수도 있다. 그럼에도 어머니나 아버지의 관점과 현재의 기준으로 아이의 미래까지 결정짓는 것은 오히려 아이를 과거로 후퇴시켜 세상의 낙오자로 만드는 것이 아닐까? 앞으로 어떤 직업이 가장 잘 나가게 될지는 아무도 단언할 수 없다. 그러므로 현재 돈을 가장 잘 버는 유망 직업을 아이에게 강요하기보다는 아이가 좋아하고 하고 싶어 하는 일을 할 수 있도록 도와준다면 아이는 그 일을 즐기면서 성공할 수 있을 것이다. 돈이나 명성은 그 자체를 좇을 때 우리가 쟁취할 수 있는 것이 아니라 자기가 좋아하는 것을 열심히 할 때 생각지도 않게 따라오는 부산물이기 때문이다.

만능재주꾼은 비현실적인 꿈이다

학교에서는 전 과목을 다 잘해야 우수한 내신 성적을 받을 수 있고 사회에서는 다양한 분야에서 우수한 능력을 보여주는 사람에게 환호하는 분위기다 보니, 부모 입장에서는 아이를 만능재주꾼으로 만들기 위해서는 이것저것 많은 것을 가르쳐야 한다고 믿는다. 하지만 아이 입장에서는 하고 싶지 않은 것까지 배우느라 정작 본인이 좋아하는 것에는 집중하지 못하는 경우가 생긴다. 레오나르도 다빈치처럼 그림도 그리고 건축도 하며 발명까지 할 수 있는 천재적 르네상스 맨은 몇 세기에 한 번 나올까 말까이다. 그리고 그런 사람이 꼭 행복한 삶을 사는 것도 아니다. 속담처럼 집토끼 산토끼를 같이 쫓다 둘 다 놓치는 경우도 있고 재주는 많은데 정작 생계를 해결할 직장은 잡지 못하는 경우도 있다.

열 가지 재주를 가진 아이는 열 가지 재주대로, 한 가지 재주만 가진 아이는 한 가지 재주대로 맞춤형 교육을 하면 되는데 내 아이는 이것도 잘하고 저것도 잘한다고 남에게 자랑하기 위해 자녀에게 한꺼번에 많은 것을 가르치려 한다면 아이의 에너지만 갉아먹고 분산시켜 오히려 아이의 집중력과 추진력을 떨어뜨릴 수도 있다.

자랑하는 것을 좋아하는 부모는 세계 민담이나 설화에도 자주 등장한다. 부모가 자녀의 재주를 자랑하다가 그 때문에 자녀를 곤경에 빠뜨리게 되는 경우이다. 길쌈을 잘한다고 자랑해서 왕에게 끌려가고, 예쁘다고 자랑해서 악마에게 끌려가는 이야기는 심리학적으로 보자면 부모의 자기애적 성격 특성이 오히려 아이에게 해를 미친 것으로 해석할 수 있다. 아이가 자신만의 창조적인 무언가를 만들 수 있도록 하려면 부모는 아이가 에너지를 집중할 수 있도록 느긋하게 기다려야 한다.

아이의 성격은 아직 다 형성되지 않았다

직업뿐 아니라 성격도 그렇다. "우리 아이는 게을러" "우리 아이는 순해 빠졌어" "우리 아이는 덜렁거려" 하는 식으로 아이의 성격을 딱 잘라 단정하듯 말하는 부모가 있다. 그러나 이는 아이의 외면뿐만 아니라 내면이 아직 자라고 있다는 점을 간과한 것이다. 육체의 성장이 끝난 어른도 무의식 속에 숨겨진 자신의 내면을 보거나 엄청나게 충격적인 사건을 겪은 후 성격이 변할 수도 있는데 하루가 다르게 성장하는 어린 자녀는 오죽하겠는가.

아이의 성품에 대해 부정적인 방향으로 성급하게 결론내리는 부모를 살펴보면 자신에 대한 자존감이 떨어지는 사람이 많다. 자신의 내면을 깊이 성찰하지 않고 표면적으로만 사물을 생각하는 경향도 보인다. 겉으로는 명랑해 보이는 아이라도 사실은 마음속에 깊은 슬픔을 지고 있을 수 있고, 겉으로는 내성적이고 조용해 보이는 아이가 사실은 엄청난 용기와 투지를 숨기고 있을 수도 있다.

부모가 자신에 대해 스스로 비하하고 결론을 내리는 것으로도 부족해 자녀의 성격까지 성급하게 결론을 내려 아이에게 부정적인 최면을 건다면 아이는 결국 자신이 어떤 사람이고 무엇을 좋아하는지 알아보려는 노력을 포기해 버릴 수도 있다. 적지 않은 위인이 어려서 겪은 여러 가지 콤플렉스를 극복하기 위해 열심히 노력한 끝에 성공할 수 있었다. 몇 사람만 살펴보자.

윈스턴 처칠은 어렸을 때에는 매우 소심하고 사회성도 부족했지만 열심히 노력하여 결국 세계적인 정치가가 되었다. 알버트 아인슈타인은 학교의 수학 교육에 자신을 맞추지 못해 졸업시험에도 여러 번 떨어졌지만 포기하지 않고 공부하여 세계적인 물리학자가 되었다. 버락 오바마는 어렸을 때 따돌림을 당했고 반항심에 한때 약물에 빠지기도 했지만 훌륭하게 극복하고 미국 최초의 흑인 대통령이 되었다. 김대중 전 대통령 역시 어릴 적에는 지극히 소심하고 겁이 많았던 아이였지만 정치인이 된 후에는 누구보다 용감하게 민주주의를 위해 몸을 던졌다. 지금은 내 아이가 소심하고 내성적인 듯보여도 언제 국민의 뜻을 잘 헤아리는 훌륭한 정치가가 될지, 지금은 제도권 교육에 잘 적응하지 못하지만 언제 인류의 발전에 한 획을 그을 훌륭한 학자가 될지는 아무도 모르는 일이다. 그러니 아이에 대한 성급한 결론은 어느 시점까지는 미뤄두어라. 대신 아이를 따뜻한 눈으로 바라보고 틈날 때마다 한 번 더 안아주어라. 좋은 부모가 되기 위해서는 아이를 잘 기다려주는 사람이 되어야 한다.

자녀보다 반걸음만 뒤에!

자신이 무엇을 원하는지 스스로 묻고 대답할 수 있는 아이는 자신이 원하는 것 역시 찾을 줄 안다. 반면 어려서부터 스스로의 욕구와 의견에 대한 표현을 금지당하며 자란 아이는 자신이 무엇을 하고 싶어 하는지 알 수 없고 무엇을 하겠다는 동기 역시 가질 수 없다.

아이가 혼자서도 할 수 있을 때까지 기다려라

강보에 싸여 있는 아기 시절에는 아이가 원하기 전에 빨리 우유를 주거나 기저귀를 갈아주려는 부모의 노력이 필요하다. 하지만 어쩔 수 없이 끼니때를 조금 지나거나 기저귀 갈 때를 조금 놓칠 수도 있는데, 자녀가 그런 상황을 견디며 인내하게 하는 것도 필요하다. 나중에 어려운 상황에 부딪히더라도 참고 견딜 수 있는 적응력을 갖기 위해서이다. 일찌감치 불편하고 힘든 것을 참는 훈련을 하는 셈이다. 아이가 아장아장 걸을 때도 마찬가지이다. 넘어졌다고 금방 일으켜주는 부모보다 "우리 아기 아파도 잘 참았네! 혼자서도 일어나고, 정말 대단하구나!" 하며 칭찬하고 격려하는 부모 밑에서 자란 아이가 참을성 많은 어른으로 성장하는 것은 당연하다.

아이에게 밥을 먹여주는 행동도 같은 맥락이다. 밥상이 지저분해져도 일찌감치 아이 혼자 숟가락을 들고 스스로 밥을 먹은 후 그릇을 치우도록 부모들이 가르치기를 바란다. 깔끔한 부모 중에는 지저분하게 밥알이 떨어지는 것이 싫어 한 숟가락씩 일일이 떠먹이는 사람이 많은데, 이렇게 되면 아이에게 배울 기회와 동기 중 하나를 박탈하는 것이다. 아이 스스로 할 수 있도록 부모 역시 느긋하게 기다리는 훈련을 해야 한다. 힘들고 엉망이겠지만, 그래야 아이는 스스로 하는 즐거움을 몸으로 익힐 수 있다.

**아이 스스로 질문하고
대답하게 하라**
이런 부모는 행동도 항상 자녀보다 앞선다. "옷 살 때 되지 않았니? 너는 빨간색을 좋아하니까 옷도 빨간색이면 되지? 엄마가 가서 사올게"라고 하거나 "이번 주말에는 어디로 여행갈 거니까 준비해"라고 늘 자녀에게 일방적으로 통보하는 식이다. 정말로 아이가 빨간색을 좋아하는지, 아니면 지금 필요한 것이 옷인지 휴대전화인지 등에는 관심이 없다. 이번 주말에 아이가 친구와 약속이 있는지, 어떤 TV 프로그램을 보려고 하는지도 중요하지 않다. 부모 혼자 먼저 생각하고 결론지은 후 행동에 옮기니 아이는 그저 허수아비처럼 아무 말 없이 부모를 따라다닌다.

음식을 먹을 때도 마찬가지이다. 언제 어디서 무엇을 먹을지 아이에게도 의견을 물어보며 서로 대화를 통해 민주적으로 메뉴를 결정하는 집이 있는가 하면 부모가 먹고 싶은 것이 있으면 자녀도 두

말없이 그곳에 가서 시키는 대로 조용히 먹고 와야 하는 집이 있다. 이런 집에서는 아이의 방도 부모의 취향대로 꾸미고 옷도 마음대로 입힐 가능성이 크다.

어려서부터 자신이 무엇을 원하는지 스스로 묻고 대답하는 훈련이 되어 있는 아이는 커서도 자신이 무엇을 원하는지 찾을 줄 안다. 사람은 자신이 원하는 것을 할 때 즐겁고 신이 난다. 만약 어려서부터 자신의 욕구와 의견을 표현하는 것이 금지된 집안에서 자란 아이라면 자신이 무엇을 하고 싶은지 관심을 갖지 못할 뿐 아니라 무엇을 하겠다는 동기 역시 생기지 않을 것이다. 과도하게 엄격한 집안에서 성격이 급하고 자기중심적인 부모가 시키는 대로만 하고 자란 아이가 우울증에 빠지고 틱 장애가 생기는 것과 같은 맥락이다.

자녀가 부모의 조언을 바랄 때 부모가 의견을 말하는 것은 좋다. 하지만 자녀가 원하거나 부탁하지 않는데도 자녀 스스로 생각하고 경험할 기회를 빼앗은 채 뭐든 먼저 나서는 부모의 태도는 문제이다. 심지어 이런 부모는 자녀의 결혼까지 당사자의 의사는 묻지 않은 채 앞장서서 알아보고 부모가 시키는 대로 자녀가 따라 주기를 바란다. 자녀가 자신과는 별개의 인격이라는 점을 인정하지 못하는 것이다. 내 뱃속에서 나왔으니 내가 원하는 것을 자녀도 원할 것이라는 병적 공생의 논리를 주장하느라 '부모에게서 독립해야 한다'는 자녀의 인생과제 역시 당연히 받아들이지 못한다. 이런 부모의 심리에는 사랑하는 대상에게 비정상적으로 의존하고 싶어 하는 퇴행적인 마음이 숨어 있다.

대대로 이런 병적인 공생의 연결고리를 끊지 못하는 집안도 있다. 조선시대는 지금과 비교하면 더 건강하고 배울 점도 많은 유교의 덕목을 지닌 사회였지만, 이런 측면에서 보면 심각한 문제가 있는 사회였다. 자녀가 부모에게서 독립해 자신의 가족을 이루는 것을 방해하는 잘못된 '효' 이데올로기가 사회 전반을 지배했고 부모님이나 연장자의 말씀에는 일단 복종해야 하므로 끝내 진정한 의미의 어른이 되지 못한 경우도 많았다. 어려서 부모님을 여의고 고향을 떠나 천하를 주유하며 철저하게 독립적으로 살았던 공자의 본래 정신과는 전혀 다른 양상이다. 이런 조선시대의 악습이 지금도 남아 부모 자녀 간의 비정상적인 공생적 의존관계와 효도를 구별하지 못하는 사람이 여전히 많은 것이 안타깝다.

따뜻하게 지켜보되, 앞서서 결정은 내리지 말라

어떤 부모는 자신의 인생이 공허하고 특별히 에너지를 쏟아 부을 대상이 없다 보니 자녀에게 집착하고 자녀의 행동을 관여하는 것으로 하루를 보낸다. 시간을 쏟을만한 자기의 관심사나 취미 역시 없으므로 온종일 자녀 생각만 하며 자녀 스스로 결정하고 누려야 할 일도 빼앗는다.

이런 부모는 자녀가 결혼한 후에도 일일이 사생활에 간섭한다. 어떤 집을 살 것인지, 무엇을 먹을지, 어떻게 주말을 보낼지 등 자녀의 관심이나 욕구는 철저하게 무시한다. 과거보다 환경과 영양 상태가 좋아져 오래오래 건강하게 살 수 있게 되었지만, 노년이 되어도 여전히 할 일도 없고 신경 쓸 데도 없으니 남는 에너지를 다 큰 자녀의 일에 간섭하는 데에 쓴다. 이런 습관은 늙어서 고치려면 더 힘들다.

늙은 것도 서러운데 자녀마저 빼앗기는 기분이 들면 서글프고 억울하다. 이렇게 외롭게 늙지 않으려면 한 살이라도 젊었을 때 해바라기 부모 노릇을 버려야 한다. 요즘 젊은이들은 배우자가 지나치게 그의 부모와 밀착되었다면 이혼을 불사하기도 한다. 그러니 자신만의 삶을 가꾸고 자녀와 나의 경계를 확실하게 구분 짓지 않으면 자녀를 영원히 잃게 될 가능성도 있다. 그렇게 되지 않기 위해서는 가능한 자녀가 어린 시절부터 아이의 의견을 존중하는 훈련을 하는 것이 필요하다.

반대로 성년이 된 자녀가 아직 부모의 도움을 원하는데도 나 몰라라 하고 저 멀리 떨어져 살며 지나치게 빨리 부모 노릇을 내려놓는 태도도 바람직하지 않다. 즉 일이 매우 바쁘다는 이유로 혹은 자신의 인생을 즐기기 위해 자녀가 힘들 때 곁에 있어 주지 않은 부모는 자녀에게 존재감이 없다. 아이의 독립심을 키운다며 사실상 내버려두고 무관심하게 대한 탓이다.

"반 발자국만 뒤에 서 있으라"는 주문은 '관찰은 하되 결정은 하지 않는 참여적 관찰자가 되라'는 뜻이다. 자녀는 부모의 경험과 경륜을 배울 권리가 있다. 부모 입장에서도 본인이 그동안 살면서 배우고 익힌 지식과 지혜를 자녀에게 전수하고 싶은 것이 자연스러운 마음이다. 만약 그런 감정이 전혀 들지 않고 그저 자녀에게 무관심할 뿐이라면 부모는 어렸을 적 자신이 자녀로서 어떤 삶을 살았는지 돌이켜볼 필요가 있기 때문이다. 본인 역시 자신의 부모에게 돌봄을 받지 못해 내 아이를 돌보고 싶은 기분이 들지 않고 관심을 표현하고 싶어도 어떻게 하는지 모를 수도 있다. 반대로 부모가 일일이 간섭했기 때문에 부모의 존재감 자체가 지겨운 사람은 그에 대한 반동으로 아예 자신의 아이가 꼭 필요로 하는 관심까지 의도적으로 꺼 버릴 수도 있다.

어느 쪽이든 극단적인 태도는 올바른 답이 아니다. 아이가 조언을 원할 때에는 딱 조언만 해준 후 반 발자국 뒤로 빠져서 기다리면 아이는 밖으로 나가 자기 나름의 체험을 통해 생각한 후 어떻게 할지 결정하게 될 것이다. 그 결정이 어떻든 부모는 신경 쓰지 않아도 된다. 다만 아이는 언젠가 또다시 부모에게 다가와 도움을 청할 테니, 그때 다시 적절한 도움을 준다면 자녀는 부모의 의견을 적극적으로 받아들일 것이다.

먹기 싫은 음식을 강제로 먹이면 아무리 진수성찬이라도 몸이 제대로 소화할 수 없다. 하지만 배고플 때 먹는 음식은 아무리 부실해도 맛있고 몸에도 좋은 영양분이 된다. 부모의 도움도 마찬가지이다. 부모의 눈에는 뻔히 정답이 보이는데 아이는 찾지 못하니 답답해서 무언가 많이 가르쳐주고 싶은 마음이 들고 아이의 실패가 가슴 아파서 미리부터 예방해 주고 싶을 수도 있다. 그러나 명심하라. 일단 아이가 스스로 생각하고 체험하며 때로는 실패도 해보는 경험을 하도록 놔두어야 부모와 자녀 모두가 제대로 성장한다.

아이에게
묻고 배워라

자녀가 부모에게 배우고 싶은 것은 세상을 자유롭고 포용력 있게 바라보는 열린 태도와 건강한 가치관이다. 정보의 과잉 속에서 정말 아이에게 필요한 알맹이만 걸러주려면 부모가 먼저 무엇이 불필요하고 무엇이 꼭 필요한지 구분하는 혜안을 길러야 한다.

**아이의 책을
같이 읽어 보자**

　나는 아이가 초등학교에 들어가 고등학교를 마칠 때까지 아이의 교과서와 권장 필독도서는 될 수 있는 대로 다 읽으려고 노력했다. 수업 내용을 미리 가르치려고 했던 것이 아니라, 혹시라도 아이가 질문하면 자신 있게 대답하고 싶었고 아이와 토론하는 것이 즐거웠기 때문이다. 원래 책 읽는 것을 즐기기도 했지만, 아이의 교과서와 권장 필독도서를 읽는 것이 내게도 큰 도움이 되었고 마치 인생을 두 번 세 번 사는 것처럼 느낄 수도 있었다. 아이가 학기를 시작하기 전에 미리 읽어둔 교과서 내용 중 한두 개를 슬쩍 질문하여 아이의 호기심을 건드리면 아이가 그 분야에 관심을 갖고 자발적으로 미리 책을 찾아보는 효과도 있었다. 아이들에게 사교육을 강요하는 대신 학교 수업 그 자체에 흥미를 느끼게 하려는 전략이었다.

　물론 아이에게 그런 의도가 숨어 있음을 이야기하지는 않았다. "이제부터 예습하자!" "지금부터 복습하자!" 하고 부모가 말했을 때 즐거워하며 반기는 아이가 과연 몇이나 되겠는가? 곧 학교에서 배울 것이라는 사실을 모른 채 어머니와 즐겁게 이야기하고 난 후 그 내용이 수업 중에 나온다면, 아이는 아는 것이 나오니 신기하고 반가워 더욱 수업에 집중할 수 있을 것이다. 내 아이들에게는 실제로 그런 작전이 통했다.

　이처럼 아이가 읽는 책을 부모도 같이 읽으면 아이의 눈높이에 맞추어 서로 대화할 수 있는 내용이 풍부해진다. 동화책을 읽을 때에는 동화 속 주인공에 대해, 만화책을 읽을 때에는 만화 속 주인공에 관해서, 판타지 소설을 읽을 때에는 그 내용에 관해, 역사나 사회 과학 서적을 읽을 때에는 그 나름대로 할 이야기가 참 많다.

　다만 아이에게 어떤 책을 읽도록 강요하기보다는 아이가 재미있어 하는 책을 부모도 따라 읽을 것을 권한다. 어려서부터 고리타분한 위인전이나 고전만 읽게 할 필요는 없다. 부모 역시 그런 종류의 책만 본다면 숨이 막히지 않는가. 한쪽으로만 편식하여 책을 읽도록 통제하면 오히려 아이에게 책 읽는 즐거움을 앗아갈 수 있다. 아이가 좋아하는 책이라면 일단 닥치는 대로 읽게 하는 것도 좋은 방법 중 하나이다. 부모가 간섭하지 않아도 아이는 책을 읽다가 그 분야가 질리고 시시해지면 언젠가는 다른 장르로 넘어간다.

　사실 만화나 판타지소설 중에는 아이에게 별로 도움이 되지 않는 폭력적인 내용을 담은 것도 많다. 그러나 그런 면도 알아두는 것이 복잡다단한 인생을 살아갈 때에 도움이 된다. 아이는 언젠가는 인터넷이나 방송 등을 통해 사회의 악한 면을 접하게 되어 있다. 그러니 책을 통해 미리 접하는 것이 꼭 나쁜 것만은 아니다. 무엇보다 어떤 책은 읽게 하고 어떤 책은 읽지 못하게 하는 것은 요즘처럼 무슨 정보든 인터넷을 통해 쉽게 검색할 수 있는 환경에서는 현실성이 없다. 그러므로 부정적인 것도 어느 정도는 아이 스스로 읽고 미리 걸러내는 과정도 필요하다. 그러니 만화방을 가든 인터넷에서 다운받은 전자책이든 아이가 좋아하는 책(예컨대 『원피스』나 『드래곤볼』 같은 만화책이라도)이라면 부모 역시 아이와 함께 읽거나 이해하도록 노력해보라. 아이와의 유대감도 강해지고 부모 자신의 심성도 재충전되는 효과를 얻을 수 있을 것이다.

아이에게 묻고 배우자

아이들은 운동이나 게임 등을 하며 노는 것을 좋아하지만 아직 절제심이 부족하여 자칫 방만하게 놔두었다 정도가 심해지는 것을 부모는 걱정할 수도 있다. 하지만 의외로 부모 입장에서는 바로 그 때문에 아이에게 묻고 배울 점이 많다. 지금은 급격히 산업기술이 발달하는 현대사회가 아닌가. 기술을 빠르게 습득하는 젊은 세대와 비교하면 아무래도 나이 든 세대는 기술의 변화에 둔감할 수밖에 없다.

과거에는 나이가 많은 사람이 젊은 사람은 지니지 못한 경험과 지혜를 지니고 있었기 때문에 어른에 대한 존경심을 강요하지 않아도 젊은이들 스스로 존경심을 가질 수 있었다. 그러나 산업화가 무서운 속도로 진행되는 지금은 한 살이라도 더 어렸을 때에 새로운 기술 발전에 빨리 적응하는 얼리 어답터(early adapter)가 성공할 가능성이 높다. 이처럼 자녀를 교육하기보다 자녀에게 배울 것이 더 많은 것이 21세기 부모의 민낯이고 위상이다. 최신 정보가 홍수처럼 쏟아지는 사회에서 아이는 알고 싶은 것이 있으면 부모에게 묻기보다는 인터넷에서 답을 구하고 있다. 그래서 '네이버(Naver) 하느님', 즉 '네느님'이라는 말이 생겼고 구글(Google)에서 검색하면 다 나온다고 해서 '구글링(Googling)'이라는 신조어도 생기지 않았는가.

아무리 열심히 세상 돌아가는 속도에 맞추어 따라가려고 해도 기성세대는 이제 신세대의 속도를 따라갈 수 없다. 이런 사실을 속 편하게 인정해 버리고 나면 어떻게든 자녀를 가르치려는 쓸데없는 오기를 부리지 않게 될 것이다. 부모라도 때에 따라 자녀에게 무언가를 겸손하게 배우려고 한다면 오히려 자녀와의 관계가 돈독하게 개선될 수도 있다.

다만 아이는 아직 어리기 때문에 아무리 부모보다 과학기술과 최신 정보를 많이 알고 있어도 어른의 도움을 청할 때가 있는데, 그럴 때에는 자녀를 흔쾌히 도와주면 된다. 물론 어떻게 도울지 자녀에게 먼저 물어보는 센스가 있으면 더 좋다. 본인이 원치 않는 도움을 받았을 때 그것을 고마워하는 사람은 이 세상에 없기 때문이다. 자녀는 자녀이기 이전에 독립된 하나의 인격이다. 아무리 어리더라도 인격 대 인격으로 대하면 아이 역시 부모의 인격을 존중한다. 자녀에게 먼저 무언가를 많이 해주고 가르치는 대신 아이가 나를 보고 무엇을 생각하고 무엇을 닮고 싶어 할지 먼저 생각해보라.

자녀가 부모에게 배우고 싶은 것은 시대착오적인 낡은 정보와 아집이 아니라 세상을 자유롭고 포용력 있게 바라보는 열린 태도와 가치관이다. 정보의 과잉 속에서 정말로 아이에게 꼭 필요한 알맹이만 걸러주려면 부모가 먼저 어떤 것이 불필요하고 어떤 것이 꼭 필요한지 구분할 수 있는 혜안을 길러야 한다. 이런 눈을 기르기 위해 부모교육을 받는 것이지 자녀에게 다양한 지식을 전수하기 위해 부모교육을 받는 것이 아니다. 결국 자녀교육의 시작은 자신은 시대 변화에 뒤떨어졌으면서도 엉뚱한 고집만 부리며 정작 꼭 필요한 기본은 함부로 무시하는 몰지각한 부모들에 대한 교육이 먼저 이루어져야 한다는 것이 내 의견이다.

놀이와 일상사를 통한 건강한 상호작용을

자녀교육은 일방통행이 아니라 동등한 상호작용이 되어야 한다. 아이의 수준과 능력에 맞추어 아이가 원하는 것이 무엇인지 파악한 후 적절하게 반응하는 것이 제대로 된 교육이다.

아이가 원하는 것이 무엇인지 먼저 파악하라

자녀를 어떻게 교육해야 하는지 물어보는 부모들에게 "과잉보호하지 말고 아이를 자연스럽게 내버려두라"고 조언하면 얼핏 '아이를 그냥 방임해도 괜찮은가보다'라고 크게 착각하는 부모가 있다. 실제로 교육론『에밀』을 쓴 장 자크 루소는 본인이 부모에게 방치되어 성장했음에도 자신의 다섯 자녀 역시 보육원에 맡겨 방치하였다. 그는 훌륭한 저작물을 남긴 탁월한 지성인이었지만 정신건강의학과 전문의의 눈으로 보면 복합적인 문제를 가지고 있는 불행한 사람이었다. 부모에게 잘못된 교육을 받은 나머지 그 자신도 훌륭한 부모가 되지 못한 점이 아마도 그가 가진 신경증의 가장 큰 원인이었을 것이다.

모든 아이는 좋은 씨앗에서 움튼 묘목과 같아서 성장기에 잘 돌보지 않으면 병들어 죽을 수 있다. 물과 거름을 지나치게 많이 주거나 혹은 지나치게 적게 주면 묘목은 건강하게 성장할 수 없다. 예쁘고 연약하다고 항상 조심스럽게 품고 다니면 면역력과 자생력이 생기지 않는다. 반대로 독립심을 키운답시고 아직 어린 묘목을 무작정 벌거벗겨 춥고 메마른 황야에 던져 놓아도 튼튼한 뿌리를 가진 재목으로 키울 수 없다. 아이도 마찬가지이다.

그렇다면 젊은 부부는 "도대체 어떻게 아이를 교육해야 할지 모르겠다"고 다시 물을 것이다. 그들의 질문에 숙련된 교육전문가나 필자와 같은 정신건강의학과 전문의들은 아마 대부분 "아이의 표정과 행동을 다시 주의 깊게 관찰하고 아이의 말을 제대로 들어보라"는 조언을 할 것이다. 자녀교육은 일방통행이 아니라 동등한 상호작용이 되어야 한다. 아이의 수준과 능력에 맞추어 아이가 원하는 것이 무엇인지 파악한 후 거기에 적절하게 반응하는 것이 제대로 된 교육의 시작이다. 그러기 위해서는 아이에게 무언가를 가르치려는 의도와 작위적인 태도를 버리고 우선 아이와 잘 노는 법을 터득하는 것이 중요하다.

갓 돌이 지난 아이에게 영어와 한글을 함께 가르치려는 어머니가 있다(아인슈타인이나 빌 게이츠도 돌이 지나자마자 그런 식으로 외국어를 습득하지는 않았다). 정상적인 아이의 뇌는 그 나이에 활자와 숫자를 배우고 익힐 준비가 전혀 되어 있지 않다. 오히려 건강한 뇌 발달을 방해할 뿐이다. 어머니는 제 생각만큼 따라오지 못하는 아이에게 속이 상하고 아이는 하기 싫은 것을 자꾸 하라고 강요하는 어머니가 점점 더 답답하다. 결국 어머니와 아이의 건강한 상호작용은 깨지게 되고, 심할 경우 아이가 어머니와 눈도 맞추지 않고 반응도 하지 않는 유사자폐가 될 수 있다. 소근육이 발달하지 않아 아직 공도 제대로 들지 못하는 아이에게 복잡한 구기 운동을 가르치다 아이를 다치게 하거나 울리는 아버지도 있다. 아이의 수준에 맞춰 함께 무언가를 하는 것이 아니라 부모의 의도와 욕구대로 자녀를 좌지우지하면 부모도 아이도 불행하다. 어릴 때부터 '세상은 지겨운 것' '부모가 통제하는 인생'이라는 잘못된 선입관만 주입시키는 꼴이다.

놀이와 일상사는
책보다 더 좋은 교과서다

아이에게 하나라도 더 가르쳐야 한다는 강박관념에서 벗어나 일단 아이와 신 나게 놀다 보면 저절로 아이에게 긍정적인 에너지가 전해진다. 아직 학교에 입학하지 않은 아이에게 수학을 가르치고 싶다면 아이와 카드놀이나 모노폴리 같은 게임을 같이 하는 것이 더 좋다. 길거리를 산책하면서 자동차 번호판을 이용해 산수 놀이를 하는 방법도 있다. "번호판에 있는 숫자를 모두 더하면 몇이 될까?"라는 식으로 부모와 게임을 하다 보면 아이는 저절로 숫자와 친해지게 된다. 거리에서 흔히 볼 수 있는 영어 간판을 글자판으로 삼아 놀아 보는 것도 좋다. "빌라(villa)? 카센터(car center)? 스토어(store)? 아, 저건 무슨 뜻일까? 어떻게 읽어야 하는지 말해줄래?" 하면서 아이와 대화하다 보면 아이도 주변 환경에 호기심을 갖고 자연스럽게 외국어를 습득할 수 있다.

아이가 성장해서도 마찬가지이다. TV를 보고 컴퓨터로 게임만

하는 아이를 무조건 야단칠 것이 아니라 거기에서도 아이가 배울 수 있는 점이 많다는 것을 깨닫기 바란다. 예컨대 〈아이온〉이나 〈리니지〉〈던전 & 드래곤〉〈심 시티〉 같은 게임을 아이와 같이 해보라. 게임 스토리에는 뜻밖에도 신화나 역사, 사회, 건축, 정치 등에 관한 지식과 비판적 태도가 필요한 경우가 많다. 이를 활용해 아이에게 자연스럽게 게임과 신화의 주인공을 연결하여 게임뿐 아니라 책과도 친해질 수 있도록 유도할 수 있다.

아이가 아이돌에게 열광하거나 연예인이 되고 싶어 한다면 인문학을 무용이나 음악과 연결하여 소개하는 것도 좋다. 이처럼 좀 더 다양한 장르를 아이가 접하며 비교 분석해서 즐기도록 유도한다면 아이는 문화적으로도 풍요롭게 성장할 수 있다. 부모가 기준이나 이유 없는 이분법적 사고로 "대중문화는 천박하고 고급문화는 고상하다"라며 분별 짓는 것은 아이를 숨 막히게 한다. 오히려 대중문화에서 유명한 연예인의 성공스토리를 자녀와 함께 나누며 이들이 초기의 어려움을 어떻게 극복했는지, 또 성공한 후에 누구는 왜 끝까지 대중의 사랑을 받고 누구는 그냥 사라지게 되었는지, 연예기획사가 어떤 쪽에 투자하여 성공 혹은 실패했는지 등을 자유롭게 토론한다면 아이의 꿈과 흥미를 자극함과 동시에 경영이나 경제에도 관심을 둘 수 있게 유도할 수 있다. 또한 롤 모델의 성공과 실패를 스스로 분석하여 자신의 꿈을 이루기 위해 무엇을 해야 하는지 목표와 계획을 좀 더 구체화시킬 수도 있다.

흔히 아이의 지능이 발달하려면 일찌감치 책을 많이 읽고 외국어를 배우며 다양한 음악과 미술 활동을 하면 된다고 생각한다. 하지만 생활능력을 증진하는 것은 '나이별 수준에 맞는 유쾌하고 행복한 놀이'라고 대부분의 심리학자가 말한다. 즉 공부하라는 작위적인 의도는 아이의 놀이를 방해하고 성취동기를 꺾어 아이를 학습부진아나 성격장애로 만들 수 있다. 부모가 조기교육에 목을 매 아이를 어린 시절부터 여기저기 끌고 다니다 영재가 되기는커녕, 부모와 자녀 간에 원수 아닌 원수가 되고 아이가 삶의 의욕마저 잃게 되는 경우가 얼마나 많은가.

다른 관계와 마찬가지로 부모 자녀 관계도 적당한 심리적 거리를 두고 자신과 다른 상대방의 개성과 차이를 인정해야 행복하고 원만하게 지속할 수 있다. 내 뱃속에서 자라 내 유전자를 타고났지만, 아이는 나와 다른 별개의 인격체이다. 그러니 아이의 개성을 인정하고 차이를 포용해야만 서로 행복하고 지루하지 않은 상호작용을 할 수 있다. 이런 건강한 상호작용은 아이와 재미있게 놀고 자유롭게 대화할 수 있을 때 자연스럽게 만들어진다.

**아이와 놀 때에는
티 나지 않게 교육적으로!** "아이와 격의 없이 자유롭게 놀다 보면 위아래가 없어져 부모로서의 권위가 떨어지지 않겠느냐"고 반문하는 부모가 있을 수 있다. 물론 아이와 함께 놀더라도 어디까지나 부모는 부모고 자녀는 자녀여야 한다. 마치 또래와 놀듯이 어떻게든 자녀를 이기려 하고 장난감을 사이에 두고 아이와 실랑이를 하다 어른답지 않게 삐치거나 화를 내는 등 아이와 작은 것 하나를 두고도 매번 다투게 된다면 곤란하다. 물론 아이가 생떼를 부리고 부모에게 폭력적인 행동을 해도 그냥 두는 태도 역시 옳지 않다.

그럼 어떻게 놀아야 잘 놀 수 있을까? 아이와 놀 때에는 강약과 완급을 조절하여 티 나지 않게 교육적으로 놀아야 한다. 무조건 아이에게 져주는 것도 좋지 않고 무작정 아이보다 잘하는 것도 좋지 않다. 가장 중요한 점은 상대에게 졌다고 화를 내고 자신이 이겼다고 상대방을 무시하는 태도를 가지지 않도록 아이에게 게임의 매너와 규칙을 올바르게 가르치는 것이다.

내 아이가 항상 이겨야만 직성이 풀리는 고집 센 성격이라면 지는 경험을 해보도록 유도하라. 아이가 지나치게 위축되고 소심하다면 부모보다 잘해서 으쓱해지는 기분도 맛보도록 하여 힘든 일을 견딘 후 성취하는 경험을 하도록 해야 한다. 즉 아이의 상황과 그 당시의 맥락에 맞추어 적절하게 놀아주어야 한다는 이야기이다. 그러기 위해서는 부모 역시 제대로 놀아본 경험이 있어야 한다.

도덕적이고 성실한 부모 밑에서 자랐음에도 이상하게 자녀가 비뚤어지고 엇나가는 경우가 있다. 여러 이유가 있겠지만, 부모로부터 잘 노는 방법을 배우지 못한 탓도 크다. 어렵게 공부하고 힘들게 일하는 가장 큰 이유 중 하나는 잘 놀고 유쾌하게 살고 싶기 때문 아니겠는가? 기분 좋게 노는 즐거움을 아는 아이일수록 더 재미있게 놀기 위해 공부도 열심히 한다.

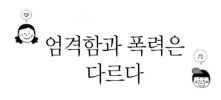

엄격함과 폭력은 다르다

부모는 아이를 훈육할 때 감정을 앞세우면 안 된다. 날것 그대로 화를 내면 아이는 자신이 잘못한 일에 대해서는 생각하지 못하고 부모가 화를 낸 것만 기억하게 되므로 훈육의 효과가 전혀 없다.

도덕성 훈련은 빠를수록 좋다

부모가 일관성을 유지하며 적절하게 훈육하는 것은 아이와 재미있게 노는 것만큼이나 중요하다. "아직 어린 나이인데 뭘 알겠느냐"라면서 아이의 행동이 도를 넘어도 그대로 내버려두는 부모를 주변에서 흔히 볼 수 있다. 기본적인 도덕심과 공공장소에서 지켜야 하는 예절은 아이가 아장아장 걸음마를 하고 옹알옹알 말을 할 수 있을 때부터 가르쳐야 한다. 예를 들어 욕을 하거나 주변 사람을 때린다든가 공공장소에서 소리를 지르고 떼를 쓴다든가 다른 사람의 물건을 훔친다든가 하는 등의 행동은 반드시 초기에 바로잡아야 한다. 아이가 무얼 알고 그랬겠느냐고 부모는 반문하겠지만, 두 돌이 채 되지 않은 아이라도 부모가 엄격한 표정을 짓고 해도 좋은 것과 하면 안 되는 것을 일관되게 구분 지어 가르치면 얼마든지 알아듣는다. 강아지도 반복 훈련을 하면 배변 습관을 익히고 간단한 단어 몇 마디를 알아듣는데, 정상적인 지능을 가진 아이에게 그런 교육이 되지 않을 리가 없다.

때로는 '피곤하고 귀찮아서' 혹은 '아직 아이인데 괜찮겠지' 하는 마음으로, 또 은근히 '자기 아이가 기세등등하게 주변을 휘젓고 다니는 것이 좋아 보여서' 등의 이유로 아이를 엄격하게 가르쳐야 할 때에 그러지 않는 부모도 있다. 주변 사람에게 지적을 받으면 "아직 어린아이인데 뭘 그렇게 까다롭게 구느냐"며 도리어 화를 낸다. 그러나 아이가 어렸을 때에는 하고 싶은 대로 하게 내버려두며 키우다 어느 정도 나이가 든 후 행동 교정을 하겠다는 생각은 위험하다. 잘못 들인 습관을 뒤늦게 교정하는 것은 매우 어렵기 때문이다.

아이를 어릴 때부터 멋대로 하도록 키우다 보면 어느 순간 아이가 부모에게도 함부로 하고 주변 사람과도 자꾸 문제를 일으킨다. 그러다 보면 부모가 더는 화를 참지 못하고 어느 시점부터 아이에게 폭력적으로 대할 수 있다. 그러면 아이는 지금까지는 내버려 두다가 왜 갑자기 부모가 못하게 막는지, 왜 화를 내는지 몰라 혼란스럽다. 이런 상황이 반복되면 부모가 마음이 바뀌어 나를 미워하게 되었다고 오해할 수도 있다. 이렇게 되면 부모에게 나쁜 감정이 생겨 더욱 말을 듣지 않게 되고, 부모는 그렇게 행동하는 아이에게 속상하고 화가 나 더 감정적으로 반응하게 된다.

"사춘기가 되니 아이가 반항한다" "학교에 입학한 후 아이가 변했다"고 부모는 말하지만, 자세히 살펴보면 아이는 그대로인데 부모의 교육 방침이 변한 경우가 대부분이다. 이처럼 아이가 하고 싶은 대로 편하게 키우다 나이가 들었으니 그제서야 엄격히 훈육하여 바꾸려고 하면 부작용만 생긴다. 정도를 조절하지 못한 부모가 아이를 때리거나 학대하여 아이가 비뚤어진 나머지 가출 혹은 폭력적으로 변하게 될 가능성도 높다.

화가 났을 때
감정을 앞세우지 말라

그렇다면 엄격한 원칙을 통해 부모 자녀 간의 확실한 경계와 위계질서를 지키면서도 부모와 자녀가 따뜻한 관계를 유지하는 가정과, 툭하면 고성이 오고 가며 매를 주고받는 가정의 차이는 무엇일까?

첫째는 부모가 말은 원칙적이지만 행동은 원칙이 없거나 자기중심적일 경우이다. 이 경우 자녀는 부모에게 진심으로 존경하는 마음을 가질 수 없다. 어려서는 힘이 없으니 부모의 강압적인 태도를 그냥 참아내지만, 사춘기가 되어 부모와 힘이 비슷해지면 자녀의 반항이 시작되고 부모는 힘으로 안 되니 폭력적인 방법을 사용하게 되어 서로 간의 갈등이 폭발적으로 증폭된다.

둘째는 아이가 어렸을 때부터 시작해야 하는 아이의 도덕성 훈련 여부이다. 처음부터 해야 하는 행동과 하면 안 되는 행동을 정확하게 가르친다면 굳이 나중에 바로잡겠다는 핑계로 아이에게 매를 들거나 소리를 지를 필요가 없다. 부모가 어렸을 때에는 그냥 내버려 두다가 이런저런 문제가 생긴 후 그제서야 훈육이랍시고 소리 지르고 때린다면 무슨 소용인가.

셋째는 일관성이다. 부모의 기분에 따라 어떤 때에는 되고 어떤 때에는 되지 않는다면 자녀는 부모의 눈치를 살살 보며 거짓말을 하거나 아니면 "예전에는 되었는데 지금은 왜 안 되느냐!"며 도리어 화를 낼 것이다.

넷째는 양육자들의 '원칙 통일하기'이다. 아버지가 금하는 것을 어머니는 허용하고, 아버지가 괜찮다는 것을 어머니는 펄펄 뛰며 막는다면 아이는 가치관의 혼란을 겪으며 중심을 잃을 것이다. 설령 양육자끼리 뜻이 맞지 않더라도 아이에게 야단을 치기 전에 먼저 서로 충분히 상의하라. 물론 현실에서 그렇게 하는 것이 어려운 경우도 많지만 적어도 아이 앞에서 의견 충돌로 싸우지 말고, 아이가 없을 때에 감정이 실리지 않는 차분한 태도로 대화하여 의견을 조율한 후 아이를 교육하는 것이 좋다.

아이를 훈육할 때에는 감정부터 앞세우지 말고 어디까지나 이성적으로 대하려고 노력해야 한다. 만약 아이가 무언가 잘못하여 부모로서 화가 났다면 먼저 자신의 화를 다스리기 위해 노력해보라. 친구를 만나 수다를 떨어도 좋고 음악을 들어도 좋으며 재미있는 영화를 보아도 좋으니, 일단 평상심으로 돌아온 다음 아이가 무엇을 잘못했는지 본인에게 조곤조곤 설명해주는 태도가 필요하다. 말만 앞세우지 말고 직접 행동으로 보여주는 것도 효과적인 훈육법 중 하나이다.

물론 아이가 무언가 심각한 잘못을 저지르면 부모도 사람인지라 화가 나고 속상할 수도 있다. 하지만 될 수 있는 한 그런 감정을 아이 앞에서는 억제해야 아이도 자신의 감정을 조절하는 법을 배울 수 있다. 날것의 감정을 생각 없이 그대로 내보이는 부모 밑에서 자란 아이 역시 감정조절에 미숙하여 결혼 후 폭력 남편이나 폭력 아내가 될 가능성이 크다.

또한 부모의 감정이 지나치게 격하면 아이는 자신이 잘못한 일에 대해서는 생각하지 못하고 부모가 화를 낸 것만 기억하게 된다. 이런 경우라면 아무리 좋은 내용으로 훈육해도 교육 효과가 전혀 없다. 특히 월요일 아침 조회시간에 교장선생님 훈화하듯 오래 아이를 붙들고 있는 것은 더욱 해롭다. 좋은 이야기도 반복해 들으면 짜증이 나는데 좋지 않은 이야기를 장시간 들어야 한다면 얼마나 괴롭겠는가. 아이가 잘못한 것에 대해서는 단호하게 요점만 지적하라. 그리고 다음에 똑같은 잘못을 또 저지른다면 아이에게 이번에는 무엇을 잘못했는지 아느냐고 물어보라. 아이는 다 기억하고 있음에도 실천하지 못한 자신을 부끄러워할 것이다. 그러나 아이가 스스로 잘못을 생각해내고 자신을 부끄러워하기도 전에 부모가 빨리 대답하라고 다그친다면 아이는 다시 부모가 화난 것에 대해서만 기억할 뿐, 자신의 행동에 대한 죄의식이나 부끄러움을 고칠 기회를 영영 잃어버릴 것이다.

체벌보다 나은 벌은 얼마든지 많다

"매를 아끼면 아이를 망친다"는 서양 속담을 들먹이며 아이에게 체벌이 필요하다고 주장하는 사람들이 있다. 다른 사람들 역시 전혀 훈육이 되어 있지 않고 지나치게 폭력적인 아이를 볼 때면 때려서라도 가르치고 싶은 마음이 들 수도 있다. 그러나 훈육이라도 합리적으로 벌하지 않고 아이의 자존심을 상하게 하거나 다짜고짜 체벌부터 하기 시작하면 결과는 걷잡을 수 없이 나쁜 쪽으로 번질 수 있다.

아이의 버릇을 고치겠다고 피멍이 들 정도로 아이를 때리거나 발 가벗겨 집 밖으로 쫓아내는 벌을 주는 등 아이가 수치심을 느끼게 하는 부모나 교사가 가끔 있는데, 이는 교육이 아니라 본인의 비뚤어진 가학성을 충족하려는 아동학대일 뿐이다. 체벌을 가하는 것보다는 아이가 받기 싫어하는 벌을 확실하게 주는 것이 훨씬 효과적이다. 예를 들어 '컴퓨터 사용 금지' 'TV 시청 금지' '휴대전화 압수' '외출 금지' '용돈 압수' 같은 것을 아이는 한두 대 맞는 것보다 더 무서워하고 싫어한다.

그리고 이런 벌칙은 아이가 자신의 잘못을 수긍할 수 있도록 잘 설명한 후 항상 일관성 있게 내리는 것이 좋다. "너는 이런 잘못을 했으니 우리는 네가 이런 벌을 받아야 한다고 생각한다. 그중에서 어떤 벌을 받는 것이 너에게 더 좋다고 생각하느냐?" 하는 식으로 아이 스스로 자신이 받을 벌을 택하도록 하는 것도 괜찮은 방법이다.

훈육과 체벌 과정에서 무엇이 옳고 그른지 아이 스스로 깊이 생각하여 결정하고 실행에 옮길 수 있도록 아이와 부모가 서로 상의하는 것도 좋다. 이런 대화가 가능하려면 아이에게 영어 단어를 외우게 하고 수학 공식을 풀게 하는 것보다 어려서부터 인문학적 소양을 키워주어야 한다. 아이의 수준에 맞는 역사, 철학, 문학, 예술 등 다양한 분야에서의 책 읽기를 통해 아이는 인간의 선한 면과 악한 면을 보고 이해하며 통제하는 법을 간접적으로 배우게 된다.

결국 훈육은 아이의 선한 면은 키우고 악한 면은 다스리는 행위이다. 자신의 행동이 왜 나쁘고 좋은지 주체적으로 판단하지 못한다면 매를 맞아야 고분고분해지는 짐승과 뭐가 다른가? 이는 책을 거의 읽지 않는 요즘 아이들의 훈육이 점점 힘들어지는 이유가 되기도 한다.

아이의
기초 체력부터 길러주자

자녀를 명문대에 보내는 것만이 제대로 된 부모 노릇이라고 생각하는 사람이 많다. 그러나 진짜 훌륭한 부모 노릇은 자녀를 사회에서 자기 몫을 해내는 건강한 재목으로 길러내는 것이다.

**사회에 진정 도움이 되는
재목으로 키우고 싶다면**　　나라가 잘살게 되면서 청소년의 체격도 커지고 외모 역시 준수해지고 있지만, 체력은 점점 더 약해진다는 보고가 계속 나오고 있다. 쉬는 시간에도 움직이지 않고 휴대전화로 게임을 하거나 DMB를 보는데다가 온종일 학교나 학원에서 앉아만 있으니 체력이 좋아질 리가 없다. 입시에 목맨 부모는 수업 중 체육 시간이 차지하는 비중이 높아 학생들에게 운동을 많이 시키는 학교를 좋아하지 않는다. 아이가 몸을 움직이느라 피곤하면 공부를 할 수 없다고 믿기 때문이다.

이런 부모는 방학 기간에도 자녀의 학원이나 과외 스케줄은 열심히 세우면서 자녀의 운동 계획은 전혀 세우지 않는다. 어쩌다 한번 아이가 친구와 땀 흘리며 농구나 축구를 하고 들어오면 "왜 머리 나쁜 아이랑 어울리면서 쓸데없이 힘 빼는 짓을 하느냐!"라고 질책하기 일쑤다. 책상머리에 아이를 접착제로 붙이듯 고정시켜야 아이의 성적이 올라갈 것이라고 생각하기 때문이다. 이런 부모 밑에서 자란다면 아이가 점점 더 골골거리며 파리한 안색으로 변하는 것은 시간문제이다. 또래와 어울려 놀지 못하니 사회생활에 꼭 필요한 팀워크도 배울 수 없다.

어찌어찌하여 명문대를 간다 해도 그게 과연 아이에게 좋은 일일까? 청소년기에 체력을 키우지 못했으니 성인이 된 후 무슨 일을 해도 쉽게 피곤해지고 의욕이 없으며 흥이 나지 않는다. 축구나 농구 등 여러 명이 함께 하는 운동을 통해 극기와 협동심 같은 단체생활에 꼭 필요한 덕목을 배우지 못했으니 조직 안에서 눈치코치 없는 이기적인 고문관이 되기 십상이다. 선진국 아이들이 우리나라 아이들보다 공부는 덜하지만, 세계적으로 훨씬 경쟁력 있는 인재로 성장하는 이유 중 하나가 바로 체력과 스포츠를 통해 익히는 팀워크 덕분이다.

실제로 명문대를 나왔지만 사회생활에 적응하지 못하고 주변 사람과 불화를 겪다 보니 몸도 마음도 약해져 병원을 찾는 사람이 많다. 잡초처럼 자란 사람은 사회 어디에 던져 놓아도 자기 몫을 해내는 데 반해 온실에서 화초처럼 자란 사람은 아무리 쉬운 일을 하더라도 쉽게 피로하고 금방 포기해 버린다. 우리 사회는 워낙 일류병이 깊어 자녀를 명문대에 보내야 제대로 된 부모 노릇을 한 것으로 생각하는 사람이 많다. 그러나 진짜 훌륭한 부모 노릇은 자녀가 올바른 가치관과 건강한 신체를 통해 사회에서 자기 몫을 해내는 훌륭한 재목으로 길러내는 것이다.

명문대에 다니는 사람의 신체와 심리 검사를 해보면 정신질환의 유병률(prevalence rate, 有病率)이 다른 사람보다 심각하게 높다. 중·고등학교 시절부터 사교육으로 지친 아이가 성인이 되자마자 각종 신경증과 성인병을 앓는다면 중년이 되고 노년이 될 때에는 어떤 모습이 되겠는가? 그때는 부모인 자신이 죽고 없을 테니 자식이 어떤 모습이든 상관없다고 말하겠는가? 요즘은 의학의 발달로 웬만하면 90~100세까지 살게 될 테니, 자녀가 환갑이 될 때 100세를 바라보는 부모가 끝까지 자녀를 수발하고 자녀의 친구 노릇까지 해줄 자신이 있다면 자녀에게 지금 공부만 하라고 강요하라. 그러나 만약 그럴 수 없다면 자녀의 사생활을 방해하지 않는 것이 좋다.

수학 공식과 영어 단어 같은 교과서 내용은 학교를 졸업하면 사회에서 거의 쓸 일이 없다. 그러나 인생을 보는 건전한 사고, 타인과의 협동, 무엇이든 해낼 수 있는 용기와 체력은 어디서나 써먹을 수 있다. 성적 때문에 초조한 학부모가 아무리 반대해도 체육 교육을 지금보다 더 강화해야 할 이유가 바로 이것이다. 사람의 유전자에는 게임을 즐기는 특성이 있다. 아이들이 게임을 좋아하다 심할 경우 게임중독에 빠지는 것도 일상생활에서 충분히 운동하거나 놀지 못하기 때문에 생기는 일이다. 그러니 게임을 4대 악으로 규정하여 셧다운제 등을 통해 청소년이 게임을 하지 못하게 막을 것이 아니라, 학교와 일상에서 지금보다 더 많은 운동을 하게 하고 더 열심히 놀게 한다면 게임중독은 자연스레 해결된다.

공부에 앞서
기초체력을 길러라

임상에서 만난 R씨는 알짜배기 부잣집의 막내아들로 태어나 어릴 때부터 좋은 음식을 먹고 비싼 옷을 입으며 풍족하게 자랐다. 유명 과외교사에게 공부를 배우고 예술 쪽으로도 조기 교육을 원 없이 했으며 유학도 다녀왔다. 그러나 워낙 사교육 스케줄이 많다 보니 친구를 사귈 시간이 없었고 "머리 나쁘고 못사는 친구와는 어울리지 마라"라는 부모의 말을 거역한 적도 없어 친구가 많지 않았다. 명문대를 나왔지만 무슨 일을 하든 의욕적이지 않았던 그는 현재 부모의 사업체에서 일하고는 있으나 다른 사원처럼 제 몫을 다하지는 못하고 있다. 어릴 때부터 운동과는 담을 쌓다 보니 30대에 벌써 지방간과 당뇨 등의 질병을 갖게 되었고 스트레스를 털어놓을 친구도 거의 없다. 그러나 노년에 병을 얻은 어머니와 여전히 바쁘기만 한 아버지는 그의 친구가 되어주지 못한다. 결국 R씨는 몸과 마음 모두 병을 얻은 채 감옥 아닌 감옥 생활을 하고 있다.

자녀를 돌보고 가족을 먹여 살리느라 자신의 몸을 돌보지 않는 부모도 문제이다. 내로라하는 전문직을 가진 D씨는 자녀를 배우자와 함께 조기유학 보내고 몇 년째 기러기 아빠 생활을 하면서 과로와 영양실조(퇴근 후 라면 등 인스턴트식품만 먹거나 술과 안주로 끼니를 때우니 당연한 결과다) 및 음주에 의한 간염 증상으로 고생하고 있었다. 그러나 배우자와 자녀가 걱정할까 봐 자신의 건강 상태를 숨기다가 결국 마음의 병까지 얻었다.

다른 가족을 위해 이렇게까지 희생하면 나중에 그들이 고마워하며 그 은혜를 갚을까? 사람은 모두 내 몸이 먼저이고 내 코가 석 자이다. 희생을 받은 사람은 희생한 사람만큼 그것을 절감하지 못한다. 일단 나부터, 내 것부터 챙기는 것이 사람의 자연스러운 본능이다. 과거에 효자 효녀가 많았던 이유는 그만큼 개인적으로나 사회적으로 자녀에게 세뇌하고 강요한 탓이 아닐까? 진심으로 부모를 위해 아낌없이 자신을 희생한 자녀가 과연 얼마나 되겠는가? 나라에서 효자비를 세워 그 공을 기념해준 이유는 그만큼 효자가 드물었기 때문 아닐까? 이를 증명하듯 효자비가 가문의 허물을 덮기 위한 위장이었던 경우도 적지 않았다. 하물며 철저한 개인주의적 사고로 무장한 21세기인 지금은 말해 무엇 하겠는가.

그러니 자녀의 뒤를 따라다니며 철마다 보약을 챙겨주는 것도 좋지만, 우선 부모 자신이 과로하는 것은 아닌지, 운동은 충실히 하고 있는지도 꼼꼼하게 점검해봐야 한다. 자녀가 제 몫을 하며 사회생활을 할 수 있는 사람이 되려면 부모와 자녀 모두 먼저 자신의 기초 체력을 튼튼히 하고 자립심을 키울 수 있도록 서로를 도와주어야 한다. 그러기 위해 부모는 먼저 자신의 몸을 잘 챙겨야 한다. 그리고 자녀가 자신의 방식대로 생활하겠다는 것을 막지 말아야 한다. 궁극에는 부모와 자녀 모두 서로에게 집착하지 않은 채 자기에게 주어진 의무를 충실하게 이행하며 사는 것이야말로 성공한 인생이기 때문이다.

도전은 일깨우고
한계는 받아들여라

부모는 자녀가 원하는 것을 전부 해주지 못한다고 해서 자신이 무능하다고 자책할 필요가 없다. 오히려 자신의 실패와 한계를 부끄러워하거나 감추지 말고 자녀에게 솔직하게 털어 놓는 것이 때로는 필요하다.

실패와 시행착오는
미래를 위한 투자이다

진실로 성공한 자녀교육은 부모와 자녀가 이런저런 실패와 좌절로 어렵고 힘든 일을 겪을 때에 비로소 빛을 발한다. 대학입시와 취직, 결혼 등 크고 작은 인생의 고비마다 기분 좋게 성공만 하는 자녀는 이 세상에 없다. 부모 역시 마찬가지이다. 현재 상위 1퍼센트에 속하는 능력 있는 부모라 할지라도 죽을 때까지 항상 행복하게 승승장구하면서 살 수 있을까? 설령 그렇다 한들 아이를 키우는 데 아무런 어려움과 걱정이 없는 부모는 없다. 실패와 좌절 등 인생의 부침을 겪는 것은 부자든 빈자든 사람이라면 누구나 삶에서 필연적으로 거쳐야 하는 과정이다. 다만 그 시기와 주관적으로 느껴지는 강도의 차이가 있을 뿐이다.

가족의 위기는 부모와 자녀 중 한쪽이 크게 실패했을 때 찾아온다. 자녀에게 수백만 원 이상의 사교육비를 들였음에도 남부럽지 않은, 혹은 남 보기 번듯한 대학의 학과에 붙지 못하면 집안에 온통 줄초상이라도 난 듯 온 가족이 절망하고 침울해한다. 자녀가 명문대에 들어가지 못한 것보다 '남의 눈'에 어떻게 보이느냐가 더 중요한 집안도 많다. "네가 명문대에 들어가지 못해 우리의 체면이 말이 아니다"고 말하는 최악의 부모도 있다. 그런 말을 듣는 자녀 입장에서는 부모가 자신이 겪는 좌절감과 불행에는 관심이 없고 남의 눈에 보이는 모습만 걱정하는 것 같아 고통이 배가 된다.

이와 반대로 부모가 갑자기 실직하거나 혹은 사업이나 투자에 실패해 집안 경제사정이 갑자기 기울었을 때에 자녀가 느끼는 감정역시 부모와 크게 다르지 않다. 하루아침에 경제적으로 무능해진 부모를 부끄럽게 여기는 자녀도 적지 않다. 남의 눈을 의식하는 부모 밑에서 컸기 때문이기도 하고 겉모습만 중요시하는 사회에서 교육받은 탓도 있다. 돈을 벌지 못하는 부모를 노골적으로 무시하고 주먹을 휘두르는 자녀가 생기는 것도 이 때문이다. 심지어 부모가 자신에게 채무자라도 되는 듯 막무가내로 돈을 내놓으라고 요구하는 자녀도 있다. 이는 갑자기 가세가 기울거나 실직하면 자녀 보기가 미안하다고 스스로 목숨을 끊는 노부모가 존재하는 이유 중 하나이다.

능력이 있어 자녀가 원하는 것을 마음껏 해줄 수 있다면 부모로서 으쓱한 마음도 들고 자녀에게 큰소리도 칠 수 있겠지만, 부모 역시 부모 이전에 사람이다. 항상 성공하고 최고만 될 수는 없다. 불교에서는 좋은 부모에게 태어나는 행운이 전생에 큰 공덕을 쌓은 덕분이라고 하는데, 나는 이 말이 '왜 좋은 부모 밑에서 훌륭한 교육을 받을 수 있는 기회는 흔치 않고, 공평하게 주어지지도 않을까?'라는 근원적 의문에 대한 궁색한 변명처럼 들린다.

하지만 무능한 부모에게 방치당하며 성장했음에도 성공하는 사람이 있고, 유능한 부모 밑에서 자랐지만 인생 전체가 실패작인 사람도 있다. 인생은 가까이서 보면 반전 없이 꽉 막힌 세상 같지만 멀리서 보면 여러 번 뒤집힐 수 있을 만큼 허술하다. 이렇게 뒤집을 수 있는 열쇠는 결국 자신에게 있다. 그러니 인생의 책임은 자신이 져야 한다. 세상은 다 그런 것이라고 무기력하게 자신의 능력을 낭비하는 사람과 내가 세상을 바꿀 수 있다고 생각하는 사람의 인생은 완전히 다르다.

**부모가 실패한 모습을
보여주는 것도 교육이다**　　　"부모는 자녀에게 전생에 큰 빚을 진 사람"
이라는 옛이야기가 있지만, 그렇다고 부모가 자녀 앞에서 빚쟁이가 된 듯 쩔쩔매며 모든 것을 희생한다고 해서 자녀에게 도움이 되는 것은 아니다. 사실 모든 부모가 능력이 있거나 혹은 여유를 갖춘 후 자녀를 낳는 것은 아니다. 가임기인 20~30대 젊은 부부가 지혜로우면 얼마나 지혜롭고 경제적으로 풍족하면 얼마나 풍족하겠는가. 부족한 대로 자녀를 낳아 키우며 부모로서 성장해 가는 것이 대부분 사람이 사는 모습이다. 그러니 완벽하지 않은 실패한 부모라고 괜스레 주눅들 필요는 없다.

잘난 사람 대부분은 자신이 많이 노력했기 때문에 자기 인생이 잘 풀린 줄 안다. 잘나가는 자녀를 둔 경우에는 부모인 자신의 노력과 공덕으로 자녀가 그렇게 된 것이라고 으스대는 부모도 많다. 물론 스스로 노력한 바가 가장 크긴 하지만, 주변 사람의 공도 무시할 수는 없다. 생각해보라. 과연 옆에서 음으로 양으로 도와준 사람이 없었어도 그들이 성공할 수 있었을까? 상식적이고 평등한 교육기회가 주어지지 않은 빈곤국가에서도 그들이 자신의 능력만으로 훌륭한 부모 역할을 제대로 해낼 수 있었을까? 역사를 통해 과거를 들여다보고 사회에도 관심을 기울여 보라. 익숙한 내 공동체가 아닌 외부와 해외에도 눈을 돌려보자. 능력 있고 똑똑한 사람 중에 시대를 잘못 만나고 부모 형제를 잘못 만난 탓으로 빛을 보기는커녕 소리 없이 자신의 재능을 묻은 채 아무 의미 없이 시간만 낭비하다 죽은 이가 얼마나 많은가. 한 사람의 영재가 세상에 도움이 되는 위인이 되려면 부모의 교육 외에 주변 사람은 물론 사회적으로도 많은 도움이 필요하다.

다행인 것은 요란스럽게 세상에 무언가를 보여주지는 못하지만, 평범한 사람의 삶 역시 나름대로 중요하고 가치 있다는 점이다. 돈을 많이 벌고 사회적으로 출세한 삶만 성공했다고 믿는 것은 세속적이고 속물적인 사람의 속신일 뿐이다. 세상은 똑똑한 천재와 리더뿐 아니라 그들을 믿고 잘 따라주며 서로 협력하는 사람들이 함께 만들어 가는 곳이기 때문이다.

그러니 남에게 크게 인정받지 못하고 자녀에게 최고의 것만 해줄 수 없는 인생이라고 자책하며 자신을 무능하고 실패한 사람이라고 몰아세울 필요는 없다. 부모는 자신이 겪은 시행착오와 어려움을 아이가 반면교사(反面敎師)로 삼아 부모보다 더욱 성숙한 인간으로 성장할 수 있도록 도와주어야 할 의무가 있다. 그러기 위해 자신의 실패와 한계를 부끄러워하거나 감추지 말고 자녀에게 솔직하게 털어놓는 태도가 필요하다. 그리고 자녀의 의견과 반응도 존중해야 한다. 아이는 부모의 실패를 간접 경험함으로써 또래보다 빨리 철이 들 수 있다. 그리고 부모가 완벽하지 못하기 때문에, 더욱더 진심으로 부모를 사랑할 수 있다. 부모가 먼저 자녀를 믿고 한 사람의 인격체로 대하며 아이가 이해하고 감당할 수 있을 정도로 속내를 털어놓으면 자녀 또한 평범하고 실수하는 부모를 존중할 것이다.

이렇게 굴곡을 경험한 부모와 자녀가 팀워크를 잘 유지하며 서로를 격려하고 보듬으면, 그 가정은 실패한 가정이 아니라 진정으로 성공한 가정이 된다. 정말로 실패한 가족은 사회적으로 출세해 허명을 얻고 많은 돈을 벌었지만 가족끼리 서로 미워하고 원망하며 틈날 때마다 으르렁대는 가정이다. 가정 내에 사랑과 평화가 없는 가족은 그 어떤 물질적 보상에도 감동을 느낄 수 없다.

도전은 일깨우고
한계는 인정하라　　　　　바버라 에렌 라이크가 쓴 『긍정의 배신』이라는 책이 있다. 자본주의 사회와 기업가들이 자주 인용하는 '무한 긍정의 태도'에 대해 적절한 사례를 들어가며 비판한 내용이 담겨 있다. "하면 된다" "긍정적으로 살면 행복해질 수 있다"와 같은 근거 없는 무한 긍정적 최면이 얼마나 사람에게 비현실적인 희망을 품게 하는지, 또 노동 환경에서 어떻게 착취적으로 작용하는지에 대한 통쾌한 분석이 담겨 있다.

부모의 실패만이 아이에게 교훈이 되는 것은 아니다. 아이 역시 실패할 수 있고, 이를 통해 더 큰 어른으로 성장할 수 있다. 무엇보다 부모는 자녀가 노력해도 안 되는 일이 있음을 인정하고 받아들이는 것이 중요하다. 부모가 아이의 한계를 인정하지 못한 채 "왜 노력하지 않느냐" "너도 마음만 먹으면 할 수 있어" "그런 것도 웃어넘길 배짱이 있어야지" 하는 말로 아이의 마음에 상처를 내는 일은 임상에서도 흔하게 만나는 경우이다.

물론 매사를 지나치게 부정적으로 생각하고 말하는 것도 해롭지만, 이루기 어려운 거창한 목표를 '무한 긍정'이라는 이름으로 강요해서 아이의 기를 꺾어 놓는 것도 좋은 교육은 아니다. 아이도 부모처럼 자신의 한계를 인정하지 못하면 그 답답함과 분노를 다른 이들에게 폭력으로 풀 수 있다. 예를 들어 자신이 무엇이든 할 수 있다는 것을 보여주기 위해 높은 곳에 올라간다든지 지하철 철로 위에 선다든지 부모의 차를 몰래 끌고 나가 폭주운전을 한다든지 하는 위험천만한 일을 벌이는 것이다.

세상에는 노력해서 되는 일도 있지만, 아무리 노력해도 되지 않는 일이 있어 인간이 더 겸손해질 수 있다. 자신이 승승장구 성공 가도만 달려왔다고 현재 좌절하거나 실망하는 다른 사람을 게으르고 책임감이 없으니 그렇다고 비하하며 일반화시킨다면, 그는 긍정의 힘을 잘못 이해하는 사람이다. 개인이 아무리 노력해도 사회 구조적으로 문제가 심각하다면 얼마든지 고통받고 좌절할 수도 있기 때문이다.

어른이 되는 과정은 자신이 실패하고 실수할 수 있으며 노력한다 해도 한계가 있는 인간이라는 점을 인정하는 것에서 출발한다. 마찬가지로 내 자녀 역시 노력해도 안 되는 일이 있음을 인정해야 좋은 부모가 될 수 있다. '무조건 할 수 있다'는 무한 긍정을 맹신한 나머지 자녀에게 완벽함을 기대한다면 먼저 부모가 자신과 사회의 한계를 아는 어른이 되었는지부터 물어보아야 한다.

결핍과 불편을 경험해야
의지와 동기가 생긴다

부모는 자녀를 현명하고 강한 인재로 키우기 위해 때로는 불편하고 어려운 상황에 자녀를 던져
놓을 수 있는 용기가 있어야 한다. 그래야 자녀가 수고로움과 좌절을 배울 수 있다.

**부모의 상황을 아이에게
설명하는 것도 필요하다**
아이에게 사교육을 시키겠다며 궂은일도
마다치 않는 어머니, 집을 팔아서라도 사교육비를 마련하겠다는 아
버지가 제법 많은 세상이다. 이런 태도는 자녀교육에서 여러 가지
심각한 후유증을 일으킨다.

자신의 사교육비 때문에 집안 경제 사정이 불안정해지면 아이도
이에 영향을 받아 미래에 대한 희망과 자신감을 잃을 수 있다. 부모
역시 "내가 이렇게까지 널 위해 희생하는데 왜 공부를 잘하지 못하
느냐!"라고 아이를 닦달할 가능성이 크다. 부모가 자녀의 사교육비
를 댈 형편이 못 된다면 차라리 아이에게 그런 상황을 솔직하게 털
어놓고 현실적인 진로를 모색하는 것이 현명하다. 아이는 자신을

동등한 인격체로 대우하며 어려운 문제나 집안일을 함께 의논하는 부모에게 자신의 나이보다 어른스러운 책임감을 느낀다. "이제 네게 이런 것을 의논해도 될 만큼 훌륭하게 자라주어 참 고맙다"라며 깊은 신뢰감을 표현하는 부모 앞에서 비뚤어질 자녀는 많지 않을 것이다.

다만 지나치게 상황을 과장하여 말하면 자칫 아이가 돌이킬 수 없는 공황상태에 빠질 수 있으므로 하지 말아야 한다. "우리 가정에 이런 어려움이 있지만 엄마와 아빠는 그 대안으로 이런 것을 생각하고 있고, 자녀인 네가 할 수 있는 것에는 이런 것이 있으니 도와줄 수 있겠니?"라고 구체적으로 상황과 그에 따른 대안을 설명하면 아이는 이를 받아들인 후 자신이 해야 할 일에 몰두할 것이다.

부모 역시 자신이 큰 부자도, 대단한 지위도 갖지는 못했지만 아이에게 최선을 다하고 있다면 스스로 자부심을 느껴야 한다. 형편이 닿는 안에서 열심히 자녀를 키우는 부모가, 아이에게 이런저런 사교육은 많이 시키지만 정작 본인은 손 하나 까딱하지 않는 게으른 부모보다 훨씬 훌륭하다. 역사 속 위인의 부모 중에는 자녀에게 물심양면으로 모든 것을 다 지원해준 갑부만 있었던 것은 아니다. 가난한 집안이라 어렵게 살아야 했던 환경이 오히려 아이에게 좋은 자극이 될 수 있음을 기억하자.

흔히 떠도는 말로 요즘 여자들에게는 '개룡남(개천에서 용 된 남자)'보다 '파파리치(아버지가 부자인 남자)'가 인기라고는 하지만, 과연 부잣집으로 시집간 여자들이 동화 속 해피 앤드처럼 아주 오랫동안 행복한 생활을 누리고 있을까? 경제적으로 독립해야 하는 성인이 되었을 때도 여전히 부모 그늘에 있는 사람은 결국 무능한 배우자일 뿐이다. 아무리 물려받은 재산이 많아도 그 재산을 일구며 성실하게 일하는 법을 배우지 못한 사람이 사기꾼에게 당하는 이야기는 차고 넘친다. 재벌가나 고위 공직자의 2~3세, 이른바 금수저를 물고 태어났다는 사람들이 30~40대에 사기나 횡령 등으로 감옥에 가는 경우도 심심치 않게 볼 수 있다. 뒷심이었던 부모가 죽게 되면 부모 덕에 누리던 그 많던 사회적 특권을 다 잃어버리고 비참하게 노년을 마치거나, 많은 돈을 주체하지 못해 주색을 일삼다 가족이 모두 떠나버려 결국 혼자 남는 사람도 많다. 이처럼 부자 배우자의 실상은 순정만화보다 막장드라마에 더 가깝다.

요즘 같은 장수 사회에서 젊은 나이에 물려받은 재산은 사실 무의미하다. 물 쓰듯 돈을 쓰면 그 어떤 재산이 남아나겠는가. 어마어마한 부자였던 마이클 잭슨이나 니콜라스 케이지 같은 할리우드 스타들도 순식간에 재산을 탕진했고 많은 부자가 금융 위기 때 감옥에 가거나 신용불량자가 되었다. 이처럼 부자의 위험한 곡예와 추락은 실은 아주 어린 시절부터 시작된 것일 수도 있다. 은근슬쩍 넘어가도 부모가 뒤를 다 봐줄 테고, 일하지 않아도 부모의 돈으로 편하게 살 수 있다는 생각을 심어준 것은, 돈으로는 못할 것이 없다는 물질만능주의가 뼛속까지 박힌 그들의 부모가 아닐까.

그러니 다시 기본으로 돌아가자. 세상살이가 힘들다는 것, 열심히 일해 얻은 것이 진짜 내 것이라는 것, 무엇보다 편법을 쓰지 않고 떳떳하고 바르게 살아야 나와 내 주변인 모두 행복하게 살 수 있다는 것을 자녀가 터득할 수 있도록 교육하는 것이 가장 중요하다. 좋은 부모가 되고 싶다면 재산보다 아이의 실패를 참을성 있게 기다리는 태도를 먼저 키워야 한다.

자녀에게 수고로움을
배우게 하라

실패를 통해 이전보다 훨씬 더 화목하고 단단해지는 가정은 제법 많다. 그러나 이런 어려움을 겪지 않고 처음부터 끝까지 내 가족에게만은 고통이 피해가기를 소망하는 가족도 적지 않다. 물론 독신이라면 불행 없는 삶을 행운이라고 간주하며 누릴 수도 있다. 그러나 자녀를 현명하고 강한 인재로 키우려면 때로는 가족 모두가 불편하고 어려운 상황을 함께 헤쳐나가는 경험도 필요하다. 동물학자가 아니라서 정말로 사자가 절벽 아래로 자신의 새끼를 던지는지는 모르겠지만, 자녀를 훌륭한 인재로 키우려면 새끼를 절벽 아래로 던져서 훈련시키는 사자처럼 자녀가 수고로움과 좌절을 배울 수 있도록 해야 한다.

내가 나의 부모님에게 가장 감사한 것은 비교적 부자였던 덕분에 편하게 살 수 있었음에도 나에게 절약과 노동 정신을 키워주셨다는 점이다. 1960년대, 자가용을 끌고 다니는 집이 몇 없을 때에 우리 집에는 기사가 딸린 차가 있었고 2층 양옥집 전체에 기름보일러를 사용할 정도로 여유가 있었다. 전쟁이 끝나고 보릿고개를 겨우 넘긴 후라 모두가 연탄 한 장도 아끼던 시기였으니 지금으로 치면 상당한 부자였던 셈이다. 그러나 부모님은 우리 형제들이 어렸을 때부터 일부러 잡일을 시키고 그에 합당한 용돈을 주는 단호한 교육철학을 가지고 계셨다. 아버지의 구두를 닦게 하고 현관이나 서재를 정리하는 등의 집안일을 시키면서 "너희에게 들어가는 교육비는 내가 다 치부책(置簿冊)에 꼼꼼하게 적어놓았으니 어른이 되면 갚을 준비를 하라"는 말씀도 잊지 않으셨다.

또한 아버지는 음식이 남으면 버리지 말고 꼭 당신의 다음 끼니에 다시 올려달라고 어머니에게 말씀하셨다. 어머니 역시 남는 반찬이나 밥을 그대로 버리는 법 없이 어떤 식으로든 다시 맛있게 만들어 주셨다. 그 덕분에 섞어찌개, 갱시기(갱죽의 경상도 방언으로 찬밥과 감자 혹은 수제비, 채소 등을 된장에 풀어 끓이는 음식), 누룽지 같은 음식을 지금도 나는 맛있게 먹는다. 수박껍질을 버릴 때마다 어머니가 하얀 수박 속을 나물 반찬으로 만들어 주시던 것이 생각나 뜨끔하기도 한다. 불필요한 옷, 장신구, 구두 같은 것을 산다고 어머니가 돈을 낭비하는 모습을 본 적도 없었다. 이런 어머니의 절약 원칙은 내게도 이어져 아흔이 다 된 시어머니조차 내 자린고비 정신이 징글징글하다고 하신다.

그렇다고 우리 집이 늘 풍족했던 것은 아니었다. 아버지의 사업이 급격히 기울어 고정적인 수입이 3년 이상 없을 때도 있었는데, 만약 근검절약 정신을 미리 배우지 못했다면 우리 가족은 그 시기를 무사히 넘기지 못했을 것이다. 어려서는 부자였지만, 사춘기쯤부터는 여유가 없어 남의 것을 얻어 입는 신세가 되었음에도 아무도 그 상황에 대해 불평하지 않았다. 어머니 역시 아버지에게 싫은 소리를 하기는커녕 오히려 더 존경을 나타내곤 하셨다. 그 덕분에 부부 사이는 아버지가 돈을 잘 벌어서 주변 사람에게 입에 발린 말만 듣던 때와 비교할 수 없게 좋아졌다. 돈을 보고 우리를 찾아와 정신 사납게 했던 사람들이 썰물처럼 빠져나가 오히려 가족끼리 오붓하게 지내는 행복도 느낄 수 있었다.

부모님께서 가르쳐주신 대로 낭비하지 않는 습관과 검소한 환경에 길든 나와 동생들은 대학교에 들어가면서부터 스스로 돈을 벌기 시작했다. 다른 친구의 리포트를 대신 써주고 과외 아르바이트를 하며 돈을 벌었고 낡은 옷을 입고 가방을 들면서 돈을 아꼈다. 학생이라도 성인이 되었으니 자기 힘으로 용돈을 버는 게 우리 집에서는 당연한 일이었다. 꼭 필요한 물건 이외에는 사지 않았던 부모님의 영향으로 나 역시 사치하지 않는 습관을 자연스럽게 익히게 된 점은 지금도 부모님에게 감사하다. 쓰임새가 크지 않으니 돈에 집착하고 노후를 크게 걱정해야 할 일도 없다. 당연히 자녀가 돈을 잘 벌어야 내 노후와 그들의 노후가 안심된다고 생각하지도 않는다. 낭비만 않는다면 사실 큰돈도 별로 필요 없다.

**아름다운 불편의
대물림**
　　　　　　　내 부모님의 교육 방침이 옳다고 생각했기에 나 역시 내 아이들을 그렇게 키웠다. 초등학생 때에는 아이들이 원하기 전까지 운동 외에는 일체 사교육을 시키지 않았다. 운동은 건강 때문에 꼭 필요하다고 생각해 내가 아이들에게 하라고 권했지만 나머지는 '본인이 하고 싶은 것이 생길 때까지 내버려두자'가 우리 부부의 교육철학이었다.

조부모, 삼촌, 고모, 사촌들 틈에서 이런저런 일에 부대끼긴 했지만 나름대로 실컷 자유롭게 초등학교 저학년을 보낸 아이들은 고학년으로 올라가면서 다른 친구처럼 학원에 보내달라고 스스로 요구하기 시작했다. 이때도 아이가 다니고 싶은 학원을 직접 알아보게 했고 부모인 우리는 그 결정에 따라주었다. 아이들은 자신이 선택했고 어려서는 가본 적이 없는 색다른 곳이라 그랬는지 학원에 다니는 것을 즐거워했다. 물론 가기 싫은 마음도 가끔은 있었겠지만, 자신들이 원했으니 그 책임감 때문에라도 끝까지 잘 다녔다. 심지어 둘째 아이는 학원에서 직접 수강료를 깎은 적도 있는데, 나는 그런 경험이 앞으로 아이의 삶에서 더 중요할 것이라고 생각했다.

아이들이 중학생 때부터 아르바이트를 한다고 해도 나는 반대하지 않았다. 한 시간에 다만 몇 천원이라도 자신의 힘으로 돈을 버는 경험을 해보는 것이 아이에게 더 좋을 것이라고 생각했기 때문이다. 누군가는 아이가 공부해야 할 시간도 부족할 텐데 뭐하는 거냐고 할지 모르지만 좀 구차하고 힘든 노동도 해보아야 그나마 공부가 제일 쉽다는 것을 깨달을 수 있을 테니, 그것이야말로 진짜 공부라고 생각했다.

부모가 백화점이 아닌 지하상가나 동네 시장에서 옷을 사도 10년이고 20년이고 곱게 입으니 아이들도 옷에 대한 사치를 부리지 않는다. 부모 모두 열심히 일하는 모습을 보고 자랐기에 우리 아이들은 건강한 사람들은 모두 열심히 일해야 한다는 가치관을 갖고 있다. 나는 아이들이 돈과 시간을 낭비하지 않고 궂은일을 마다하지 않으며 스스로 돈을 벌고 아끼며 살 줄 안다면 무슨 일을 하건 인간의 존엄성을 잘 지키며 살아갈 것이라고 믿는다. 당연히 우리 부부에게도 자녀에게 재산을 물려주어야 한다는 강박관념이나 불안감이 크게 없다.

실제로 우리 아이들은 부모가 둘 다 전문직이라 좀 더 여유 있게 살 수도 있었지만, 거의 스무 살이 다 될 때까지 제대로 된 자기 방을 갖지 못했다. 대가족 속에서 아이보다는 조부모의 선택이 먼저였고, 아이들이 어린 시절에는 더욱 자신의 공간을 챙기지 못했기에 둘째 아이는 "우리 가족은 '여관'에서 살았다"고 표현했을 정도이다. 물론 답답하고 불편한 면도 없지는 않았다. 여행을 가도 할머니 할아버지가 가고 싶은 곳을 가야 했기에 아이들은 지루해했고, 다른 집 가족처럼 부모 자녀만 오붓하게 여행을 떠난 기억도 거의 없다. 종가라 워낙 방문객도 많다 보니 컴퓨터나 워크맨처럼 남들은 하나쯤 있는 자기만의 물건을 갖는 것도 쉽지 않았다.

간혹 집에 드나드는 사람이 자기 물건을 망가뜨렸다고 아이들이 불평한 적도 있었다. 부모로서 아이들의 사생활을 보호해주지 못한 점은 미안하고 아쉬웠지만, 어쩌면 그 덕분에 나는 웬만한 일에는 아이들에게 짜증을 내지 않고 넘어가는 여유를 갖게 된 것 같다. '종부는 무엇이든 어른을 먼저 배려하고 남에게 감정을 표현하지 말아야 한다'는 시댁의 가풍이 워낙 완고했고 그런 원칙에 적응하지 못하면 이혼해야 하는 분위기였기에 개인적으로는 쉽지 않은 시간이었다. 그러나 사랑하는 아이들을 생각하며, 과연 어떤 선택이 가장 현명한지 끊임없이 물으며 나를 다스리려 노력했던 시간이었기에 후회하지 않는다.

미국에서 5년간 지낼 때도 우리 아이들은 여러모로 불편하고 빡빡하게 살아야 했다. 내가 분석가 과정과 대학원 과정을 동시에 이

수하면서 환자까지 봐야 했던 상황이라 아이들을 제대로 돌보지 못했기 때문에 아이들 스스로 해결하고 보내야 할 일과 시간이 많았다. 우리나라가 IMF 상황을 아직 벗어나지 못해 환율이 급등한 데다가 남편이자 아이들의 아버지는 공무원이었고 나는 미국에서 풀타임으로 일할 수 없었기에 경제적으로도 넉넉지 못했다. 어떻게 생각하면 견디기 힘든 아픈 시간일 수도 있지만, 바로 그런 경험 때문에 우리 아이들은 또래에 비해 상대적으로 더 참을성 있고 인생을 깊이 볼 수 있게 되지 않았을까 생각한다.

아이들은 오히려 힘든 외국 생활 속에서도 부족하지만 최선을 다하는 나를 이해해주었고, 거꾸로 부모인 나를 돌봐줄 때가 더 많았다. 성적은 들쑥날쑥했지만 스스로 어려움을 이겨 나가려는 아이들의 성숙한 태도 덕분에 항상 고마움을 간직하고 살 수 있었다. 이 시간 동안 나는 '없는 것, 부족한 것, 불편한 것을 경험해봐야 진짜 어른이 된다'는 가설을 내 아이들을 통해 직접 검증한 셈이다.

덕분에 아이들은 지금도 사치품이나 호화스러운 여행 같은 것은 손사래를 치며 마다한다. 무위도식하는 사람들을 이해하지 못하고 자신보다 잘사는 사람들 앞에서 주눅이 들거나 부러워하지도 않는다. 오히려 일하지 않고 쓰기만 잘하는 사람은 아직 철이 덜 든 것이라고 웃어넘긴다.

내 아이들이 위대한 무언가를 이룩하여 사회 발전에 이바지하는 인물이 되지는 못한다 해도 바른 가치관과 독립심, 건전한 생활철학을 가지고 있다면 내 자녀교육은 성공한 것이라고 감히 이야기하고 싶다. 머리가 좋고 학벌도 좋으며 배경까지 좋으면서 하는 일이라고는 남에게 사기를 치거나 손을 벌리며 사는 사람이 얼마나 많은가. 그런 사람도 어린 시절부터 부모에게 지금과는 다른 가치관을 배우며 성실하게 살았다면 현재 아주 다른 인생을 살 수 있었을 것이다. 그러니 나는 성공한 자녀교육은 부모가 근본적인 원칙을 충실히 지키는 것에 달렸다고 굳게 믿는다.

독립심을 기르는 교육이 중요한 이유

인생의 성공 여부는 현실을 있는 그대로 직면하고 끈기 있게 헤쳐 나가는 생활력에 달려 있다. 이런 적응력과 인내심은 부모가 아무리 좋은 이론을 잘 가르쳐도 아이 스스로 체험하지 않으면 터득할 수 없다.

**부모는 자녀의 인생을
대신 살 수 없다**

임상에서 만난 43세 여성 M씨는 전문직 종사자였지만 결혼 후 전업주부가 되었다. 그녀는 남편이 데리고 온 전처의 자녀와 본인이 낳은 자녀를 함께 키우면서 큰 스트레스를 받고 있었다. 아이들이 자신에게 기쁨을 주기보다는 자신이 보람과 즐거움을 느낄 수 있는 사회활동을 방해하는 존재 같아 우울하다고 했다.

57세 여성 Y씨는 결혼 후 딸 둘을 낳아 자녀교육에만 온 정성을 쏟았다. 지금은 두 아이 다 내로라하는 학벌을 가져 주위의 부러움을 사고 있지만 아이를 키우느라 모든 것을 희생한 자신의 삶이 문득 빈껍데기만 남은 것 같은 느낌이 들어 괴롭다고 했다. 그래서 대학원을 졸업하고 서른이 훨씬 넘은 딸들에게 결혼하라는 말을 하지 않는다. 대신 "결혼과 출산, 육아는 인생의 무덤과 같다"라는 메시지를 은연중에 주입시킨 덕에 두 자녀 모두 결혼할 의지나 계획이 없다.

58세 남성 K씨는 평생 성실한 월급쟁이로 살았지만 양육비와 집을 살 때 빌린 대출이자를 갚느라 외국여행 한번 번듯하게 해본 적이 없다. 한 달 내내 아등바등 열심히 일해도 월급만으로는 자녀의 사교육비 대기도 빠듯하고, 아이가 집이 좁다고 불평할수록 자신이 무기력하고 무능한 가장인 것 같아 의기소침해질 때가 많다. 그러나 그런 감정을 들킬세라 집에서는 거의 말을 하지 않는다. 이제는 장마철 젖은 빨래처럼 축축 늘어져 살며 자꾸 자립을 미루는 자녀들이 점점 싫다. 그 감정을 꾹꾹 누르다 더는 참지 못할 때에는 결국 소리를 지르는데, 그런 자신을 다른 가족은 이상성격자인 것처럼 몰고 가서 더 화가 난다.

위의 세 사람은 우리 시대에서 보편적으로 볼 수 있는 안타까운 부모의 모습이다. 결혼하여 아이를 낳아 키우고 부모에게 매달 용돈도 드리며 때가 되면 찾아뵈어 문안인사 드리고 집안 대소사에 참여하는 등 예전에는 일상이었던 일이 요즘은 매우 어렵다. 정으로 오가는 관계가 돈을 주고받는 관계로 치환된 것도 감정적 스트레스의 원인이다. 그런 분위기에서 자녀교육까지 돈으로 대신한다면 훗날 부모가 돈이 떨어지고 능력이 없어진다면 자녀와의 관계까지 멀어질 것이다.

앞으로는 번듯하고 똑똑하게 자녀를 잘 키웠어도 과거와 같이 부모의 노후에 대해 책임감을 느끼는 성인 자녀의 수가 점점 줄어들 것이다. 물질만능주의 세상은 타인에 대한 책임감보다 자신의 행복과 편안함에 집중하라고 한다. 즉 시대가 바뀌었으니 부모만 희생하고 헌신한다고 해서 자녀에게 그만큼 되돌려 받을 수 없다는 뜻이다. 자녀교육만 잘하면 자기 인생도 성공한 것이라는 믿음을 일찌감치 버린 부모도 점점 늘어나고 있다.

설령 자녀교육의 결과가 부모의 기대와 다르다 하더라도 자신의 인생을 통째로 비난해서는 안 된다. 성인이 된 자녀의 성공 여부를 늙은 부모의 교육으로 평가하는 것은 나쁜 결정론적 태도일 뿐이다. 그러니 부모는 일찌감치 자신들의 인생에서 자녀를 떼어놓는 훈련을 해야 한다. 독립심을 기르는 교육은 아무리 강조해도 지나침이 없다.

독립심을 기르되 독불장군으로 키우지는 마라

흔히 '독립적인 사람' 하면 다른 사람과의 소통보다 자기 일에 몰두하고 남에게 도움을 요청하지 않으며 본인도 남을 도와주지 않을 것 같은 이미지를 떠올린다. 혹은 혼자서도 무엇이든 잘하는 사람을 지칭하기도 한다. 또는 책임감 때문에 남보다 큰 짐을 지고 가는 사람으로 생각할 수도 있다. 하지만 진정한 독립심은 다른 사람의 독립적인 생각과 사생활을 진심으로 배려하는 것이다. 그래야 다른 사람들과 동등하게 잘 어울릴 수 있기 때문이다. 반대로 남들에게 의존하는 사람은 다른 사람의 사생활을 존중하지 못해 오히려 더 고립될 수 있다. 그러므로 진정한 독립은 고립과 고집이 아니라 자존과 타인에 대한 배려에서 출발해야 한다.

아이를 독립적으로 키운답시고 자기도 모르게 아이를 방치하거나 유기하는 부모도 있다. 내담자 중에도 지나치게 바쁜 부모 밑에서 자라 어려서부터 혼자 힘들고 슬펐다는 말을 하며 눈물짓는 어른이 가끔 있다. 수십 년이 지난 후에도 어린 시절 누구도 돌보아주지 않는 공간에 혼자 있을 때의 막막함과 불안함, 외로움, 공포 같은 것이 떠올라 지금도 마음이 아프다는 것이다.

선진국에서는 법적으로 13세 전후가 될 때까지 부모가 아이를 혼자 남겨두면 자녀 학대죄로 주변 사람이 부모를 고소할 수 있다. 부모의 보호 없이 아이가 집에 홀로 있다 불을 내거나 높은 곳에서 떨어져 다치거나 혹은 이웃이나 낯선 사람들에게 폭행을 당하는 등 자칫 돌이킬 수 없는 불행한 사건이나 사고가 일어날 수 있기 때문이다.

어릴 때부터 어른처럼 독립적인 생활을 강요받은 아이는 어른이 된 후 오히려 지나치게 배우자나 연인에게 의존하는 증상을 보이기도 한다. 또한 독립심을 다른 사람에게 잔인하거나 냉정하게 대하는 태도와 혼동해 독불장군처럼 행동하는 경우도 있다. 그 대상이 부모 형제 혹은 배우자나 자녀가 될 수도 있고 사회에서 만나는 친구나 동료가 될 수도 있다. 독립심과 배려 및 조화를 함께 꾸려 나가는 생활을 가르쳐주는 것도 부모가 해야 할 자녀교육의 큰 덕목이다.

**현실에서 혼자 문제를
해결하는 방법을 가르치라** 독립심을 기르기 위해서는 무슨 일이든 아이 스스로 도전해보고 현실에 적응할 수 있는 힘을 키워야 한다. 모니터나 책만 들여다보는 간접 경험만으로는 부족하다. 현실에서 직접 부딪치고 깨지며 실망하는 경험을 해보아야 맷집이 늘고 추진력도 생긴다.

현재 많은 부모가 자녀에게 돈이 되는 지식이나 재주만 가르치려 할 뿐, 스스로 문제를 해결하는 방식과 태도를 가르치는 것에는 매우 무심하다. 재주는 많지만 어려운 상황에서 어떻게 해야 할지 모르는 아이는 겉은 그럴듯해 보여도 사회에서 독립적인 생활인으로 살아가기 어렵다. 나이를 먹을수록 부모와 자녀는 각자의 길을 가야 하고, 언젠가는 늙고 병든 부모의 보호자 역할을 자녀가 해야 하는 시기도 온다. 그런데 이처럼 고달픈 상황을 스스로 헤쳐나가는 배포가 없는 아이는 조금만 힘들면 그냥 주저앉아 포기하고 말 것이다. 어떤 아이는 가난한 환경에서 자랐음에도 사회적으로 성공하고 어떤 아이는 남들이 보기에 훌륭한 환경에서 자랐음에도 사회에서 실패한 경우가 있다. 이 두 결과의 차이점은 현실을 있는 그대로 직면하고 끈기 있게 헤쳐 나가는 생활력에 달려 있다. 이런 적응력과 인내심은 아무리 부모가 좋은 이론을 훌륭하게 가르쳐도 아이가 직접 체험하지 않으면 터득할 수 없다.

미국에서 유대인과 한국인은 여러모로 비슷한 교육열을 가졌다고 알려져 있다. 물론 앞으로 그 추이가 어떻게 변할지는 확실하지 않지만, 상대적으로 한국인 자녀는 좋은 대학에는 잘 입학하지만 졸업률이 현저하게 떨어지고 졸업 후에도 자기 길을 제대로 가지 못한다는 이야기가 통계상으로도 확인된다. 만약 한국인이 시험 성적은 높은데 사회적 성취가 떨어진다면 그 이유를 분석해보아야 한다.

물론 개인적인 차이는 있겠지만, 일찌감치 아이에게 독립심을 키울 수 있는 체험을 시키는 유대인의 교육방식과 돈 걱정은 하지 말고 오로지 공부만 하라고 강요하는 한국인의 교육방식의 차이 때문이 아닐까(많은 사람이 유대인의 교육법을 칭찬하지만, 나는 우리가 반드시 닮아야 할 우월한 교육법이라고는 생각하지 않는다. 많은 유대인이 현재 세계 곳곳에서 이름을 날리며 활동하고 있지만, 과연 그들의 행복감과 만족감이 타 민족에 비해 탁월이 높을까? 유대인들이 부자가 되고 지적인 성취가 높은 이유는 교육도 교육이지만, 변경에 사는 소수자라서 그런 것일 수도 있지 않을까)?

아이에게 성공의 열쇠는 시끄러운 입과 걱정만 많은 머리에서 나오는 것이 아니라 쉴 새 없이 아프고 고단한 손발에서 나온다는 것을 가르쳐야 한다. 적지 않은 한국의 젊은이가 생산적인 일은 하지 않고 웹사이트에 불평불만이 가득한 댓글만 쓰며 시간을 날리고 있다면 우리나라의 미래는 없을 것이다. 매사에 냉소적이고 앞날에 대한 추진력 및 확신과 배짱이 없어 무언가를 시작하기도 전에 부정적인 생각부터 한다면, 이런 사람을 과연 청년이라고 부를 수 있을까?

부모가 앞장서서 아이를 이리저리 자기 뜻대로 끌고 다닌다면 아이는 어른이 된 후 스스로 자립해야 하는 때에 무기력한 사람이 되거나 다시 아이로 퇴행할 가능성이 높다. 앞서 말했지만, 모든 지혜는 입이나 머리에서 나오는 것이 아니라 고단한 손발과 상처받은 가슴에서 나온다. 진짜 어른은 생리적 나이나 돈, 지위 등이 아니라 수고로움과 좌절로 만들어진다.

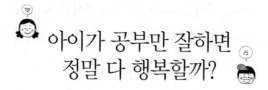

아이가 공부만 잘하면
정말 다 행복할까?

아이가 공부를 잘하면 부모가 큰 성취를 한 것처럼 존경받고, 아이가 공부를 못하면 부모가 죄인 취급받는 것은 부모와 자녀가 다른 인격체임을 인지하지 못하는 공생적인 정신병리 현상이다.

공부는 스스로
해야 한다

임상에서 가끔 "나는 아이를 평범하게 키우고 있는데, 정말 공부를 잘 '시켜' 똑똑한 아이를 둔 어머니를 보면 주눅이 든다"고 말하는 사람들을 만난다. 일상에서 부모가 흔히 쓰는 "공부를 시킨다"는 표현이 좀 이상하지 않은가? 공부는 스스로 하는 것이지 남이 시킨다고 되는 것이 아니다. 책상 앞에 앉긴 했지만 공부는 하지 않고 다른 공상에 빠져본 경험은 누구에게나 있을 것이다. 또 남이 시키는 것을 억지로 암기한 후 시험을 보고 나면 통째로 잊어버리는 경험도 적지 않게 해보았을 것이다. 이처럼 남이 시키는 것을 억지로 외우고 따라 하는 것은 공부가 아니라(실제로 암기도 잘 안 되지만) 정보를 기억하는 로봇 흉내를 낸 것뿐이다.

그럼에도 "나는 이렇게 내 아이를 공부시켜 명문대에 보냈다"며 사뭇 으스대는 부모와 그 부모를 대단한 사람인 듯 추켜세우는 이 사회는 매우 이상하다. 부모와 자녀가 다른 인격체라는 것을 인지하지 못해 그 둘을 분리해서 생각하지 않는 공생적인 정신 병리 현상을 반영하고 있기 때문이다. 이 와중에 "이런 방식으로 자녀교육하면 다른 사람 위에서 으스댈 수 있는 출세한 사람으로 키울 수 있다"라고 주장하는 태도는 수단 방법 가리지 말고 무조건 성공한 사람이 되어야 한다고 부추기며 남을 이기는 불순한 요령만 알려 주는 속된 처세술처럼 역겹다. 그리고 부모를 잘 만났기 때문에 공부를 잘하고, 부모가 무능력해서 공부를 못한다는 주장 또한 옳지 않다. 공부를 잘하는 아이가 인생에서 끝까지 성공하는 것도 아니고, 공부는 못했지만 결국에는 다른 분야에서 훌륭하게 성공하는 사람도 적지 않다.

물론 자녀를 성숙한 인격을 가진 훌륭한 사람으로 키우는 것은 매우 중요하고 가치 있는 일이다. 그러나 돈을 잘 벌고 사회적으로 출세한 자녀가 반드시 훌륭하고 성숙한 사람은 아니다. 오히려 사회에서 잘났다고 하는 사람 중에는 내면이 흉악하고 황폐한 사람도 적지 않다. 또한 물질적 성공은 이루었지만 정신적으로 성숙한 인격을 갖지 못해 사회에 큰 해악이 되는 사람도 많다. 사기와 배임으로 회사에 큰 손해를 끼치고 극단적인 경우 사회적 경제 위기까지 몰고 오는 부도덕한 경제인과 권력에 대한 욕심 때문에 정치적 혼란을 일으켜 국민의 생활을 피폐하게 하는 정치인이 얼마나 많은가. 멀리서 찾을 것도 없다. 명문대를 나온 인재라고 추앙받는 사람

중에도 결국 주변 사람들에게 경멸의 대상이 되는 이가 적지 않다. 만약 머리 좋고 뛰어난 능력을 가진 아이에게 부모가 공부만 '시키는' 대신 윤리적으로 올바르게 행동하고 약자를 배려하는 따뜻한 사람이 되어야 한다고 가르쳤다면 세상은 훨씬 더 살 만한 곳이 되었을 것이다.

인생에서 가장 중요한 덕목은 겸양의 미덕과 포기하지 않는 끈기, 실패하더라도 혼자 헤쳐 나갈 수 있는 맷집이다. 그런 덕성은 "내가 유능해서 아이에게 공부를 잘 시켰기 때문에 내 아이가 명문대에 들어갔다"고 생각하는 부모에게서는 배울 수 없다.

못난 자녀가 부모에게
효도한다는 옛말의 의미는

정신건강의학과 전문의는 사람들의 민낯, 감춰진 내면의 속사정을 제일 자주 만나는 사람 중 하나이다. 즉 돈이나 지위, 학벌 등이 결코 효의 전제조건이 아니라는 사실을 매일 경험하는 사람들이다. 실제로 부모가 아프거나 치매에 걸렸을 때 끝까지 부모 곁을 지키는 자녀는 사회에서 잘나가는 자녀보다 부모의 기대에 못 미친 평범한 자녀가 더 많다. 이와 관련된 웃을 수 없는 우스갯소리도 있다. "잘난 아들은 나라의 아들, 돈 잘 버는 아들은 장모의 아들, 백수 아들은 내 아들"이라는 말이다. 옛 어른들도 "못난 자녀가 부모에게 더 효도한다"는 말을 남겼다.

왜일까? 우선 자녀가 똑똑하면 부모에게 집중할 시간도 여력도 많지 않은 게 우리 사회의 현실이다. 자신의 일로 바쁜 자녀가 부모가 조금 아프다고 하던 일을 멈추고 부모의 병간호에 정성을 쏟겠는가? 옛날처럼 맏아들의 책임감을 기대하는 것은 이제 시대착오적 발상이다. 외둥이 아니면 달랑 두 명이 대부분인 요즘에는 자녀 한 사람에게 형제와 식솔을 관장하는 통솔력을 기대하는 것 자체가 불가능하다.

이제는 자녀 위주로 집안이 돌아가서는 안 된다. 모든 결정을 부부 중심으로 해야 한다. 아무리 지극정성으로 아이를 키웠더라도 자녀가 결혼하게 되면 부모인 나보다 자신의 배우자에게 그 애정을 돌릴 것은 당연한 일이다. 딸은 그래도 어머니와의 유대관계가 상대적으로 돈독한 편이라 결혼 후에도 같은 여자의 입장에서 이런저런 상의를 할 수 있지만, 결혼한 아들이 무슨 일이든 자신의 부모와 의논하려 한다면 마마보이나 파파보이라고 비난을 받기 십상이다. 그러니 아들이 결혼하는 그 순간부터 한국에 살 경우에는 '우리 국민 중 한 사람'으로, 외국에 살 경우에는 '재외동포'라고 생각해야 집안이 편하다는 뼈있는 농담이 들리는 것이다.

앞에서 딸과의 유대관계는 상대적으로 그나마 낫다고 말했지만, 딸도 만만치 않다. 딸의 교육 목표는 이제 좋은 집안으로 시집보내는 것이 아니다. 사회나 가정에서도 여자 역시 자기 일을 갖고 자기실현을 해야 한다고 강조한다. 생각해보라. 일과 결혼생활로 바쁜 딸이 친정 부모나 시부모에게 과연 잘할 수 있겠는가? 특히 "너는 손에 물 한 방울 묻히지 않아도 되는 집안에 시집가서 엄마처럼 험한 일은 하지 말고 대접받으며 살"고 세뇌교육을 받은 딸이 얼마나 양쪽 부모에게 잘하겠는가. 딸 역시 사회적으로 성공할수록 부모가 뒷바라지해야 할 것들만 늘어날 뿐이지 정작 부모에게 돌아오는 과실은 없다고 보아도 무방하다. 이것이 우리나라 노인의 자살률이 전 세계에서도 비정상적으로 높은 이유 중 하나이다. 자녀교육에 모든 것을 쏟아 부었지만 결국 남는 것은 흘러가버린 청춘에 대한 허무와 끝이 보이지 않는 자식들 뒷바라지뿐이다. 더는 남에게, 특히 자녀에게 짐이 되는 누추한 꼴을 보이기 싫다는 유서를 남기고 죽는 노인의 심정이 이렇다고 생각하니 가슴이 답답하고 쓰리다.

그럼에도 여전히 많은 부모가 이렇게 말한다. "남들만큼 가르치지 않으면 나중에 아이가 부모를 원망할 것이다. 우리가 뭐 자녀에게 덕 볼 것을 기대해서 아이에게 전부 투자하는 줄 아느냐! 그저 내 아이가 남보다 뒤처지지 않기를 바라는 것뿐이다." 하지만 여기서 말하는 '남들만큼'이나 '남보다'라는 정의는 매우 모호한 개념일 뿐이다. 사교육비를 얼마나 쓰면 남처럼 쓰는 것인가? 어디에서 살고 어떤 과외를 받으면 남보다 잘할 수 있는 것인가? 과연 그 남이란 것이 실체가 있는 기준인가? 그리고 바로 그 모호함 때문에 얼마나 많은 부모가 육아의 즐거움을 놓치고 있는가!

우리나라처럼 자녀교육에 맹목적으로 정성을 쏟는 나라는 많지 않다. 싱가포르나 홍콩, 중국, 베트남 등이 유사한 분위기를 보이긴 하지만 '공부가 모든 것을 해결해주는 만능열쇠'라고 국민 전체가 착각하는 나라는 세계 어느 곳에서도 찾기 어렵다. 수학능력시험은 전 국민이 대박을 기원하는 시험이 된 지 오래이고 국민 1인당 연평균 독서량은 갈수록 바닥을 찍다 못해 지하까지 파고 들어갈 기세지만 남녀노소 모두 학원에는 열심히 다닌다. 한국인들은 공부만 잘하면 편하게 잘살 수 있다는 집단 최면에 걸린 듯하다.

이런 풍토가 생겨난 데에는 부모의 책임이 크다. "공부를 못하면 커서 고생한다! 막노동이나 청소 같은 하찮고 힘든 일이나 하고 살아야 해!" 하며 아이에게 겁을 주었기 때문이다. 이 말에는 공부하지 않으면 사회에서 낙오자로 취급받으며 평생 가난하고 힘들게 살 것이라는 뿌리 깊은 공포가 담겨 있다.

왜 신성한 노동을 담당하는 사람은 다른 이에게 사람다운 대접을 받지 못하는가? 반면 왜 앉아서 펜대나 굴리며 남들이 힘들게 일하는 것에 대해 말만 많은 사람들이 대접받고 활개를 치고 있는가? 그리고 이런 이상한 사회를 바꿀 생각은 왜 하지 않는가? 박사학위를 받으면 남들에게 대접받을 수 있는 성공한 인생이고 막노동을 하면 남들에게 천대받아도 되는 실패한 인생인가?

개발도상국일수록 고학력이 부와 명예를 보장하는 경우가 많았기 때문에 예전에는 위의 말이 어느 정도 들어맞았다. 개발도상국에서는 상대적으로 교육의 기회가 공평하지 않으므로 학벌이 곧 좋은 직업을 보장해준 것도 사실이다. 그러나 나라의 발전 속도가 더디어지고 교육의 기회가 평준화되어 고학력자들이 기하급수적으로 늘면서 이런 공식은 당연히 깨지고 있다. 21세기인 지금에는, 그리고 앞으로도 점점 어울리지 않는 이야기가 된 것이다.

**고학력이 미래를
보장해주지 않는다**
실제로 우리나라에서는 박사 이상의 고학력자 중 번듯한 직장의 정규직이 되지 못한 채 시간강사 등으로 최빈층의 생활을 꾸려 가는 사람이 적지 않다. 참고로 시간강사는 시간당 3~5만 원을 받는다. 강의 준비시간과 책 보따리를 들고 이동하는 시간 등을 생각해보면 노동시간당 최저임금을 받는 것과 다름 없다. 게다가 이들에게는 연금이나 퇴직금 및 보너스가 없고 강의가 없는 방학 때에는 수입도 없다.

반대로 시에서 뽑는 환경미화원의 경우는 어떤가. 분명 노동환경은 힘들고 열악하지만 임금수준이나 복지 면에서는 떠돌이 봇짐장수 생활을 하는 시간강사보다 훨씬 낫다. 요즘 환경미화원에 석·박사 출신이 대거 지원하는 이유도 이 때문이다. 특히 바로 써먹을 수 있는 기술이 없는 인문학 쪽의 고학력자는 요행히 대기업에 취직해도 대부분 50대 초반에 퇴직해야 한다. 그러나 기술이 있는 고졸 출신은 오히려 70대가 넘어도 계속 일을 하는 경우가 많다. 학사부터 시작해 박사까지 들어간 비용을 계산하고, 그 시간 동안 일을 했다면 벌었을 기회비용을 계산하여 비교해보라. 이제는 고학력이 미래사회에서도 여전히 행복을 보장해주는 전제조건인지 다시 돌아보아야 할 때이다.

그럼에도 아직까지 대다수 부모는 내 자녀만은 대기업 정규직 사원으로 입사하여 흰색 와이셔츠를 입고 책상 앞에 앉아 일하기를 바란다. 비정규직의 고용보장과 열악한 노동현장을 구조적으로 바꾸기 위해 노력해야 한다는 주장에는 동의하지만, 만약 내 자녀가 대기업에 입사했다면 열악한 노동현장 따위 나와는 상관없는 일이라고 생각하는 부모가 많은 나라에 과연 미래가 있을까?

공부가 모든 것을 보장해주던 시대는 끝났다. 얕은 지식으로 남들 위에서 군림하고 내가 편하기 위해 남에게 힘든 일을 떠넘기라고 가르치는 부모가 많은 나라에 빛나는 미래가 있을 리 없다. 부모와 자녀 모두 책상머리에만 앉아 있지 말고 운동도 하고 봉사도 하며 보다 온전하고 균형 잡힌 일과 베풂을 통해 심신을 수양해야 한다. 그것이야말로 부모와 자녀, 더 나아가 사회와 국가를 위한 투자이다. 그러니 함께 행복하게 살 수 있으려면 먼저 자녀에게 교육의 진정한 목적인 사람을 섬기는 법부터 가르쳐야 한다.

세상을 보는 바른 눈을 갖게 하라

도덕 교육은 자녀에게 실천하는 모습을 직접 보여줄 때 더 큰 효과가 있다. 부모가 세상의 불평등과 불합리한 점을 개선하기 위해 직접 고민하고 실천한다면 자녀 역시 책임감 있는 인재로 성장할 수 있다.

**사회를 있는 그대로
볼 수 있도록 가르쳐라**
　　　　부모가 자녀에게 반드시 가르쳐야 할 가장 큰 덕목은 도덕이다. 정상적인 부모라면 "남에게 해코지하지 마라" "거짓말을 하지 마라" "남의 것을 훔치지 마라"라는 가장 기본적이고 중요한 도덕률을 자녀에게 교육하며 아이가 올바른 사람으로 성장하길 바랄 것이다. 그런데 아이를 키우다 보면 과연 세상을 정의롭다고 해야 하는지 정의롭지 않다고 해야 하는지 부모도 헷갈릴 때가 많다. 약한 사람이 스러지고 선한 사람이 승리한다고 말하면 정말 좋겠지만, 분명 존경받아야 할 위치에 있는 사람이 존경받지 못하는 행동을 할 때 아이에게 그 상황을 어떻게 설명해야 할지 난감할 때가 많다. 내가 생각하는 이 문제의 정답은 "아이에게 있는 그대로 솔직하게 말하기"이다. 그리고 무엇보다 아이에게 나 자신부터 먼저 부끄러움 없는 부모가 되도록 노력해야 한다.

능력 없는 사람이 운이 좋거나 부모를 잘 만나 승승장구하는 것처럼 보일 때, 부도덕한 사람이 권력을 잡아 자신의 부귀영화를 위해 약한 사람을 억울하게 희생시키는 등의 상황을 보았을 때 어른 역시 과연 이 나라가 아이에게 도덕심을 가르칠 만큼 떳떳하고 당당한 나라인지 혼란스러워 의심이 커질 수도 있다. 그럴 때면 슬쩍 아이에게 "세상은 도덕 교과서처럼 돌아가지 않아. 자 보렴, 착할수록 손해란다. 그러니 너도 꼭 올바르게 살 필요는 없어" 하는 식으로 가르치고 싶은 유혹이 들 수도 있다. 이런 태도는 언뜻 보면 생존을 위한 지극히 현실적인 교육법처럼 보인다. 손해 보지 않고 상처도 입지 않으면서 자기가 필요한 것을 얻는 법을 가르치고 배울 수 있기 때문이다. 하지만 편법을 써도 괜찮다는 식으로 부모가 가르친다면 아이는 자신의 목적을 달성하기 위해 수단과 방법을 가리지 않는 어른으로 성장할 수 있다.

'다른 사람에게 보이는 체면을 생각해서 나쁜 짓을 하지 말라'고 가르치는 부모와 '우리 가족만 잘 먹고 잘 살면 된다'는 현세적이고 기복적인 부모 밑에서 자란 아이도 문제이다. 다른 사람의 시선만 없다면 얼마든지 나쁜 짓을 해도 괜찮고, 어떻게 행동하든 끝이 좋으면 다 좋다는 식으로 생각할 수 있기 때문이다. 이런 부모들은 아이에게 "일단 목적만 달성하면 된다"라는 생각을 심어주어 아이의 도덕심을 꺾어 버리기도 한다.

자녀가 커닝으로 시험점수를 잘 받았다든가 가게에서 물건을 훔

첬을 때 어떤 부모는 "별일 아니겠지……" 하는 마음으로 대수롭지 않게 생각하며 넘어간다. 이런 부모는 "모로 가든 서울로 가면 되지 않겠느냐"는 식으로 무슨 일이든 추진하고 그 과정에서 옳고 그름은 따지지 않으며 자신의 이득을 가장 먼저 챙기는 경향이 크다. 이런 부모 밑에서 자란 자녀가 무슨 도덕심을 키우겠는가?

어떻게든 성공하는 것이 가장 중요하다고 부모에게 교육받고 자란 아이는 다른 사람의 것을 빼앗거나 훔쳐서라도 자신이 하고 싶은 일은 꼭 해야 하는 사람으로 성장할 수 있다. 날이 갈수록 청소년 범죄가 흉포해지는 것도 부모의 잘못된 훈육태도 탓이 매우 크다.

더욱 심각한 쪽은 머리는 좋은데 도덕심이 없어 공부는 잘하지만 타인을 배려할 줄 모르는 사람으로 성장하는 경우로, 이들은 화이트칼라 범죄자가 될 가능성이 높다. 전 세계를 경제 공황에 빠뜨린 버나드 메이도프 같은 사기꾼이나 독재자 아돌프 히틀러 같은, 가족뿐 아니라 사회와 국가에 해악을 끼치는 범죄자는 어느 날 갑자기 하늘에서 뚝 떨어지지 않는다.

최근 우리 사회에는 결코 일어나서는 안 되는 비통한 일이 일어났다. 언론 매체를 통해 이 비극적인 사건을 여과 없이 지켜본 자녀가 "왜 우리 사회는 이렇게 비정상적이냐?" "우리나라는 정당하지 못한 사람으로 가득한 사회냐?" 하고 분노하며 물어보아 부모가 난감했던 적이 있을 것이다. 이럴 때 어떤 대답을 해줘야 할지 몰라 "글쎄 말이다" 하며 은근슬쩍 다른 주제로 넘어갈 수도 있고 "나쁜 사람들이 권력을 잡고 돈을 벌어서 그래" "그건 어쩔 수 없는 일이었어, 나라님이라고 별수 있겠니"라고 체념조로 말하며 넘어가는 경우도 있을 것이다. 하지만 과연 이런 대답이 자녀에게 올바른 도덕심을 길러줄 수 있을까?

이럴 때에는 세상에 바르지 못한 면이 마치 없거나 어쩔 수 없는 일인 것처럼 말하기보다는 자녀가 있는 그대로 사회 전체를 볼 수 있도록 가르쳐야 한다. 예를 들어 "엄마랑 아빠도 왜 그런지는 잘 모르겠지만 세상에는 나쁜 사람도 있단다. 아마 어렸을 때 부모님이나 선생님에게 좋은 교육을 제대로 받지 못해서, 뭐가 옳고 그른지 모르는 어른이 되어 그런 것 같아. 그런 사람 때문에 때로는 착한 사람이 엄청나게 손해를 보기도 해. 너무 슬픈 일이지? 그러니 앞으로 그런 나쁜 일이 일어나지 않도록 네가 강하고 똑똑한 어른으로 자라서 나쁜 사람을 물리쳐주면 좋겠구나"라고 설명해주면 좋겠다.

반면 "한국은 우리가 살기에는 좋은 나라가 아니니 빨리 이 더러운 세상을 보지 않아도 되는 곳으로 떠나자!"라는 격한 분노식의 대답은 아이의 감정 역시 격하게 만드는 좋지 않은 대답 유형이다. 그러니 "한국에는 아직 문제점이 많다. 그래서 네가 더 열심히 배우고 힘을 키워서 우리나라를 더 살기 좋은 곳으로 만들 수 있는 사람이 되어야 한다"고 말한다면 아이는 자기 인생에 더 큰 책임을 느낄 수 있을 것이다.

도덕 교육은 부모가 자녀에게 실천하는 모습을 행동으로 보여줄 때 더 큰 효과가 있다. 부모가 사회의 모순에 대해 마치 자기는 아무 책임도 없는 것처럼 누군가를 비난하고 흉보기만 한다면 일부 악의적인 온라인 커뮤니티에서 활동하는 이들처럼 아이 역시 흑색선전과 중상모략, 인신공격 등만 배우게 될 것이다. 반대로 부모가 세상의 불평등과 불합리한 점을 개선하기 위해 고민하고 실천하는 모습을 보인다면 자녀 역시 부모를 따라 우리 사회에서 무엇을 할 수 있을지 고민하며 훨씬 더 책임감 있는 큰 인재로 성장할 수 있다.

불합리한 세상을 만든 것은
모든 부모의 책임이다

해방과 전쟁 이후 한국 사회가 이만큼 성장할 수 있었던 가장 큰 동력 중 하나가 자녀교육을 위한 부모의 자기희생 때문이었음을 부인하지는 못할 것이다. 부모 자신은 못 먹고 못 입어도 자녀의 교육을 위해서는 모든 것을 다 참고 포기할 수 있었다. 문제는 그런 희생의 목표가 철저하게 가문의 영달과 개인의 행복에 맞추어져 있었다는 점, 또 성공의 잣대가 높은 지위와 재산축적에 있었다는 점이다. 겉으로는 자녀를 위해 그지없이 희생하는 것처럼 보이는 부모의 사랑도 그 속껍질을 들춰 보면 결국 가족이기주의에 지나지 않는 경우가 대부분이었다. 어쩌면 이런 가족이기주의가 바로 우리나라를 모순과 불평등이 가득한 불합리한 세상으로 만든 이유 중 하나가 아닐까? 불합리한 세상은 소수의 독재자 혹은 탐욕스런 부자뿐 아니라 평범한 사람의 이기심 및 자신의 책임과 의무를 소홀히 하는 데서도 나올 수 있다.

분석심리학자 칼 융은 "인간에게는 선한 면도 있지만 악한 면도 잠재되어 있다"고 말했다. 우리는 성자가 될 수도, 악인이 될 수도 있다. 이 선택을 좌지우지하는 가장 큰 힘은 어린 시절 부모에게서 받은 교육이다. 부모가 현재의 이익만 쫓으라고 가르친다면 단기적으로는 자녀가 별 탈 없이 잘 먹고 잘살 수 있는 것처럼 보이지만,

정작 고난과 역경이 닥쳤을 때 그 어려움을 딛고 일어설 수 있는 힘을 키울 수 없다. 또 타인에게 큰 상처를 주어도 상대방이 못나서 그렇다는 식으로 오만하게 굴 수도 있다. 그러나 모든 부모가 "사회 전반에 부정부패와 편법이 많으니 너와 같은 훌륭하고 바른 인재가 앞으로 고쳐나가야 할 일이 많다"고 다독이며 아이를 키운다면 이 사회는 곧 정의로운 사회로 변할 것이다.

비극으로 점철된 한국사 속에서 어떻게든 살아남아 가문을 유지하기 위해 정의롭지 못한 세상에 영합해야 했던 경험과 기억이 우리 뇌에는 깊게 스며들어 있다. 똑똑하고 바른 사람은 시대의 불의와 영합하지 않다가 신산한 인생을 살고, 무능하지만 약삭빠른 사람이 오히려 대대손손 부귀영화를 누린 잘못된 경우가 부끄럽지만 세기 힘들만큼 많았다. 그러다 보니 사회는 빠른 속도로 풍족해질 수는 있었지만 결코 건강한 사회는 되지 못했다.

이제는 예전처럼 비굴하게 잔머리를 굴리지 않아도 누구나 충분히 공정하게 살 수 있는 사회가 되었는데도 몇몇 사람은 여전히 과거처럼 편법과 탈법이 관행인냥 계속하는 경우도 없지 않다. 그래서 발생하는 문제가 결코 일어나서는 안 되는 사고와 사건이며 재난이자 부정부패이다. 부모는 이런 사회에서 더는 살지 못하겠으니 이민을 가겠다고 하거나 계속 남탓만 하며 자신은 책임이 없는 것처럼 방관만 하고 있을 것이 아니라, 이런 세상에서 어떻게 아이를 바르게 키워 한국을 더욱 정의롭고 공평한 나라로 만들 수 있을지 고민하고 실천해야 한다. 결국 정의로운 국가는 정의로운 부모 밑에서 자란 정의로운 아이들이 일구고 가꾸어야 하는 것이다.

자녀교육의 완성은
자녀와의 멋진 이별이다

부모는 자녀가 어른이 되면 부모 곁을 떠나 독립할 수 있도록 내버려 두어야 한다. 그래야 진짜 독립적인 부모 자녀 관계가 성립된다.

**부모 곁을 떠날 때
자녀는 비로소 어른이 된다**
훌륭한 부모는 자녀를 명문대에 보낸 사람이 아니라 독립적으로 성장한 자녀와 아름다운 이별을 할 준비가 되어 있는 사람이다. 나를 꼭 닮은 내 아이가 세상에 태어난 이후, 부모는 어떻게 하면 품 안의 아이를 잘 키울지에 대해 끊임없이 염려한다. 간혹 아이가 자라지 말고 내 품에서 벗어나지도 않았으면 하고 바라는 마음을 갖는 경우도 있다(물론 어서 자라 부모 노릇에서 자유로워졌으면 하고 기원하는 시간도 많지만). 아이가 처음으로 학교에 입학할 때, 부모와 떨어져 친구 집에서 친구와 자는 것을 더욱 좋아할 때, 군대에 갈 때, 결혼할 때, 취직 등으로 집을 떠나 독립할 때 등등 자녀와 크고 작은 이별을 할 때마다 몹시 아파하고 우울해하는 부모가 생기는 것도 이 때문이다. 자녀와 함께 나눈 시간과 행복을 되새겨보면 충분히 일어날 수 있는 반응이지만, 그런 감상에 지나치게 휘말려 자녀의 바짓가랑이를 잡고 놓지 않으면 부모도 자녀도 모두 행복해질 수 없다.

때가 되면 자녀도 부모에게서 독립해 세상으로 나가야 하듯이 부모 역시 자녀로부터 독립하여 노년을 준비하고 실천해야 한다. 부모에게 아침저녁으로 문안을 드린 조선시대 젊은이처럼 부모를 챙길 수 있을 만큼 여유 있는 젊은이가 요즘은 과연 얼마나 되겠는가. 기술이 발전하고 사회가 풍족해졌음에도 어쩐지 살기가 더 각박해진 세상이다. 제 삶도 바쁘고 빠듯한 자녀에게 자신의 삶을 포기하고 나만 위해 달라고 하는 것은 의존적인 부모나 하는 행동이다.

자녀와 멋지게
이별하라

어여쁜 자녀든 속만 썩이는 자녀든, 일단 때가 되면 서로 이별해야 하는 것이 부모와 자녀의 관계이다. 언제까지나 자녀를 옆에 끼고 죽을 때까지 관리해줄 것처럼 고집해서는 안 된다. 자녀는 자녀 나름대로의 인생이 있고 짝이 있으며 삶이 있다는 것을 인정해야 진짜 성숙한 부모이다.

그러나 대부분의 부모는 그런 교과서적인 이야기를 받아들이지 못한다. "내 아이가 얼마나 귀한데! 너 같은 것이 감히 짝이 되려 하다니!"라며 자녀의 연애와 결혼을 방해하는 부모, "부모가 엄연히 여기 살아 있는데 그렇게 멀리 떠나서 살려고 하다니!"라며 자녀의 독립을 축하하지 못하는 부모, "너보다는 내가 더 인생을 많이 알고 있으니 내가 시키는 대로 해!"라며 사사건건 자녀 인생에 개입하는 성숙하지 못한 부모가 넘치는 세상이다.

이런 부모의 노파심과 간섭은 결국 자녀의 성장에 도움이 되기는 커녕 큰 방해 요인으로 작용한다. 아무리 자녀를 위해 희생한 부모라도 자녀가 어른이 되면 자신의 곁을 떠날 수 있도록 내버려 두어야 한다. 그래야 진짜 독립적인 부모와 자녀의 관계가 성립된다. 자녀에게 성인이 되면 부모를 나 몰라라 하고 인연을 끊으라는 조언을 하는 것이 아니다. 늙고 병든 부모를 돌보는 것도 훌륭한 교육이지만, 아직 젊고 건강해서 자녀의 도움을 특별히 받지 않아도 되는 부모가 자녀의 인생에 일일이 개입해 이것저것 요구하고 간섭한다면 오히려 서로를 불행하게만 만들 뿐이다.

훌륭한 부모는 자녀가 부모 없이도 주체적이고 독립적인 사람으로 살 수 있게 교육하고 자녀 없이도 잘 늙을 수 있는 준비를 스스로 해야 한다. 이를 위해 많은 돈이나 각종 정보, 남보다 더 큰 권력이 있어야 하는 것은 아니다. 크고 깊지만 잘 절제된 사랑, 가족 이기주의를 넘어선 베풂의 실천, 그리고 사회 안에서 타인을 배려하고 서로 지혜를 나누는 모습을 자녀에게 보여주기만 해도 충분하다.

자녀를 성공적으로 떠나보내기 위해서는 부모가 홀로 잘 살 수 있는 힘이 있어야 한다. 인생의 미스터리 중 하나는 자녀를 성심성의껏 잘 키우는 과정에서 자녀보다 오히려 부모가 더 많이 성장하고 자녀로부터 많은 사랑을 받게 된다는 점이다. 자녀와 만나는 그 순간부터 부모와 자녀는 서로를 떠나보낼 준비를 해야 한다. 부모가 자녀를 더욱 건강하고 지혜롭게 키우려 노력하는 매 순간, 자녀는 거꾸로 부모에게 많은 것을 가르쳐주고 고단한 삶을 헤쳐 나갈 수 있는 아름다운 영감을 준다.

자녀를 낳아 키우는 것은 분명 힘들지만, 돈으로 살 수 없는 행복한 순간들을 맛볼 수 있다는 점에서 우리 인간에게 주어진 크나큰 축복의 시간이다. 그리고 그 축복은 내 뱃속에서 나온 아이를 세상 속으로 떠나보내고 독립적으로 사람의 두 번째 삶인 새로운 노년을 준비할 때 더 크게 다가올 수 있다. 최근 적지 않은 노인이 인생의 황혼기에 자녀를 키운 경험을 여러 가지 방식으로 사회에 돌려주려고 노력하고 있는데 그 숫자는 점점 늘어나는 추세이다. 수명이 연장되는 사회가 누리는 또 하나의 긍정적인 덤이 아닐까? 그러니 자녀를 멋지게 떠나보내라. 자녀교육의 완성은 자녀와의 멋진 이별이다.

부모는
자신과 자신의 자녀가 어떤 유형인지 분석하고 파악한 후
나와 자녀가 서로 다른 인격체임을 인정하기 바란다.
그렇게 된다면 부모의 바람에 맞추어 아이를 휘두르기보다는
아이의 적성에 맞추어 자녀교육을 할 수 있을 것이다.

2부

모든 부모와
모든 자녀는 다르다

부모와 아이의 개별 유형 및
상황에 맞는 자녀교육 원칙

부모는 자신의 내면을 더욱
세밀하게 들여다보라

지금까지 출간된 육아나 자녀교육에 대한 책은 훈육방법에 대한 일반적인 원칙을 주로 담고 있다. 또 성공적으로 자녀를 키운 부모의 후일담이나 전문가의 조언이 대부분이라 "내 아이에게는 맞지 않아"라고 말하는 부모도 제법 많다. 그럼에도 '혹시나……' 하는 욕심에 내 아이에게는 맞지 않는 원칙을 억지로 적용하려다 낭패만 보는 일도 적지 않다. 예를 들어 아이는 그냥 놔두면 더욱 잘 큰다는 전문가의 조언을 읽고 안 그래도 책임감이 부족한 아이에게 올바른 책임감과 의무감을 교육하기는커녕 계속 방목하여 아이를 더 망치는 경우가 이에 해당한다. 또 아이의 독립심을 키운답시고 아직 여러 가지 면에서 미숙한 아이를 그냥 방치하기도 하는데, 이것은 일종의 아동 유기이자 학대이다.

어떤 자녀교육서도 내 아이에게 100퍼센트 꼭 맞는 원칙을 줄 수는 없다. 그럼에도 이 책의 2부에서 부모와 자녀의 유형을 분석한 것은 부모가 자신과 자녀의 상황과 내면을 들여다보고 그에 맞는 자녀교육을 하길 바라는 마음 때문이다. 하지만 각 유형별 경우의 수 역시 다 다른 것도 고려해 보아야 하는 것이 자녀교육이니, 나름 꼼꼼하게 챙겼더라도 독자 입장에서는 여전히 부족하지 않을까 하는 걱정이 들기도 한다. 내가 생각하는 가장 좋은 자녀교육법은 자녀를 키우면서 부모가 직접 습득한 살아 있는 육아 체험에서 나온다. 그러니 부모는 자신과 자녀를 더욱 엄정하고 객관적으로 판단하기 위해 먼저 자신의 내면부터 있는 그대로 들여다보길 바란다.

자녀에게 '희생'이라는
덫을 놓는 헌신형 부모

어떤 부모도 자녀를 위해 전부 희생했다고 주장할 수 없다. 그 속을 들여다보면 결국 자기애의
연장이기 때문이다. 그러므로 자녀에게 부모가 원하는 삶을 살아달라는 요구는 조종이자 강요
일 뿐이다.

주고받는 관계는
합리적이어야 한다
구세대 부모가 자신은 먹지도 쓰지도 않
는 방식으로 자녀를 위해 희생했다면, 신세대 부모는 자녀에게 아
낌없이 교육비를 투자하고 아이의 과외 스케줄에 맞추어 함께 움직
이는 매니저 역할을 하는 방식으로 희생하고 있다. 시간적으로나
경제적으로 여유가 없는 경우에는 아이의 교육비를 마련하기 위해
궂은일도 마다치 않는다. 부부 사이는 뒷전이고 아이 뒷바라지에
모든 것을 거는 부모도 있다. 모두 자녀를 위해 자신을 내려놓는 매
우 희생적인 부모처럼 보인다. 하지만 정말 이것이 희생일까?

배우자보다 자녀를 먼저 챙기는 아내를 보자. 맛있는 음식, 좋은
옷, 편안히 쉴 곳 등 모든 부분에서 자녀를 먼저 챙기다 보니 배우자

는 종종 소외감에 빠진다. "자녀보다 부부가 가정의 중심이 되어야 한다"라는 배우자의 요구가 이기적이라고도 말한다. 그런 아내의 속내에는 자신보다 먼저 병들고 죽을 가능성이 높은 배우자에게 노후를 의탁하기보다는 내 말을 잘 듣는 자녀에게 노후를 의지하는 것이 더 현명하다는 계산이 숨어 있는 것은 아닐까?

문제는 신인류인 요즘 자녀는 아무리 부모가 자신을 위해 희생해도 훗날 부모의 노후를 책임지지 않으려 한다는 것이다. 자녀의 뒤꽁무니만 쫓아다니느라 자신의 인생을 송두리째 희생해도 "내가 그렇게 해달라고 했느냐!"는 자녀의 매몰찬 반문이 돌아올 확률이 더 높다. 돈과 시간을 퍼부어 키운 자녀는 그런 부모의 지나친 관심과 투자가 싫어 성인이 되자마자 부모를 떠나려 하고, 오히려 자녀에게 인색했던 부모가 노후에도 능력 있고 자립적이라 끝까지 자녀에게 큰소리칠 수 있다는 것이 인생의 아이러니이다.

자녀를 위해 희생만 하는 부모의 건강이 그리 좋지 않다는 것도 큰 문제이다. 자신의 몸은 돌보지 않고 오로지 자녀를 위해 모든 것을 쏟아 부을 경우, 자녀는 부모가 자신에게 죄책감의 덫을 놓고 있다고 생각하며 부담감에 부모를 피할 수 있다. 모든 관계는 적절하고 합리적으로 주고받는 것이 서로에게 좋다. "너를 위해 내 모든 것을 희생했다"라고 말하는 부모 앞에서 어느 자녀가 부모에게 자신이 진정 원하는 것과 하고 싶은 것을 다 말할 수 있겠는가. 이런 죄책감을 안고 성인이 된 자녀가 결혼 후 배우자와의 사이가 틀어지는 일도 적지 않다. 배우자와 행복해야 할 때도 나를 위해 희생한 부모 생각이 나서 그 순간을 행복해할 수 없기 때문이다. 이는 지나치게 희생적인 부모 밑에서 자란 효자 효녀의 결혼생활이 불행하게 되는 원인이기도 하다. 이렇게 되면 아무리 자녀를 사회적으로 훌륭하게 키워도 결국 부모나 자녀 모두 행복할 수 없다.

엄밀하게 말하면, 어떤 부모도 아무런 대가를 바라지 않고 자녀를 위해 희생했다고 주장할 수 없다. 그 내면을 들여다보면 자녀에 대한 사랑은 결국 '자기애'의 연장이기 때문이다. 그러므로 자녀에게 부모가 원하는 삶을 살아달라고 강요하는 것은 부모의 아름다운 희생과 헌신이 아닌 일종의 조종이자 은근한 강요일 뿐이다.

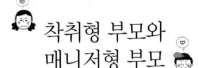

착취형 부모와 매니저형 부모

아이가 독립할 수 있을 때까지 부모로서 책임을 다하는 것에 대해 이의를 제기할 사람은 없을 것이다. 그러나 현실은 안타깝게도 많이 다르다. 몸은 자랐으나 마음은 자라지 않은 아이 같은 어른으로 자녀를 키우는 부모 때문에 적지 않은 문제가 생긴다.

아이는 자기애를 만족시키는 도구가 아니다

부모가 아이를 자신의 자기애를 만족시키기 위한 도구로 삼는 것은 정말 심각한 문제이다. 지금도 서양(동양에도 없다고는 할 수 없는)의 일부 어머니는 자신이 젊어서 미인으로 주목받지 못한 한을 자녀가 대신 풀어주었으면 하는 바람으로 딸을 마치 어른처럼 옷을 입히고 화장을 시켜 미인대회에 내보내고 있다. 아이는 어머니의 꼭두각시가 되어 상품화되고 선정적인 대상이 된다. 또한 아이에게 비속적이고 성적인 춤을 추게 하고 노래를 부르게 하거나 각종 행사에서 이런저런 묘기를 시켜 돈을 버는 경우도 비일비재하다. 팝스타 마이클 잭슨의 아버지도 따져보면 이런 착취형 아버지였다. 아이는 또래와 어울려 놀고 공부하며 아이답게 커야 하는데, 일찌감치 아이의 재능을 키워준다는 명목하에 실제로는 그 재능을 착취하는 부모가 이런 유형에 속한다.

꼭 유명인의 부모가 아니더라도 평범한 부모 역시 한창 공부하고 친구들과 뛰어놀아야 할 나이의 아이에게 부모의 일을 도우라고 강요하며 아이의 기운을 꺾는 경우가 있다. 물론 집안 사정이 넉넉지 않아 아이도 경제활동을 해야 하는 경우라면 아이에게 좋은 경험이 될 수 있다. 그러나 아이에게는 궂은일을 시켜 놓고 부모 자신은 놀러 다닌다거나 술 마시고 도박을 하는 경우라면 이는 명백한 학대이다.

모든 집안일을 자녀에게 시키는 부모도 있다. 아이가 이기적인 부모의 심부름이나 집안일만 하려고 태어난 것이 아닌데도 말이다. 부모가 원해 아이를 낳았음에도 아이에게 어려서부터 낳아 준 부모를 위하는 것이 자녀의 가장 중요한 본분이라고 세뇌시키는 몹시 나쁜 태도이다.

이런 몹쓸 부모의 뿌리는 아주 오래되었다. 아이의 인권은 20세기에 들어서야 제대로 인정받기 시작했다. 19세기까지는 아이에 대한 본능적인 사랑과 인간으로서의 윤리적인 대우 외에 법적인 보호는 거의 없었다고 해도 과언이 아니다. 역사상 법치 사회를 가장 빨리 이룬 나라 중 하나인 미국에서도 20세기 초 이전에는 가정에서 배우자를 때리는 일이 전적으로 가장의 결정이라는 판결이 빈번히 내려졌다. 이런 상황에서 아이의 인권은 여자의 인권보다 못하면 못했지 나은 상황은 아니었다.

민담이나 전설에는 자녀가 스스로 자신의 살을 베어 부모를 위해 고깃국을 끓이거나 혹은 부모를 살리기 위해 자신의 아이를 대신 희생하는 내용이 종종 나온다. 펄펄 끓는 쇳물에 아이를 넣어 만든 '에밀레종 전설'이나 하느님을 위해 아들 이삭을 제물로 바치는 '아브라함의 이야기'는 고대부터 어른을 위해 아이를 희생시켰던 흔적이라고 해석할 수도 있다. 이밖에도 오랫동안 기근이나 전쟁이 계속되어 먹을 것이 없어지면 자연스레 아이보다는 어른을 먼저 챙겼고, 살기 위해 아이의 시체를 삶아 먹었다는 기록이 적지 않게 등장한다. 또한 효 사상을 강조하는 유교에서도, 가족의 결속을 중요시했던 유대인의 전통에서도 아이를 희생시킨 기록이 남아 있다.

어느 쪽으로 해석하든, 아이는 어른의 정치적 이상이나 종교적 판단에 따라 희생된 적이 분명 있었을 것이다. 계몽주의 시대와 이성주의 시대를 지나 무의식의 존재까지 들여다보게 된 21세기에도 어른의 냉혹함 때문에 정신적으로나 육체적으로 희생당하는 아이는 여전히 존재하고 있다. 그러나 이는 어디까지나 신화나 민담의 세계에 국한되어야 하지 결코 현실에서 일어나서는 안 된다.

아이가 독립할 수 있을 때까지 부모는 아이를 입히고 먹이며 공부시켜 주어야 한다. 그러나 현실은 안타깝게도 많이 다르다. 기본 원칙과는 다른 모습으로 아이를 키우는 일이 비일비재하다. 이 때문에 몸은 자랐으나 마음은 자라지 않은 아이 같은 어른도 지나치게 많고 이런 미숙한 부모 밑에서 살아가는 자녀의 숫자 역시 생각보다 많다. 어린 나이에 돈을 벌며 집안의 가장 노릇을 하는 아이도 있지만, 미숙한 부모의 분노를 쓰레기통처럼 그대로 받아주고 이기심과 나르시시즘에 빠진 부모를 위로하느라 정작 자신은 그 어떤 위로와 돌봄도 받지 못하는 아이도 있다. 꼭 돈을 벌어 오라고 밖으로 내몰지는 않더라도 하루하루 행복하게 살면서 자신의 삶을 계획해야 하는 자녀의 어린 시절을 빼앗아 간다면, 이런 부모는 명백하게 착취적인 부모이다.

불안과 공포로
아이를 조종하는 부모

부모는 아이를 안전하게 키우는 것은 물론, 아이가 험한 세상으로 나가 많은 일을 경험하고 웅비할 수 있도록 격려해야 한다.

**인생에 대한 불안이
자녀에게 미치는 영향**

걱정이 지나치게 많은 부모가 있다. '병이나 사고로 갑자기 죽을까 봐' '파산할까 봐' '아이가 입시에서 떨어질까 봐' '자녀가 취직이 되지 않을까 봐' 등 온갖 불안한 일로 노심초사하는 이들이다. 물론 불안과 부조리로 가득한 세상이다 보니 "이런 세상이지만 아이가 태어나 사는 것에는 전혀 문제가 없다"고 거짓말을 할 수는 없다. 그러나 지나치게 앞날에 대해 걱정하다 정작 자녀가 경험해야 할 많은 것을 방해하는 것은 바람직하지 않다.

충분히 여유가 있음에도 '실직하면 어떡하나' '사업이 기울어지면 어떡하나' '노후에는 어떻게 살아야 하나' 같은 근심 걱정으로 정작 아이와 행복해야 할 현재의 시간을 망치는 부모가 많다. 심할 경우 아이가 아껴 쓰겠다며 용돈을 요구해도 '가난 망상'에 빠져 그 요구를 거절하여 아이가 무언가 배울 기회를 박탈하는 경우도 있다. 결국 재미있고 보람차게 살기 위해 돈을 버는 것인데도 돈이 없으면 삶이 힘들어질 것이라는 불안 때문에 돈 쓰는 것과 관련된 모든 일을 하지 않고 안으로만 움츠러든다.

이처럼 부모가 돈과 관련하여 지나치게 염려하고 있다면, 이는 무의식 속 깊이 숨어 있는 부모 자신의 인생에 대한 불안과 공포 때문일 수 있다. '삶에 대한 불안과 공포'라는 원인은 보지 못하고 끊임없이 '더 젊고 건강해지기 위해!' '더욱 풍요롭게 살기 위해!'라며 죽자 사자 노력만 하고 있지 않은가? 자신이 지금 마치 눈을 가리고 벼랑 끝으로 질주하는 경주마 같지는 않은지 깊이 들여다보길 바란다.

상처를 극복할 때마다
아이는 더 강해진다

그동안 어른들의 잘못으로 헤아릴 수 없을 만큼 많은 나쁜 일이 죄 없는 아이들에게 일어났기 때문에 사실 부모로서는 노심초사하며 자녀를 키울 수밖에 없다. 교통사고, 납치, 강도, 강간 등 평생 일어나지 말아야 할 일이 혹 내 아이에게 일어날까 봐 적지 않은 부모가 불안해한다. 이런 부모들에게 "불안장애나 건강염려증이 심하다"고 말할 수 없을 만큼 이 사회가 불안하고 위험한 것은 분명 사실이다.

이런저런 일로 상처받은 어른은 보수적인 태도로 아이가 가고 싶은 길을 가지 못하게 방해하기도 한다. "그곳에 가면 나쁜 일이 일어날 수도 있다" "하지 않는 게 편하다"라는 식으로 아이의 의지를 자꾸 꺾으면 결국 아이는 수동적이고 동기가 없는 무기력한 사람으로 자랄 수밖에 없다.

그러나 "구더기 무서워 장 못 담글까"라는 속담처럼 아이에게 나쁜 일이 생길까 봐 아무것도 경험하지 못하게 막는다면 아이는 제대로 된 어른으로 성장할 수 없다. 다양한 체험을 해야 사람은 사람다워진다. 또한 자신이 한 것에 대해서는 끊임없이 후회만 하고, 도전하지 않은 것에 대해서는 아쉬워하지 않는 사람은 그 어떤 발전도 이룰 수 없다.

상처를 받더라도 씩씩하게 극복할 때마다 아이는 점점 더 강해진다는 것을 기억하자. 백전노장이 되기 위해 백번의 전쟁을 겪어야 하는 것처럼, 처음부터 베테랑이 되는 사람은 아무도 없다. 그렇다면 "그런 전쟁 같은 일을 아예 겪지 않고 처음부터 편하고 예쁘게 살면 되지 않겠느냐"고 반문하는 부모도 있을 것이다. 그런 이들에게는 이런 비유를 들어주고 싶다. "전쟁하는 것이 싫어 아무도 군인이 되지 않은 채 모두가 후방에서 편하고 즐겁게만 살려고 한다면 결코 평화는 유지될 수 없다."

아이에게 사고가 날까 봐 바깥으로 나가지 못하도록 막고 하고 싶은 일도 하지 못하게 하며 자녀를 꽁꽁 안으로만 가둬둔다면 아이는 살아 있어도 살아 있는 삶을 사는 것이 아닐 것이다. 잘 알려진 동화 『라푼젤』에서 나쁜 마녀는 아예 라푼젤을 탑에 가둬 버린다. 심리학적으로 분석해 보면 마녀는 아이를 자신의 공간에만 가둬두고 세상에 나가지 못하게 하는 부모의 분리불안을 상징한다고 볼 수 있다.

아이를 안전하게 키우는 것은 부모의 가장 큰 의무이지만 아이를 험한 세상에 내보내 무슨 일이든 직접 경험하게 하여 웅비를 키울 수 있도록 격려하는 것 역시 부모의 책임이다. 부모가 다 큰 아이를 쫓아다니며 언제까지나 위험한 것을 막아가며 살 수는 없다. 그런 삶을 자녀에게 강요하는 것은 자녀를 자신의 시종이나 애완동물 정도로 생각하는 것과 크게 다를 바 없다.

앞장에서도 말했지만, 결국 부모 노릇의 완성은 독립된 자녀와의 이별이어야 한다. 자녀를 훌륭하게 키워 이 세상에 내보내기 위해서는 아이가 위험한 상황에서도 자신을 보호하고 자신의 의지를 관철할 수 있는 법을 부모가 가르쳐주어야 한다. 그리고 어떤 세상도 완벽하게 안전할 수만은 없으므로 아이 스스로 좀 더 세심하게 자신을 보호할 수 있는 태도를 기르게 하고 규율과 질서를 따르는 습관을 키워주어야 한다.

엄격함과 폭력이라는 가면 뒤에서 응석을 부리는 부모

자녀의 인격 발달을 엄격함과 폭력으로 방해하며 아이를 자신의 시종처럼 부리고 싶어 하는 부모의 이기심은 영원히 독립적으로 살지 못하면서 누군가에게 의지하여 기생하고픈 심리의 한 반영이다.

**부모의
분리불안**

자녀에게 무섭고 권위적인 부모일수록 자신이 부모 노릇을 매우 잘하고 있다고 생각한다. 이런 부모는 아이에게 통금시간을 정하고 옷 입는 것을 간섭하며 취미와 사생활 및 진로까지 일일이 통제하고 감독한다.

아이는 부모와 함께 놀고 싶어 하는데 어른인 자신은 그런 유치한 일 따위는 할 시간도 가치도 없다는 듯 단호히 거부하며 오히려 아이에게 "이걸 해라" "저걸 해라" 명령만 하기도 한다. 내담자 중에는 본인은 손 하나 까딱하지 않고 온종일 잠만 자면서 때가 되면 자신을 위해 누군가가 밥상을 차려 자신에게 갖다 주어야 한다고 고집하던 사람도 있었다.

이런 부모는 자녀가 자신의 명령을 그대로 따르지 않고 본인의 의견을 주장하면 그야말로 펄펄 뛰면서 아이에게 감정적으로 상처 주는 말을 저주하듯 내뱉는다. "부모 말을 듣지 않고 잘 되는 아이 못 봤다. 네까짓 게 혼자 무얼 할 수 있다고 그러느냐!" 하는 식이다. 그러나 이들이 엄격하게 주장하는 원칙의 뿌리가 가진 내면을 자세히 들여다보면 혹시라도 부모인 자신을 버리고 아이가 독립할까 봐 무서워하는 분리불안이 숨어 있는 것을 알 수 있다. 자녀가 스스로 모든 것을 결정하고 자신의 인생을 헤쳐 나가는 어른이 되어 독립하면 늙은 자기는 혼자 어떻게 살아야 하나 하는 공포심의 발현인 것이다. 아이를 엄격하게 통제하면 통제할수록 자녀의 독립은 늦춰질 것이고 자신의 노후 역시 그만큼 늦춰지리라는 계산이 숨어 있을 수도 있다. 극단적으로 비유하자면 아동을 납치해 집에 감금하는 납치범의 무의식과 비슷한 부분이 있다.

『헨젤과 그레텔』에서 맛있는 과자로 만든 집으로 아이들을 유인하여 잡은 후 감옥에 가두어 통통하게 살을 찌운 다음 잡아먹으려고 하는 마녀의 원형은 자녀의 독립된 인격 발달을 엄격하게 통제하고 방해하면서 자신의 시종처럼 부리고 싶은 부모의 내면에 있는 이기심의 발현이다. 이런 이기심은 결국 스스로는 독립적으로 살지 못하면서 누군가에게 의지하여 기생하고 싶은 심리의 한 반영이다.

이런 이기심은 엄격함을 넘어 폭력으로 번질 수도 있다. 한 예로 친자식에게 성폭력을 저지르는 부모의 무의식에는 성적 결합을 통해 아이와 자신을 분리하고 싶지 않은 병적인 원형상이 존재한다.

또한 아이를 체벌할 때 "네가 이런 잘못을 했으니 매를 맞는다"라고 말하지만, 실은 해소되지 못한 자신의 화를 풀기 위해 자녀를 희생자로 삼는 경우가 많다. 특히 이런 폭력 부모들의 태도는 일관되지도 않고 성숙하지도 않다. 자신의 기분이 좋으면 아이가 아무리 나쁜 짓을 해도 그냥 넘어가 주고, 기분이 나쁘면 아이가 별로 잘못한 것 없는데도 손을 대거나 욕을 하는 것이다.

매우 엄격하게 자녀를 훈육하려는 부모 중에는 자녀가 성인이 된 후에도 하나부터 열까지 자녀의 일에 간섭하려는 이가 많다. 끊임없이 자녀에게 이렇게 하라 저렇게 하라 명령하고 자신의 경제력으로 자녀를 조종하려고 한다. 돈이나 힘이 없으면 자신의 병이나 노쇠함으로 자녀에게 행패를 부리거나 협박을 하기도 한다. 이는 겉으로는 효를 강조하지만 실상은 자녀의 죄책감을 자극해 어떡하든 자녀에게 자신의 노후를 의존하려는 마음의 반영이다.

만약 자신이 평소 자녀에게 지나치게 엄격한 부모라고 생각한다면 아이를 훈육하기 전에 과연 자신이 평소에 정말로 정직하고 엄격하게 사는지를 먼저 살펴보아야 한다. 본인 자신과 어른들에게는 관대하지만 힘없는 약자인 아이나 노인에게는 폭력적이고 억압적이라면 부모가 아니라 독재자일 뿐이다.

개인주의 부모와
자아 경계가 불분명한 부모

개인주의 부모는 내 자아가 더 중요해서 부모로서 아이에게 최소한의 애정과 책임도 보이지 않는 이들이고, 자아 경계가 불분명한 부모는 자녀의 모든 것을 자신의 손바닥 안에 놓고 파악해야 하는 이들이다.

**무책임한 부모가
늘고 있다**

어린 시절, 부모가 나라를 구할 만큼 중요한 일을 하는 것도 아니었는데 툭하면 자신을 내버려두고 외출하거나 여행을 가곤 했다고 회상하는 사람을 임상에서 종종 만난다. 물론 자녀가 있어도 부부만의 시간을 마련하는 것은 필요하다. 그러나 지나치게 자신만의 시간과 공간에 애착을 가지느라 부모로서의 기본적인 의무조차 하지 않는 사람들은 문제가 있다. 갓난아기를 모텔이나 집에 두고 부모는 밖에서 노느라 아이에게 비극적인 사고가 일어났는데도 전혀 모르는 사례가 요즘 심심치 않게 일어난다. 이와 같은 무책임한 부모 역시 점점 느는 추세이다.

과거에도 부모가 될 준비나 능력 없이 아이를 낳는 경우가 적지 않았다. 그러나 옛날에는 일부라 해도 대가족 제도와 마을 공동체가 부모의 부족한 면을 메워주었기에 부모가 될 준비가 덜 되어 있거나 다소 능력이 부족해도 크게 문제가 되지 않았다. 그러나 요즘 시대에는 돈이나 능력은커녕 기본적인 부모 교육조차 전혀 받아본 적 없는 젊은 부부가 자신들 부모의 도움 없이 아이를 키워내기는 사실상 불가능하다. 물론 별다른 능력이 없어도 자녀를 위해 최선을 다하는 부모도 있다. 하지만 이 장에서 등장하는 부모들은 충분히 아이를 돌볼 수 있는 능력을 갖추고 있음에도 내 자아가 더 중요해 아이에게 부모로서 최소한의 애정과 책임도 지지 않는 이들을 말한다.

미국에서 4년간 내게 분석치료를 받았던 한 유대인 여성은 철저히 개인주의적인 부모에게 충분한 사랑을 받지 못하고 상처받았던 상황을 상담 중에 여러 번 언급했다. 밤에 악몽을 꾸거나 번개가 쳐서 무서워도 부모가 안방 문을 열어주지 않아 남동생과 함께 이불을 뒤집어쓰고 부모님 방 앞에서 쭈그리고 잠을 청해야 했던 날들, 다른 가족과 여행을 갔을 때에는 어른들끼리 노느라 자신보다 나이가 많은 사촌에게 성추행을 당했는데도 아무 관심을 기울여 주지 않았던 일들 등이 합쳐져, 결국 본인을 섹스 중독자처럼 만든 것 같다는 이야기도 털어놓았다. 이처럼 아이를 독립적으로 키운답시고 부모로서 해야 할 의무보다는 자신의 개인적인 즐거움에 지나치게 몰두하여 자녀에게 어떤 일이 벌어지고 있는지 모르는 부모 역시 자녀를 병들게 하는 주범 중 하나이다.

이와는 반대로 자녀의 모든 사생활에 일일이 개입하는 자아 경계가 불분명한 부모 역시 자녀의 정신건강을 위태롭게 만든다. 부모가 자녀의 친구, 연인, 취미활동, 공부, 취직 등 모든 것을 자신의 손바닥 안에 들어 있는 것처럼 파악하고 하나하나 간섭하며 직접 참여하기도 한다면 자녀는 어느 순간 숨이 막힌다고 아우성을 치게 될 것이다. 아무리 좋은 관계라도 때로는 거리를 두어야 하고, 자신만의 공간을 가지고 있어야 서로에 대해 훨씬 더 관대해질 수 있다.

부모 입장에서도 개인적인 시간 없이 오로지 자녀에게 자신의 모든 생활을 맞추어 놓는다면 자녀가 자신의 품에서 빠져나간 후 찾아오는 허무감과 상실감 등을 감당하기 어려울 것이다. 그러니 자녀에게 최선을 다한다는 명분으로 자녀의 인생 전부에 개입해서는 안 된다. 자녀의 독립성을 인정해주고 자녀와 점점 더 거리를 늘려가며 자녀가 부모와 연결된 고리를 풀고 자신의 길을 찾아 멀리 떠날 수 있도록 놓아 주는 것이 자아 경계가 불분명한 부모가 치러야 할 큰 과제이다.

오버액션 부모와 냉소적 부모

교육이론에 맞추어 아이를 키우느라 인간미를 잃어버린 부모보다, 이론은 잘 모르지만 필요한 때에 아이의 마음을 헤아리고 같이 공감하며 아이가 다시 일어설 수 있도록 에너지를 주는 부모가 좋은 부모이다.

아이의 마음에
공감하지 못하는 부모

요즘 사람들은 자신이 '쿨하다'는 사실을 매우 자랑스럽게 생각한다. 현대 사회에서 'cool'이라는 말은 '대인 관계에서 끈끈하게 집착하지 않고 지나치게 열정을 쏟지도 않으며 친밀하게 엉겨 붙지 않는다'는 뜻으로 쓰인다. 하지만 그런 쿨한 사람들도 대개 자신의 자녀 앞에서는 냉정하게 행동하지 못한다. 자녀에게 어떤 힘든 문제가 생겼을 때 이성적이고 합리적인 판단을 내려 이를 해결하기보다는 오히려 감정이 앞서느라 더 큰 문제를 일으켜 자녀를 곤란한 상황에 빠뜨리는 경우도 있다.

그런데 자녀에게 이보다 더 큰 상처를 주는 부모는 아이에게 일어난 일 앞에서 지나치게 냉소적인 태도를 유지하며 부모가 마치

제3자, 즉 남인 듯 말하고 행동하는 경우이다. 예를 들어 아이가 또래 아이에게 맞고 돌아왔을 때 "이게 무슨 일이야! 내가 그 애를 가만두나 봐라" 하며 몽둥이를 찾는 부모를 결코 이성적이고 합리적이며 성숙한 부모라고 할 수는 없지만, 적어도 자녀에게는 부모가 어떤 경우에도 자신의 편을 들고 감정에 공감해줄 것이라는 믿음을 심어줄 수 있다. 물론 그런 식으로 아이에게 상대에 대한 나쁜 감정을 말로 표현하는 것과 행동으로 옮기는 것은 다른 문제이다. 아이만큼 아파하고 억울해하며 분노하더라도 행동으로 옮길 때에는 여러 가지 상황을 살펴야 한다. 마음 같아서는 당장에라도 상대방을 때려주거나 혼내고 싶지만, 먼저 아이와 앉아서 차분하게 여러 가지 시나리오를 상상하며 어떻게 하면 좋을지 의논하다 보면 아이가 자신의 상한 감정을 나름대로 추스를 수 있기 때문이다.

반대로 냉소적이거나 혹은 무한긍정적인 부모라도 좋지 않은 풍경이 벌어진다. 자녀가 누군가에게 맞고 씩씩거리며 들어온다고 치자. 냉소적인 부모라면 이렇게 말할 것이다. "네가 하는 게 그렇지. 꼬락서니하고는, 창피하다 정말!" 자녀가 이런 말을 듣는다면, 그렇지 않아도 힘든데 부모 때문에 더욱 화가 날 것이다. 반대로 무한긍정의 부모라면 "그런 것도 다 인생 공부야. 뭐 그렇게 억울해하는 거니? 거기서도 무언가 배울 수 있으니 긍정적으로 받아들여" 하며 아이의 기분은 읽어주지 않고 무늬만 이성적인 조언으로 아이 마음에 더 상처를 줄 수도 있다.

교육이론에 맞추어 아이를 키우느라 보편적인 인간미를 잃어버린 부모는 좋은 부모가 아니다. 어려운 이론은 잘 몰라도 아이의 상한 마음을 헤아리고 같이 공감하여 아이로 하여금 다시 일어설 수 있는 에너지를 주는 부모가 좋은 부모이다.

냉소는 언뜻 '똑똑한 사람이 어리숙한 사람을 조롱하는 태도'로 생각할 수 있다. 그러나 냉소적인 사람은 매사를 부정적으로 보며 아무것도 하지 않으려는 사람일 뿐이다. 또한 "그래 봤자 달라지는 건 없어"라는 말로 자신의 무능력과 무기력을 냉소적인 태도로 위장하고 자신과 세상을 바꾸기 위해 그 어떤 노력도 하지 않는 아주 게으른 사람이기도 하다.

성공하는 사람들은 어떤 어려움이 닥쳐도 "내가 하는 일이 다 그렇지" 하며 자학하거나 "너 같은 게 별수 있겠어?" 하며 남을 깎아내리는 행동을 하지 않는다. 그들에게는 "어렵겠지만, 한번 해보자! 못할 건 또 뭐가 있겠어?!" 하는 자기 긍정이 몸에 배어 있다(하지만 이를 꼭 남에게 강요할 필요는 없다).

부모는 자녀가 세상 밖으로 나갔을 때 어떤 방식으로 어려움을 헤쳐갈지 그 자세를 가르쳐주어야 한다. 자녀가 사회에서 성공적인 인생을 살지, 아니면 항상 좌절하고 불행하기만 한 인생을 살지는 '대학 졸업장'으로 결정되지 않는다. 바로 고통과 좌절 속에서도 냉소적인 패배주의에 빠지지 않고 최선을 다해 역경을 극복하려는 긍정적인 자세야말로 행복한 성공의 열쇠이다.

또한 사소한 일에도 과장된 태도로 부모가 호들갑을 떨며 자녀가 겪은 작고 미미한 일도 극적인 사건으로 만들어 버리는 태도 역시 곤란하다. 예를 들어 자녀가 시험 점수를 잘 받아왔을 때 천재가 탄생한 것처럼 부모의 기분이 붕 떠서 여기저기 자녀의 성적을 자랑하고 다닌다든가, 혹은 입학시험에 실패했을 때 자녀의 앞날에 이제 다시는 희망이 없을 것처럼 침소봉대하는 태도는 부모와 자녀 모두에게 해롭다. 자녀가 자신에게 닥친 문제를 건강하게 풀어나가려면, 부모가 먼저 나서서 자녀 스스로 성취감과 실패를 경험할 수 있는 기회를 빼앗지 말고 한 걸음 뒤에서 조용히 지켜보며 가끔 박수를 쳐주거나 힘든 어깨를 토닥여주는 것만으로 충분하다.

자녀를 아무리 사랑하더라도 부모가 자녀의 인생을 대신 살아줄 수 없는 것처럼, 스스로 경험해야 할 부분은 자녀가 직접 경험할 수 있도록 부모는 이성적인 태도를 지녀야 한다. 그래야 아이의 정서도 안정적으로 성장한다. 만일 부모가 지나치게 냉소적이거나 패배주의적, 혹은 연극하듯 과장된 태도로 아이를 양육한다면 아이는 중심을 잃고 휘청거릴 것이다. 그러니 부모는 자녀에게 금방 식었다 금방 차가워지는 양은 냄비가 아니라 외부 온도에도 변함없이 든든한 반석 같은 존재가 되어야 한다.

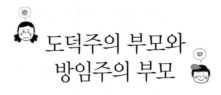

도덕주의 부모와
방임주의 부모

자녀가 어릴 때부터 옳고 그른 것, 해야 할 일과 하지 말아야 할 일을 가르쳐라. 사춘기가 온 이후에는 아이에게 아무리 엄하게 매를 들어도 소용없다.

**도덕교육은 가장 먼저
집에서 시작해야 한다**   현직 교사들이 꼽는 공통적인 고민 중 하나는 학생들에게 무엇이 옳고 그른지를 훈육할 수 없다는 것이다. 아이의 문제 행동을 지적하다가 학부모에게 항의를 받는 경우도 다반사이다.

수업시간에 시끄럽게 떠들어 다른 아이들에게 방해가 된 것을 지적하면 "내 마음이에요!" 하는 아이가 있고 선생님에게 욕을 하여 혼을 내면 "욕하면 뭐 어때서요?"라고 반문하는 아이도 있으며 쓰레기를 책상 옆 창틀에 잔뜩 쌓아 놓고 있어 치우라고 하면 "내가 청소부에요?"라고 눈을 똥그랗게 뜨는 아이도 있다고 한다. 동급생에게 집단 폭력을 행사한 것을 꾸짖으면 "걔는 맞을 만하다" "싸가지

200

가 없어서 때렸다"는, 자신의 행동은 정당하고 타당했는데 무엇이 문제인지 모르겠다는 답이 돌아오기도 한다.

이외에도 편의점이나 문구점에서 슬쩍 물건을 훔치는 것이 재미있다고 낄낄거리는 아이, 친구에게 돈을 뜯는 것이 멋있어 보인다고 생각하는 아이 등 꽤 심각한 문제 행동을 스스럼없이 저지르는 불량청소년 뒤에는 무엇이 옳고 그른지, 왜 다른 사람에게 해코지하면 안 되는지를 가르치지 못한 부모가 있다. 요즘 청소년 문제는 학교나 교사의 힘만으로는 해결되지 못할 수준에 이르고 말았다.

아이 앞에서 술에 취해 남에게 주먹을 휘두르는 등 타인에게 피해를 주는 짓을 하면 자녀는 그런 부모의 행동을 그대로 보고 배운다. 집 밖에서는 잔인한 사람이 집 안에서는 한없이 자애롭고 올바른 부모 노릇을 할 가능성은 거의 없기 때문에 조직 폭력배 집안에서는 대대로 폭력배가 나올 확률이 매우 높다. 꼭 조직 폭력배가 아니더라도 자기 아이를 훈육하는 방식이 마음에 들지 않는다고 학교에 와서 행패를 부리는(이런 사람, 깜짝 놀랄 만큼 많다) 부모들도 많다. 교사들은 거의 이구동성으로 그 부모에 그 자식이라고 말한다. 대개의 부모는 집 밖에서는 좋은 사람이라도 집 안에서는 자녀에게 무섭거나 배우자에게 함부로 행동하는 경우가 많다. 집은 도덕적인 가면을 벗어도 되는 내 공간이라고 생각하기 때문이다.

아이가 아주 어릴 때부터 옳고 그른 것과 해야 할 일과 하지 말아야 할 일을 가르치지 않으면 사춘기가 온 이후에는 아무리 엄하게 매를 들어 훈육해도 소용이 없다. 자녀를 훈육해 달라고 운동 코치에게 부탁했다가 그의 폭력으로 아이가 죽은 비극적 사건을 기억하는 사람이 있을 것이다. 코치도 문제지만, 부모가 해야 할 일을 왜 남에게 부탁해야 했는지 그 속사정도 들여다보아야 한다.

지나치게 도덕적인 부모도 문제지만 지나치게 방임하는 부모도 좋은 부모는 아니다. 교육의 기본을 가르치는 것은 모든 부모가 본인이 직접 해야 할 필수 과제임을 잊지 말자.

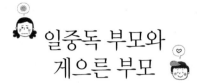

일중독 부모와
게으른 부모

부모가 열심히 일하는 모습을 자녀에게 보이는 것은 바람직하지만, 일에 대한 열정이 자녀에
대한 사랑보다 지나치게 크다면 자신의 모성이나 부성 콤플렉스를 깊이 들여다볼 필요가 있다.

**일과 가정을 양립하기
어려운 부모**

　　온갖 종류의 사교육이 융성한 강남의 우
스갯소리 중 하나이지만, 결코 가볍게 웃고 넘길 수만은 없는 농담
이 있다. 아이가 공부를 잘하면 "너희 아버지 전문직이시니?" 하고
물어보고, 공부를 못하면 "너희 어머니 전문직이시니?" 하고 물어본
다는 농이다. 어머니가 일일이 개입하면 할수록 자녀의 성적이 올
라가는 구조인 강남에서 충분히 나올 법한 이야기이다.

　"전문직 어머니의 자녀는 성적이 나쁘다"는 말이 나온 배경에는
일하는 어머니의 입시 정보 부족과 일하는 어머니에 대한 전업주부
의 따돌림 같은 이유가 있다. 실제로 전업주부 입장에서는 전문직에
종사하는 어머니의 자녀가 공부를 잘하면 세상이 불공평하다고 느

낄 때가 많다고 한다. 자신은 아이의 공부를 위해 모든 것을 희생하는데 반해, 전문직 어머니는 어떠한 희생도 하지 않았음에도 그 자녀가 공부를 잘하면 전업주부 입장에서 매우 억울하다는 것이다.

일하는 어머니 입장에서는 자신이 자녀를 일일이 따라다니는 전업주부보다 여러 가지로 부족한 부분이 많다는 것은 알고 있다. 단순히 시간과 정보의 차이뿐만이 아니다. 초경쟁 사회에서 생존하기 위해 일하는 어머니나 아버지는 직장에서 이미 자신의 많은 것을 참고 희생한다. 그래서 사적인 공간인 가정에서만이라도 가족 모두 각자 알아서 잘 지내길 바라는 경향이 있다. 바쁜 부모는 아이와 함께 놀고 공부를 도와줄 여유가 없다. 요행히 독립심이 강하고 철이 빨리 든 자녀는 부모가 없어도 자신의 할 일을 다 하지만 그렇지 못한 아이는 그냥 방치되는 경우도 허다하다. 그렇다면 어떻게 해야 부모는 일과 가정을 잘 양립할 수 있을까?

우선 아이에게 부모가 어떤 일을 하고 있는지, 또 언제 귀가해서 아이와 시간을 보낼 수 있는지 설명하여 이해시키는 것이 중요하다. 어떤 것이든 아이와 한 약속이라면 꼭 지켜야 하고 혹시 지키지 못할 상황이라면 그럴 만한 이유가 있었음을 아이에게 충분히 설명해 주어야 한다. 일하는 와중에도 규칙적으로 자녀와 전화나 문자 등으로 의사소통을 해서 자녀가 혼자 있다는 서운한 감정을 갖지 않도록 배려해야 한다. 또한 휴일이면 아이를 위해 일정을 잡다 보니 집에서 충분히 쉴 수 없을 때가 많으므로 일하는 짬짬이 자신의 건강을 챙기는 것도 필요하다.

부모가 열심히 일하는 모습을 자녀에게 보이는 것은 바람직하지만, 혹시라도 일에 대한 열정이 자녀에 대한 사랑보다 크다면 자신의 모성이나 부성 콤플렉스를 깊이 들여다볼 필요가 있다. 부모가 되는 것에 대해 자신의 마음 깊숙한 곳에 어떤 심리적 저항이 있는 것은 아닌지, 과거 자신의 부모와는 사이가 어땠는지도 냉정하게 살펴보아야 한다. 일중독인 부모를 무조건 비난할 수 없는 것은 바로 이 때문이다.

일중독 부모 중에는 배우자나 자녀와의 감정 교류가 원활하지 않을 때 소통하기 위해 노력하기보다 차라리 일을 도피처로 삼는 사람이 종종 있다. 남들에게는 가족을 먹여 살리기 위해 죽자 사자 일하는 가장으로 보이지만, 실상은 배우자 노릇과 부모 노릇이 불편하고 무서워 가족과의 교류 대신 일을 선택하는 것이다. 휴일에도 집으로 회사 일을 싸들고 와서 "엄마(혹은 아빠)는 바쁘니까 네가 알아서 놀아"라고 말한 후 책상에 얼굴을 파묻기도 한다. 회사 일이 없어 집에서 해야 할 것이 없을 때도 자녀와의 대화는 여전히 어렵고 힘드니 궁여지책으로 요리나 청소, 빨래 같은 집안일에 몰두하기도 한다. 자녀는 친구와 싸워 다쳤거나 마음이 매우 힘든 날이라 부모와 대화를 하며 힘든 마음을 풀고 싶은데, 어머니나 아버지가 매번 눈길도 주지 않고 일만 하고 있어서 크게 상처받았었다는 경우는 임상에서도 상당히 자주 접한다.

자신의 열등감이나 앞날에 대한 불안감 등으로 부모가 일에만 지나치게 몰두하고 자녀와 감정적인 교류를 하는 대신 돈으로 무엇이든지 아이에게 보상하려고 한다면 아이는 부모가 돈으로 다 해주니 자신은 공부하지 않고 평생 놀며 살아도 된다는, 자칫 삐뚤어진 생각을 할 수 있다. 이는 자수성가한 부모 밑에서 자란 자녀 중에 망나니가 되어 평생 부모의 돈으로 베짱이처럼 사는 자녀가 많은 이유 중 하나이기도 하다.

부모가 열심히 일하는 이유는 자신과 가족이 행복하고 의미 있는 삶을 살기 위해서이다. 하지만 그런 가치 있는 목적이 아닌, 단순히 부자가 되기 위해 혹은 사회적으로 유명해지거나 출세하기 위해 일에만 몰두하다 보면 정말 소중한 사람인 가족과는 원수가 될 수 있다. 임상에서 자신의 커리어와 아이의 교육 문제가 충돌하여 어쩔 수 없이 둘 중 하나를 선택해야만 할 때 어떻게 해야 하는지 내게 물어보는 부모가 많은데, 원칙적으로는 본인의 가치관에 따라 결정하도록 도와주지만 자녀의 성장은 한 번 지나가면 다시 되돌릴 수 없다는 점을 반드시 함께 환기해 준다.

지나치게 돈과 명예를 추구하여 인생이 허망해지는 부모에게 아이와 보내는 시간은 소중한 감로수 역할을 한다. 그 시간 동안 아이는 어른이 보지 못하는 많은 것을 보고, 어른은 이미 잊어버렸거나 혹은 생각지도 못한 인생의 깊은 진리가 담긴 말을 꾸밈없이 건네기도 한다. 그러니 자라고 있는 아이와 보내는 시간은 아이뿐 아니라 부모 역시 일분일초도 낭비해서는 안 된다.

부모와 자녀가 함께하는 시간은 돈이나 보석 따위에는 견줄 수 없는 소중한 추억과 사랑이 담기는 그릇이다. 다만 한 번 지나가면 다시는 되돌릴 수 없기에 이 사실을 잊은 부모는 나중에 엄청난 후회를 한다.

지금 이 순간에도 자녀는 또 다른 사람으로 성장하고 있다. 그러므로 부모 역시 시간이 지날수록 좀 더 성숙한 사람으로 변모하여 자녀를 대해야 하는 책무가 있다. 부모를 성숙하게 하는 가장 좋은 방법은 자녀와 함께 보내는 시간이니, 부모는 만약 이를 놓친다면 삶에서 천금을 잃는 것보다 더한 손해를 보게 될 것이다.

취미가 넘치는 부모와
취미가 없는 부모

부모가 적당하게 취미생활을 하는 모습을 자녀에게 보여주는 것도 교육이다. 삶을 윤택하게 할 수 있는 재미와 목적을 가진 부모에게 양육된 아이는 허무주의나 패배주의에 빠지지 않고, 설령 우울증이 와도 쉽게 극복한다.

부모도 취미가 필요하다
단, 적당히!

아이보다 더 장난감을 좋아하는 부모가 늘고 있다. 요즘은 드론, 피겨, 모형 비행기, 자동차 등 어른들이 즐길 수 있는 장난감도 매우 다양하다. 어린 시절 경제적인 이유 등으로 실컷 놀아 보지 못한 부모는 경제력을 가진 어른이 되었을 때 아이처럼 놀고 싶어 하는 무의식적인 소망을 보상심리처럼 품을 수 있다. 과거에는 사회적 체면 때문에 감히 장난감을 갖고 놀지 못했지만, 여러 가지 삶의 다양성을 인정하는 요즘은 어른도 쉽게 장난감을 갖고 놀 수 있다.

문제는 부모가 장난감을 갖고 놀 경우, 자녀는 부모와 자신의 차이를 잘 느끼지 못하여 부모에게 권위적인 상을 투사하지 못한다는

208

점이다. 심지어는 장난감을 두고 부모와 자녀가 서로 싸우느라 정작 가장 중요한, 제대로 된 자녀교육을 하지 못하는 사례도 늘고 있다. 또한 아이와 함께 있을 때마다 부모가 일하는 모습보다 노는 모습을 더 많이 보여주기 때문에 자녀는 자신의 부모가 항상 노는 사람인 줄 착각할 수도 있다. 그렇게 되면 부모로부터 배워야 하는 일의 즐거움이나 노동과 관련된 건전한 윤리의식을 미처 갖추지 못할 가능성도 커진다.

반대로 취미가 없는 부모 역시 바람직하지 않다. 아이가 문화적 자극을 제대로 받지 못해 상상력이 부족하고 정서적으로 메마른 인간으로 성장할 수 있기 때문이다. 한 예로 부모가 지나치게 일만 하고 즐거움이라고는 하나도 모르는 사람처럼 자녀에게 보이자, 그 반작용으로 자녀가 이런 선언을 한 경우가 있다. "나는 즐거운 면이 하나도 없는 일 따위는 절대 하지 않고 베짱이처럼 삶을 즐기기만 하겠어요!"

부모가 적당하게 일하고 적당하게 쉬며 적당하게 취미생활을 하는 모습을 자녀에게 보여주는 것도 교육이다. 남 보기 그럴듯한 취미는 아닐지라도, 부모 스스로 무언가 삶을 윤택하게 할 수 있는 재미를 갖고 산다면 아이 역시 허무주의나 패배주의 혹은 우울증 등이 와도 이를 쉽게 극복할 수 있다.

건강한 정신은 열심히 일하며 잘 놀고 잘 쉴 때 유지된다. 규칙적으로 쉬는 것은 자동차가 고속도로를 달릴 때 한두 시간 달리고 꼭 쉬어야 사고나 고장이 잘 나지 않는 이치와 같다. 부모가 자신을 한번도 쉬어본 적이 없는 고속도로 위 자동차처럼 느낀다면 매우 심각한 상황이니, 지금부터라도 자녀와 열심히 놀고 취미생활도 하며 쉴 수 있는 시간을 마련해야 한다.

부모와 자녀가 비슷한 취미를 갖고 있어서 평생 친구처럼 지낼 수 있는 가족의 만족도는 그렇지 않은 가족보다 월등히 높다. 부모가 예술가면 자녀도 그 계통의 일을 할 가능성이 높고 부모가 운동을 좋아하면 대개는 자녀도 운동을 좋아한다. 유전자의 영향도 있지만, 서로 취미를 공유한다면 그 취미를 통해 가족 간의 유대관계와 신뢰 역시 더욱 공고해질 수 있다. 다만 아무리 좋은 취미라도 타인에게 강요할 수 없듯이 자녀에게도 부모의 취미를 함께하자고 강요할 수 없다는 점을 꼭 유념해야 한다. 또 취미 생활을 한답시고 아이에게 교육적으로 행동하면 이미 그것은 취미가 아니라 나머지 공부가 될 뿐이다. 그러니 자녀에게 절대로 고압적인 자세로 무언가를 가르치려 하지 말아야 한다. 동호회처럼 서로의 취미를 공유하면서도 자녀의 선택을 최우선으로 존중해야 한다.

외향형 부모와
내향형 부모

부모의 성향이 한쪽으로 치우치지 않고 외향형과 내향형이 적당히 혼합된 양육태도를 가진다면 아이의 성격도 그만큼 균형 있게 발전할 것이다.

외향형과 내향형의
조화가 필요하다

흔히 '외향형' 하면 친구가 많아 혼자 지낼 틈이 없는 사람을, '내향형' 하면 누군가와 어울리기보다 혼자 자기만의 세계에 빠진 사람을 연상할 수 있다. 그러나 융 심리학에서 말하는 외향형과 내향형의 구분은 좀 다르다. 사고와 행동의 준거 기준이 외부에 있으면 외향형이라 하고 내부에 있으면 내향형이라고 한다. 쉽게 설명하자면, 항상 혼자 조용히 지내지만 타인에게 욕먹지 않고 멋지게 보이는 것을 중요하게 생각한다면 외향형이다. 반대로 활발하게 사람들과 만나고 다양한 취미활동도 하지만 남이 어떻게 생각하든 자기 내부의 판단과 감정이 더 중요하면 내향형이다.

부모의 성격 유형에 따라 자녀교육 역시 조금 다를 수 있다. 외향형 부모라면 아이에게 "그러면 남이 너를 어떻게 보겠니?" "남이 불편해하지" "남에게 무시당할 수 있어" 하는 식의 말을 자주 할 것이다. 반대로 내향형 부모라면 "넌 왜 그렇게 남에게 휘둘리니" "네가 생각하는 대로 살아. 남이 뭐가 중요하니? 네가 행복하면 되지" 하는 식으로 반응할 것이다.

둘 중 어느 쪽이 더 성숙하고 좋은 부모라고 말할 수는 없다. 남을 지나치게 의식하면 병이 되지만 타인과 보조를 맞추어 조화롭게 사는 것도 일종의 사회적 기술이기 때문이다. 지나치게 자폐적으로 자기 안에만 빠져 살아도 발전이 없다. 하지만 주변 사람들을 조금 힘들게 할지라도 남을 의식하지 않고 자신에게만 집중한다면 에너지 낭비를 줄여 정말 중요한 일에서 뛰어난 성과를 낼 수도 있다. 그러니 부모의 성격이 지나치게 한쪽으로 치우치지 않고 외향형과 내향형이 적당히 혼합되어 있다면 아이의 성격도 그만큼 균형 있게 발전할 것이다.

문제는 부모와 아이의 성향이 맞지 않을 때이다. 항상 체면만 생각하는 외향형 부모는 자기가 좋아하는 것만 하려는 내향형 자녀를 이기적이라 생각할 것이고, 자기부터 먼저 생각하는 내향형 부모는 친구부터 배려하는 외향형 자녀를 줏대도 없고 자존감도 없는 아이로 오해할 수 있다. 따라서 자녀의 친구 관계 혹은 가치 체계를 보고 판단하기 전에 부모 자신이 먼저 어떤 성향을 가졌는지, 그 성향이 지나치게 한쪽으로 쏠린 것은 아닌지, 그 성향을 다른 사람에게 강요하고 있는 것은 아닌지 등을 살펴야 한다. 아울러 자녀의 성향 역시 자녀가 타고나거나 선택하는 것이므로 부모의 지나친 강요가 해로울 수 있음을 기억해야 한다.

'아버지는 사고적 내향형, 어머니는 직관적 외향형, 딸은 감정적 내향형, 아들은 감각적 외향형' 하는 식으로 가족 구성원 모두 성격이 달라 서로를 이해하지 못하는 경우가 있다. 구체적으로 설명하자면, 사고적 내향형인 아버지는 독서를 즐기고 합리적으로 무언가를 따져 구조화하는 것을 좋아한다. 직관적 외향형인 어머니는 다른 사람과 만나는 것을 즐기고 어떤 일을 정할 때에 자신의 직관으로 선택한다. 예를 들어 부동산이나 주식에 투자한다면 어머니는 느낌이 오는 것으로 결정하지만 아버지는 자료나 데이터 없이 즉흥적으로 결정하는 어머니가 못마땅하다. 어머니 눈에는 아버지가 비사교적이고 답답한 사람처럼 보이고 아버지 눈에는 어머니가 번잡스럽고 무의미하게 사람만 만나고 다니며 충동적으로 일을 저지르는 사람처럼 보이는 것이다. 아버지를 닮아 내향형이지만 감정적인 딸은 꼼꼼하게 무언가를 만들어내지는 못하지만 혼자 음악을 듣거나 그림을 그리는 행위를 즐기는 사람이다. 그러나 아버지 눈에는 결과를 만들지 못하는 딸이 무능력해 보일 수 있고 어머니 눈에는 아버지를 닮아 친구도 없이 혼자 노는 외톨이로 보일 수 있다. 어머니를 닮은 외향형에 감각적인 아들은 멋 내는 것을 좋아하고 오감이 예민해서 맛있는 음식을 먹으러 다닌다든가 근사한 동네에 가서 노는 것을 좋아한다. 어머니 눈에는 그런 아들이 무책임하고 이기적으로 보이고 아버지 눈에는 어머니를 닮아 쓸모없는 일만 벌이고 사치하며 돌아다니는 것처럼 보일 수 있다.

이렇듯 외향형과 내향형은 한 가족 속에서도 다양한 모습으로 존재하며 서로를 이해하지 못하게 만드는 걸림돌이 될 수도 있다. 그러나 반대로 이런 다른 특성을 부정적으로만 보지 않고 닮고 싶은 장점으로 인정한다면 오히려 좋은 하모니를 이룰 수도 있다. 이것이 부모가 자신의 잣대로 자녀를 판단하고 재단하기 전에, 우선 자신과 배우자의 성격 구조나 특성 및 장단점을 먼저 이해해야 하는 이유이다.

자녀를 보다 창조적인 인재로 키우기 위해 부모에게 필요한 덕목은 다양성에 대해 열린 태도를 지니고 있어야 한다는 것이다. 사람은 모두 다르므로 외향형, 내향형, 사고형, 직관형, 감각형, 감정형 같은 성격 유형 중 어느 것이 우월하고 바람직한지에 대해 따지는 것은 바보 같은 짓이다. 하물며 항상 얼굴을 맞대고 같이 살아야 하는 가족에게 자신과 다르다고 판단하고 규정하는 등의 경직된 태도를 갖고 있다면 가족의 발전에 도움이 되는 생산적인 갈등이 아니라 관계를 망치는 파괴적인 갈등만 유발할 것이다. 나와 다른 성격 특성과 가치관을 가진 타인에 대한 여유 있는 태도는 부모 자녀 관계 및 친구 관계나 사회생활에서도 꼭 필요한 덕목임을 잊지 말자.

종교적 부모와 현실주의적 부모

부모는 아이가 자신과 다른 종교를 믿더라도 아이의 종교관을 관대하게 받아들여야 한다. 그래야 자녀가 보다 융통성 있고 관용할 줄 알며 모나지 않은 훌륭한 어른으로 성장할 수 있다.

**종교에 대한
융통성을 가져라**

부모는 종교가 없더라도 자녀에게는 종교교육을 하는 것이 자녀교육에 큰 도움이 될 수 있다. 종교란 자잘한 일상과 욕심에 구애되는 현실을 뛰어넘는 것이다. 또한 무의미한 일을 의미 있게 해주는 여러 가지 긍정적인 면을 갖고 있다. 우울증으로 자살 충동에 빠져 있다가도 종교를 믿고 의지하다 보면 성모님, 예수님, 부처님과 같은 절대자를 생각하거나 천국과 지옥에 대한 생각으로 자살 충동을 극복하는 경우도 있다. 절대자에 대한 사랑과 신앙으로 인생의 의미를 나름대로 터득하여 자신이 믿는 바를 실천에 옮기는 행동력이 커졌기 때문이다.

다만 부모가 자녀에게 자신의 종교를 지나치게 강요해서 아이의 건강한 호기심과 성장을 위해 꼭 치러야 하는 방황할 기회를 미리 막아 버린다면 자녀와의 사이도 나빠지고 자녀가 성숙해질 기회마저 뺏을 수 있다. 그러니 자녀가 부모와 다른 종교를 믿더라도 일단은 아이의 종교적 경향성을 인정해 주어라.

물론 가족 모두 같은 종교를 믿고 그 종교를 중심으로 서로 의지하며 삶을 살아가는 모습은 참으로 이상적이지만, 복잡한 종교가 서로 얽혀 있는 대도시에서 그런 삶을 사는 것은 현실적으로 매우 어려운 일이다. 소설 『파이 이야기(Life of Pie)』의 주인공처럼 여러 가지 종교를 접해보고 그중 좋은 점만 추려 통합해보는 경험도 아이의 성장에는 도움이 된다. 그러니 사이비 종교만 아니라면 부모가 아이의 종교에 대해 관대하게 받아들이는 게 좋다. 그래야 아이가 보다 융통성 있고 관용할 줄 알며 모나지 않은 훌륭한 성격으로 성장할 수 있다. 아이의 종교적 신념에 대해 존중해주며 부모 역시 자신의 신앙생활을 더 단단하고 행복하게 꾸려간다면 언젠가는 아이가 부모와 같은 종교를 믿게 될 가능성도 높다.

칼 융의 아버지는 목사였지만 자신의 신앙에 항상 회의를 느끼고 매우 괴로워했다. 융이 기독교뿐만 아니라 다양한 종교에 관심을 두고 깊이 공부할 수 있었던 이유 중 하나가 아버지의 그런 갈등과 방황 때문이었다. 어쩌면 부모 자신이 삶의 의미를 찾아 길을 헤매는 것 자체가 아이에게는 좋은 본보기가 되지 않을까?

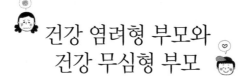

건강 염려형 부모와
건강 무심형 부모

부모가 지나친 건강 염려증으로 주변 사람을 피곤하게 하는 환경에서 자란 자녀일수록 죽음에 대한 공포나 질병에 대한 불안감을 호소하는 경우가 많다.

부모의 불안한 마음부터
다스려야 한다
　　지나치게 건강을 염려하여 본인은 물론 자녀까지 힘들게 하는 부모도 나는 임상에서 자주 만나고 있다. 예를 들어 아이를 지나치게 집안에서만 키워 오히려 잔병치레하게 만들고, 음식을 함부로 먹이지 않겠다는 부모의 다짐이 아이를 편식쟁이로 만드는 것이다. 병균을 막겠다고 지나치게 깔끔하게만 사는 것은 오히려 알레르기나 천식 같은 자가면역질환에 걸릴 확률을 높인다. 어디 가면 사고라도 당할까 봐 일체 실외활동이나 장거리 여행을 하지 못하게 하는 부모도 있는데, 이 모두 자녀의 성장에 방해가 되는 행위이다.

　　또한 이런 부모는 항상 "어디가 아프다. 혹시 내가 큰 병에 걸린

게 아닐까" 하는 지나친 건강 염려증으로 가족은 물론 주변 사람들까지 피곤하게 한다. 이런 분위기에서 자란 자녀일수록 죽음에 대한 공포나 질병에 대한 불안감을 호소하는 경우가 적지 않다.

그렇다면 어떤 부모가 건강염려증에 걸릴까? 우선 자신의 부모가 병약하거나 일찍 사망한 경우가 있다. 자신도 아이를 낳아 키우다 보니 그 시절의 상처와 기억이 되살아나 무의식적으로 '나도 내 부모처럼 아이를 두고 일찍 죽으면 어쩌지' 하는 걱정을 하는 것이다. 부모가 되면 무의식 속에 묻혀 있던 어린 시절의 기억들이 마치 데자뷔처럼 의식의 수면 위로 떠올라 마음을 다시 아프거나 무겁게 만들기도 한다. 또 본인이 어릴 때부터 골골하였거나 사고를 겪은 적이 있다면 어린 시절의 자신을 닮은 아이가 자기처럼 아플 수도 있으리라는 걱정을 할 수도 있다.

요즘은 외둥이가 많아 대부분 아이가 금이야 옥이야 대접받으며 자라고 있다. 자녀가 조금만 아파도 부모가 호들갑을 떨며 좋다는 약은 전부 구해다 먹이고 몸이 나을 때까지 학교에 보내지 않으며 힘든 일은 부모가 다 해주어 자녀는 쉽고 편한 일만 하도록 하는 식이다. 그렇게 자란 아이가 어떤 어른이 될지 뻔하지 않은가? 아무리 귀하게 자라도 언젠가는 병이 날 수 있고 사고가 날 수 있는 것이 사람 사는 이치이다. 무조건 감싸기만 하면 세상에 대한 저항력이 떨어져 오히려 큰 낭패를 볼 수도 있다.

요즘 점점 아토피로 고생하는 아이가 증가하는 이유 중 하나로 청결을 지나치게 강조하고 자연과 어울려 사는 삶이 차단된 교육환경을 꼽는 사람이 많다. 한 예로, 예전에는 논에서 개구리를 잡아 곧잘

구워먹었다. 현대 의학이 규명한 바로는 개구리 피부에는 균을 소독하고 치유하는 펩타마이드 성분이 다량 들어 있다고 한다. 또 페니실린 같은 약재가 곰팡이에서 추출되었다는 것은 널리 알려진 상식이다. 그러니 건강을 염려하는 것도 좋지만, 자녀에게 많은 경험을 하게 하는 것이 오히려 아이에게 더 도움이 될 수 있음을 기억하자.

그런데 반대로 아이를 무관심 속에 버려두는 부모도 의외로 많다. 내가 치료한 외국인 환자 중에는 어린 시절 자전거를 타다 다리 뼈에 금이 갔는데도 부모가 아무런 조치도 취하지 않고 자신을 그저 바라보기만 해서 결국 스스로 절룩거리며 병원에 갔던 이야기를 하다 울어버린 사람이 있다. 만약 그때 부모가 상처를 봐주고 얼른 병원에 데려가기만 했다면 자신이 아주 오랫동안 술에 빠져 있지 않았을 것이란 말도 덧붙였다. 알코올 중독은 부모의 사랑을 받지 못할 때 주로 생기기 때문에 그 환자의 우울증과 알코올 중독증의 원인은 부모의 무관심과 무지였다고 할 수 있다.

신체적인 사고보다 더 큰 문제는, 전문가의 도움이 필요할 정도로 큰 정신적인 사고가 아이에게 일어나도 부모가 그냥 내버려두는 경우이다. 아이가 성폭력 혹은 성추행을 당하거나 왕따 등 학교 폭력을 당한 경우 적지 않은 부모가 '그냥 입 다물고 살자' 하는 식으로 문제 상황을 회피한다. 이럴 경우, 아이의 마음에는 결코 지울 수 없는 상처가 남는다. 이제 우리나라에도 좋은 상담 전문가가 많다. 과거와는 달리 상담의 문턱도 많이 낮아졌다. 만약 자녀에게 정신적으로 심각한 일이 일어났다면 제대로 훈련받은 상담가와 어떤 식으로든 꾸준히 상담을 받게 하는 것이 옳다. 아무리 부모가 훌륭하다 해도 때때로 남의 도움을 받는 것도 필요하니, 부모는 자신의 체면보다 아이의 상처에 대해 더 생각한 후 행동하길 바란다.

물론 아이는 이런저런 일을 겪게 하며 강하게 키워야 한다는 것에는 변함없다. 하지만 최소한의 위생은 지켜주고 때가 되면 필수 예방접종은 반드시 해주어야 한다. 지금도 저개발국가의 아이들은 태어나자마자 죽거나, 운 좋게 살아남았다고 해도 성인이 되기 전에 이런저런 사건이나 사고 및 질병 등으로 사망하는 경우가 대부분이다. 선진국도 아쉽기는 마찬가지이다. 경제발전으로 엄청나게 화려해진 도시의 뒷골목에는 아직도 아프리카보다 못한 환경에서 병과 사고로 신음하는 아이가 적지 않기 때문이다.

경제적으로 풍족하지 못해 사는 것이 여의치 않더라도, 부모는 자신의 능력껏 자녀에게 안전하고 쾌적한 환경을 제공해야 한다. 그것이 부모의 의무이다. 그리고 쾌적한 환경은 크기와 넓이가 중요하지 않다. 작은 공간이라도 잘 가꾸고 깨끗하게 유지하면 얼마든지 아이에게 좋은 환경을 만들 수 있음을 부모는 명심하자.

변화를 두려워하는 부모와 변화를 예측할 수 없는 부모

이미 자아 형성이 끝난 어른이라면 갑자기 주변 환경이 바뀌어도 금세 적응할 수 있다. 하지만 아이의 경우 환경이 급격하게 바뀌면 환경에 적응하느라 정신 에너지를 많이 소모하기 때문에 각종 질환에 걸릴 확률도 그만큼 높아진다.

지나치게 완고하거나 지나치게 예측 불가능하거나

철학자 칸트처럼 매사가 틀림없고 변함없는 고정적인 생활을 하는 부모는 아이에게 안정감을 줄 수 있지만 동시에 따분함과 답답함도 줄 수 있다. 부모가 매번 똑같은 옷을 입고 똑같은 장소에서 음식을 먹으며 매년 같은 곳으로 휴가를 간다면 자녀는 창의적인 발상을 하기 힘들다. 또 새로운 상황을 만나면 적응하기 위해 매우 큰 에너지를 필요로 하게 된다. 심지어 갑작스러운 상황이 닥치면 크게 당황해서 도망칠 생각부터 할 수도 있다.

지나치게 규칙적이고 예외 없는 생활만 하는 부모 밑에서 성장한 자녀일수록 교육자나 공무원 등 고정적이고 안정된 환경의 직업을 선호하는 경우가 많다. 사업이나 정치와 같이 예측 불가능한 일을 수행해야 하는 것을 꺼리기 때문이다. 또한 변화를 두려워하고 매사에 겁부터 내기 일쑤이다. 취직할 때도 겁을 내어 취직이 힘들고, 요행히 취직을 한다 해도 직장에서 매뉴얼대로만 움직이려는 통에 결국 조직에서 시키는 일밖에 못 하는 사람이 될 수 있다.

반대로 항상 예측 불가능한 인생을 사는 부모 역시 문제이다. 예를 들어 어느 날 갑자기 전세금을 빼서 세계여행을 가자고 한다거나 사업을 하겠다고 아무런 계획 없이 무작정 직장부터 그만두는 부모가 그런 경우이다. 이미 자아 형성이 끝난 어른이라면 주변 환경이 다소 바뀌어도 금세 적응할 수 있지만, 그렇지 않은 아이의 경우에는 환경이 급격히 바뀌면 신체적으로나 정신적으로 각종 질환에 걸릴 확률이 그만큼 높아진다. 바뀐 환경에 적응하느라 정신 에너지를 많이 소모하기 때문이다.

역동적인 인생을 살고 싶은 부모라도 일단 아이를 가진 후에는 적절한 안정감을 유지하는 것이 좋다. 떠돌이 악극단에서 태어나 전국을 돌아다니는 아이에게 진득하게 앉아 공부하는 모습을 쉽게 상상할 수 없듯이 적당한 안정감은 아이의 자아 형성에 꼭 필요하다. 특히 조울증을 앓거나 정서가 불안정한 부모의 자녀라면 언제 부모가 엉뚱한 선택을 할지 몰라 초조하고 불안해질 때가 많으므로 제대로 집중하는 법을 익힐 수가 없다.

어린 시절 가족 모두 외국에서 살았던 O씨의 병력을 들어 보니 부모에게도 정신적인 문제가 있었다. 아버지가 조증일 때면 식구들은 무조건 짐을 싸서 어디로든 여행을 떠나야 했다. 그럴 때면 아버지는 뭐가 좋은지 지나치게 싱글벙글했고 원하는 것은 뭐든지 다

사주었다. 그러나 학교 숙제나 친구와의 약속 등 자신의 사생활은 깡그리 무시당한 채 아버지의 기분에 따라 이리저리 휩쓸려 다녀야 했기 때문에 아무리 좋은 선물을 받아도 행복하지만은 않았다고 그는 말했다. 그러다 아버지가 조증을 지나 우울증이 시작되면 몇 주가 되든 꼼짝없이 집에만 틀어박혀 계셨다고 한다. 그럴 때는 아버지가 언제 어디서 무슨 일로 짜증을 낼지 몰라 온 가족이 숨을 죽이고 살아야 했다. 안타깝게도 아버지의 이런 변덕스러운 조울증을 O씨도 그대로 이어받아 현재 그는 조울증 치료를 받고 있다. 유전적인 영향도 있긴 하지만, 이처럼 언제 어떻게 변할지 모르는 성장환경 역시 조울증 발생에 일조한다.

이와는 반대의 환경에서 성장한 K씨의 경우를 보자. K씨의 아버지는 가족을 이끌고 해마다 같은 곳으로 휴가를 떠났다. 그래서 K씨는 날씨가 좋든 태풍이 오든 상관없이 늘 갔던 해변과 늘 묵는 호텔에서 휴가를 보내야 했다. 새로운 장소에도 가보고 싶었지만 변화를 싫어하는 아버지 때문에 성인이 되어 독립할 때까지 똑같은 곳밖에 갈 수 없었다. 그 때문인지 어린 시절에는 상당히 똑똑한 K씨였지만, 대학을 졸업한 후 그는 한 번도 직업을 가져본 적이 없다. 새로운 일을 시작하는 것이 두렵고 힘들어서 기업에 지원서조차 내본 적이 없다고 한다. 대학 입학 지원서야 담임선생님과 어머니가 대신 알아서 써주었지만 취직은 자신이 직접 해야 하는데 새로운 일을 하기가 겁이 나서 매번 좌절한다고 했다.

부모가 일관성 있는 안정된 삶을 추구하는 것은 좋지만 자녀의 상상력과 추진력을 꺾어놓을 만큼 변화 없는 생활을 하는 것도 바람직하지는 않다. 때때로 의외의 사건을 겪으면서 삶 그 자체가 탐험여행이 될 수 있다는 것을 경험해야 아이는 창의적인 사람으로 성장할 수 있다.

반대로 예측할 수 없는 상황에 아이를 지속적으로 노출시키면 아이는 항상 위험에 둘러싸여 살아야 하므로 창의적인 사람이 되기보다는 겁 많고 소심하며 경직된 사람으로 자랄 수 있다. 그러니 아이의 수준과 역량에 따라 아이가 세상에 적응할 수 있을 정도로 조금씩 새로운 일을 경험할 수 있게 도와주는 것은 부모가 자녀교육에서 해야 할 큰 숙제이다.

서두르는 부모와
느릿느릿한 부모

자녀를 사회에 잘 적응할 수 있는 사람으로 키우기 위해서는 부모 역시 세상의 변화에 잘 따라가는 사람이 되어야 한다. 물론 부모 자신만의 가치관을 가질 수는 있지만 이를 자녀에게 강요해서는 안 된다.

부모의 가치관을 자녀에게
강요하지 마라

매사를 경쟁적이고 발전 지향적으로 살아온 베이비붐 세대 중에는 무슨 일을 하든 서두르는 성격 급한 부모가 매우 많다. 항상 아이보다 더 빨리 행동하며 "빨리 준비해!"라는 말을 달고 산다. 그런 말을 듣고 자란 자녀는 혼자 할 수 있어도 부모가 다그치기 전까지 꼼짝 하지 않는 경우가 많다.

아이가 자신의 속도에 맞추어 계획을 짜고 실천하는 것을 기다리지 못해 부모가 먼저 자신의 기준대로 계획을 세운 후 자녀에게 실천을 강요하는 경우도 바람직하지 않다. 이는 성급한 부모가 저지르는 대표적인 실수 중 하나이다. 이렇게 되면 아이 입장에서는 무슨 일이든 스스로 성취하는 즐거움을 느끼지 못해 매사가 재미없게 느껴질 수 있다. 항상 아이보다 앞서서 부모가 모든 것을 해주게 되면 (조금 과장해서) 나중에는 아이의 회사 업무도 대신해주고 집안일도 대신해주며 손주도 대신 키워주는, 하나에서부터 열까지 부모가 무엇이든지 해주어야 하는 상황이 발생할 수도 있다.

이런 부모 밑에서 자란 아이가 성인이 되어 자신의 부모처럼 급한 성격을 가지게 된다면 자신과 성격이 반대인 느긋한 사람을 견디지 못해 사회생활과 인간관계에서 심각한 갈등이 생길 수도 있다. 그러니 자녀가 바르게 성장하기 위해서는 부모가 조금은 여유를 가지는 것도 필요하다.

반대로 자녀는 하루가 다르게 성장하고 있는데 반해 부모는 매번 뒷북을 치며 과거 타령만 하는 경우도 있다. 돈이 있어도 온 집안이 골동품을 빙자한 주위 온 고물로만 가득 차 있거나 본인이 역동적으로 변하는 사회를 따라가지 못해서 자녀에게까지 과거 방식으로 살라고 강요하는 것이 그 예이다.

부모가 세상의 변화에 어느 정도 따라가 주어야 자녀 역시 사회에 잘 적응할 수 있는 사람으로 성장할 수 있다. 물론 뜻한 바가 있어 부모 자신은 절대로 변하지 않는 가치관을 가질 수는 있지만, 부모의 이런 가치관을 자녀에게 강요해서는 안 된다. 부모는 자녀가 성장할수록 자신의 시대착오적이거나 지나치게 느린, 혹은 빠른 삶의 방식을 다시 검토하여 자녀가 자유롭게 앞으로 나아갈 수 있도록 도와주어야 한다.

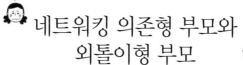

네트워킹 의존형 부모와 외톨이형 부모

무슨 일이든 아이 스스로 결정하도록 맡기는 것이 아이의 성장에 훨씬 더 도움이 될 수 있다. 직접 문제를 해결해 나가면서 능동적인 태도를 갖게 될 수 있기 때문이다.

아이에게도 어느 정도 결정권을 주자

　　　　　　　　강남 학부모들 사이에서 거의 교주처럼 군림하다시피 하는 사람들이 있다. 바로 유능한 과외선생과 개인적으로 돈독한 친분을 유지하고 수준이 비슷하고 성향이 잘 맞는 아이들을 모아 스터디 그룹을 만들어 전부 명문대에 보낸, 이른바 '입시의 신'인 부모들이다. 자녀의 성적과 입시에 목을 매는 부모는 이런 부모와 개인적인 친분 관계를 만들기 위해 엄청나게 애쓴다. 어떡하든 최고급 입시정보를 알아내어 내 자녀도 특별한 선생님에게 특별한 공간에서 특별히 공부시키겠다는 부모의 심리와 '아이의 성적이 곧 부모의 능력'이라는 집단 최면이 만나면 이런 기이한 풍경이 펼쳐진다. 공부 잘하는 자녀를 앞세워 '갑'이 된 부모에게 하나라도 더 정보를 얻고자 하는 '을'이 된 부모는 모멸감 혹은 부러움 등을 남몰래 삭히느라 어마어마한 스트레스에 시달리기도 한다.

그렇다면 입시정보와 사교육 정보에 능통하여 자녀를 명문대에 진학시킨 부모는 과연 성공하고 행복한 부모일까? 그런 부모에게 간도 쓸개도 다 빼주면서 입시정보를 얻는다면 자신의 자녀도 공부를 잘하게 되어 명문대에 입학한 후 사회에서도 크게 성공할 수 있을까?

물론 그럴 수도 있겠지만, 내가 임상이나 사회에서 만난 사람들은 그와 반대인 경우가 더 많았다. 자립심과 생활력이 강하면서도 정서적으로 안정되어 있고 대인관계도 좋은 부모 중 자녀가 어릴 때부터 공부 스케줄을 하나부터 열까지 관리해 주는, 이른바 완벽한 매니저형 부모는 한 번도 만난 적이 없다. 반대로 그런 매니저형 부모가 성인이 된 자녀의 인생을 여전히 조종하고 간섭하여 큰 문제를 일으키는 경우는 임상이나 현실에서 적지 않게 보았다. 그러니 부모는 아이가 본인에게 중요한 일이라면 스스로 결정할 수 있도록 맡기는 것이 훨씬 더 아이의 성장에 도움이 된다는 것을 알기를 바란다. 스스로 문제를 해결하다 보면 적극적인 성격과 능동적인 태도를 갖게 될 수 있기 때문이다.

반대로 지나치게 다른 사람들과 사회적 교류 없이 극단적 외톨이로 지내는 부모도 아이에게 나쁜 영향을 준다. 어느 정도 세상의 변화를 이해하고 아이에게 꼭 필요한 적절한 정보도 다른 사람들과 주고받아야 아이가 사회성도 기를 수 있고 동기부여도 할 수 있다.

도시의 지나친 경쟁이 싫어 산골로 들어가 완전한 '자연인'으로 산다고 가정해 보자. 다 자란 성인의 경우에는 자기 스스로 선택한 결정이므로 정서적으로 별문제가 없을 수도 있지만, 부모의 결정 때문에 아이가 본의 아니게 철저하게 고립된 생활을 해야 한다면 다시 아이의 입장으로 돌아가 그 선택을 고려해 볼 필요가 있다. 스트레스를 다소 받더라도 다른 아이들과 부대끼고 자극도 받아가며 커야 '세상에는 여러 가지 일과 방식이 있다'는 것을 아이는 알 수 있다. 물론 시골생활을 하더라도 주변 이웃과 공동체의 즐거움을 느끼면서 다양한 생활방식을 경험하는 가족이 있는가 하면, 도시에 살아도 아파트에 고립된 채 철저하게 타인과 담을 쌓고 사는 가족도 있다(여기에서 말하는 도시와 시골이 '물리적인 공간'을 의미하는 것이 아니라 '사회관계의 연결 고리'를 의미한다는 것을 독자도 알고 있으리라 믿는다).

누구나 다 아는 상투적인 말이지만, 사람은 사회적 동물이다. 정말 공덕이 높은 스님이나 수사를 제외한 평범한 사람들은 주변 사람들과 이런저런 갈등을 겪고 때로는 열등감도 느끼긴 하지만 서로 필요한 도움을 주고받으면서 어울려 살고 있지 않은가. 아이 역시 다양한 사람을 만나고 이런저런 경험도 해보아야 풍성한 정신적 자원을 지닌 어른으로 성장할 수 있다는 것을 명심하자.

문화생활에 적극적인 부모와
그것을 사치라고 생각하는 부모

부모와 아이가 함께 집을 청소한 후 예쁜 꽃을 사서 식탁 위를 꾸밀 수 있는 여유는 열 마디의
잔소리보다 아이의 마음을 훨씬 풍요롭게 한다.

**부모의 성의가
중요하다**

좋은 부모가 되는 것은 의외로 아주 작은 일에서부터 시작할 수 있다. 아이와 함께 깨끗이 집을 청소한 후 예쁜 꽃을 사서 식탁 위를 꾸밀 수 있는 여유는 열 마디의 잔소리보다 아이의 마음을 훨씬 풍요롭게 채운다. TV를 보더라도 온종일 막장 드라마만 보지 말고 기왕이면 완성도 높은 교양 프로그램을 보며 자녀와 그 주제에 대해 대화를 나누어보는 것이 자녀의 인성과 감성에 더 좋은 자극이 될 것이다. 음식 역시 되는대로 접시에 쓸어담지 말고 색의 조화와 더욱 먹음직스럽게 보이는 형태를 생각하며 밥상을 준비해보라. 이런 것들을 보며 자란 아이는 세상의 미를 감식하는 안목을 틔울 수 있다. 자녀에게 옷을 입힐 때도 그저 비싼 옷

만 갖다 안길 것이 아니라 저렴한 옷이라도 색깔과 질감을 따져 멋지게 코디하는 방법을 가르친다면 아이의 자존감까지 높아지는 효과를 볼 수 있을 것이다.

쉬는 날이라고 부모가 온종일 소파에 누워 TV나 스마트폰만 들여다보지 말고 아이를 데리고 음악회나 전람회, 박물관 등을 순례한다면 아이는 부모와 좋은 추억도 쌓고 세상에 대한 호기심을 키울 수 있다. 꼭 비싼 공연이나 전시회가 아니어도 된다. 잘 찾아보면 무료 음악회나 작은 전시회도 정말 많다. 요즘에는 인터넷이나 스마트폰 등으로 누릴 수 있는 것이 많아져 문화생활을 꼭 돈과 연결해 "우리 집은 돈이 없어서 불가능해"라고 포기하지 않아도 되는 세상이다. 인터넷으로 동영상을 보며 독학으로 악기를 익히고 그림을 그리며 유튜브를 통해 공짜로 좋은 강의를 듣는 것도 얼마든지 가능한 시대이다. 부모의 성의와 시간이 문제이지 돈이 문제가 아닌 시대가 된 것이다.

세계적으로 유명한 예술가의 비싼 전시회를 보고 전시회장에서 일회성 이벤트로 마련한 수박 겉핥기식 체험을 하는 것보다 스케치북 한 권과 색연필 한 다스를 들고 나가 아이는 직접 풍경을 그려보고, 부모는 그런 아이의 모습을 지켜보며 자신 역시 그 풍경 속에서 평화로움과 여유를 느낄 수 있다면 훗날 부모와 아이 모두에게 그 순간은 멋진 추억으로 자리 잡을 것이다.

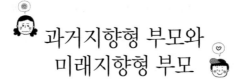

과거지향형 부모와
미래지향형 부모

"엄마(아빠)가 어렸을 적엔 말이지……"로 시작하는 과거 회상용 이야기는 부모에게는 그 시절을 추억하는 순간일지도 모르지만, 자녀에게는 들어봤자 모르는 이야기를 듣는 지루한 순간이 될 수도 있다.

**자녀와 '지금 현재'를
잘 살아야 한다**

　　　　　　　　　　과거 자신이 얼마나 잘나갔는지, 혹은 얼마나 공부를 잘했는지, 또는 얼마나 많이 고생했는지에 대해 자녀와 이야기하고 싶어 하는 과거지향형 부모들이 있다. 아예 대놓고 "우리 집안은 이런 명문가였고 너희 할아버지나 할머니, 나 자신은 이런 훌륭한 일을 한 사람이었다"는 것을 강조하는 부모도 있다. 물론 자녀에게 자신이 어떤 집안의 자손이라는 자부심을 심어주고 집안의 가풍이나 전통 등을 알려주는 것은 자녀의 정체성 형성에도 매우 도움이 된다. 그러나 아이의 귀에 딱지가 앉을 정도로 지나치게 "우리 집안은 과거에……" 혹은 "아빠 엄마 어린 시절에……"만 입에 달고 산다면 자녀는 금세 부모와의 대화에 싫증을 느끼게 될 것이다. 부모에게는 향수에 젖어 그 시절을 추억하는 순간이지만, 과거를 추억하기보다 앞으로 다가올 미래를 상상하는 것이 더 즐거운 자녀에게는 자신이 알 수 없는 이야기를 듣고 있어야 하는 그저 지루한 순간일 뿐이다.

반대로 아이의 미래를 위해서라는 이유로 지나치게 현재를 희생하는 미래지향형 부모 역시 자녀를 힘들게 한다. 부모가 집을 통해 재테크하느라 잦은 전학을 해야 했던 자녀는 '큰 집'이라는 미래 때문에 희생당한 자신의 학창시절이 아깝고 억울할 것이다. 나중에 나이가 들어 고생할 수 있으니 지금 열심히 공부해야만 한다고 강요하는 부모도 자녀의 반발을 살 수 있다.

항상 현격한 발전만 거듭하던 경제 성장 시기에는 미래를 위해 현재를 희생하는 것을 어느 정도 용인하는 분위기였다. 그러나 더는 고도성장을 이루지 못하고 미래에 과연 얼마나 행복한 삶을 살 수 있을지 알 수 없는 요즘에는 미래를 위해 현재를 무조건 희생하라는 부모의 요구 자체가 자녀에게 큰 설득력이 없다.

내 아이가 어떤 유형인지
알아야 하는 이유

　엄밀히 따지자면, 자녀를 세분화하여 유형화하는 모색 자체가 사실은 어불성설이다. 어떤 자녀도 특정 유형에 100퍼센트 꼭 들어맞는 경우는 없기 때문이다. 예를 들어 같은 과잉행동 증후군 진단을 받았다 해도 아이들은 백이면 백 다 다르게 행동하고 사고한다. 즉 모든 아이에게 완벽하게 적용할 수 있는 마법 같은 자녀교육법은 이 세상에 없다.

　하지만 그럼에도 이렇게 아이들을 분석하여 유형화한 이유는 아이를 키우는 것이 처음이라 모든 것이 낯설고 어려워도 주변에 도움을 구할만한 사람이 없어 힘들고 혼란스러운 젊은 부모들에게 직접 도움을 주지는 못하더라도, 이 책을 통해 자녀교육에 작은 팁이라도 주었으면 하는 나의 바람 때문이다.

　그러니 이 글이 자녀교육으로 힘들어하는 부모들에게 조금이라도 도움이 되길 감히 소망해 본다. 나는 그들이 행복해져야 우리 아이들도 행복해질 것이라고 진심으로 믿고, 지금 이 순간에도 그들을 위해 기도하고 응원한다.

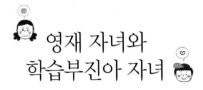

영재 자녀와 학습부진아 자녀

부모는 아이에게 성적이 인격을 나타내지는 않는다는 것과 공부 외의 방법으로도 충분히 독립적인 삶을 살 수 있다는 믿음을 주어야 한다.

성적이 인생을 좌우하지 않는다

많은 부모가 자신의 아이를 영재로 키우고 싶어 한다. 특별한 시설에서 특별한 교육만 받으면 누구나 영재가 될 수 있으며, 그들에게는 평범한 아이보다 더 좋은 앞날이 보장되어 있다고 믿기 때문이다. 그러나 부모가 아무리 애를 쓴다고 해도 범재가 영재가 될 수는 없다. 부모가 애를 쓰면 학교 성적은 올라갈 수 있지만 영재가 가진 내적 특징인 창조성과 비범한 지능 및 추진력 등은 쉽게 키워질 수 없기 때문이다. 안타까운 이야기지만, 아이를 영재교육원 같은 곳에 끌고 다니다가 부모 자녀 관계만 더 나빠지고 아이의 타고난 재능을 망치는 경우도 많다.

어린 자녀가 "너는 영재야"라는 말을 들을 때마다 어떤 기분일지,

그 말 때문에 앞으로 어떤 영향을 받을 것인지에 대해서도 한번 진지하게 생각해보자. 자신의 지능이 뛰어나다는 말을 듣고 우쭐한 마음이 들 수 있고 자신이 특별한 사람이라고 생각할 수도 있다. 그런데 막상 학교에서 기대만큼 성적이 나오지 않으면 오히려 더 크게 실망할 수도 있다. 또한 자신은 특별한 사람이라서 또래와는 잘 어울리지 못할 것이라는 생각에 스스로 사회관계에서 고립될 수도 있고, 지금은 성적이 좋지 않더라도 자신은 머리가 좋으니까 언제든 공부만 하면 좋은 성적을 받을 수 있을 것이라는 생각으로 노력을 하지 않을 수도 있다.

반대로 항상 공부를 잘하는 아이 중에는 부모가 자신을 사랑하고 자신이 주위에서 인정받는 이유가 공부를 잘하기 때문이라고 믿는 경우도 있다. 공부는 잘하지만, 그 외의 일에는 자존감이 떨어진 경우이다. 공부라도 잘하니까 부모가 자기를 돌봐주는 것이지 그렇지 않다면 사랑받을 수 없을 것이라고 생각하는 경우도 있다. 공부를 잘하기 때문에 친구들이 인정해 준다고 생각하는 경우도 있고, 반대로 그래서 공부를 못하는 아이를 무시하는 경우도 있다.

공부를 잘하고 싶지만 유전적인 결함이나 환경 등 복합적인 이유로 공부를 잘하지 못하는 아이에게는 부모는 물론 주변 사람들의 더욱 각별하고 세심한 배려가 필요하다. 성적이 곧 인격을 나타내는 것은 아니라는 것과 공부 이외에도 여러 가지 방식으로 인생을 잘 살아갈 수 있다는 사실을 말해 주어 훗날 충분히 독립적으로 살 수 있다는 믿음을 주는 것이 필요하다. 물론 그러기 위해서는 사회의 복지 수준도 지금보다는 훨씬 더 나아져야 할 것이다.

신체적 장애 혹은
고치기 어려운 병이 있는 자녀

아이가 아픈 것이 자신이나 배우자, 혹은 아이를 돌본 조부모의 잘못인 것처럼 생각되면 부모는 큰 스트레스를 받는다. 그러나 사람은 누구나 아플 수 있고 사고를 당할 수도 있다는 것을 염두에 두자.

**아이의 아픔에 부모가
죄의식을 느끼지 말라**

어떤 부모든 내 아이가 아프지 않기를 소망하지만 살다 보면 병에 걸리거나 사고를 당하는 일이 생길 수 있다. 먼지 털듯 툭툭 털고 금세 회복되면 좋겠지만, 때로는 몇 년씩 투병생활을 하거나 사고 후 후유증으로 오랫동안 고생하기도 한다. 특히 어린 시절부터 병치레를 많이 하게 되면 성격도 많이 바뀐다. 아프다는 이유로 부모가 지나치게 보호한 나머지 성격이 유약해지는 경우도 있고, 다른 자녀와의 차별로 마음에 상처를 받을 수도 있다.

반대로 부모가 자신의 아픔에 적절하게 반응해주지 않아 두고두고 부모를 원망하는 경우도 있다. 또한 사고 후 후유증이 생기거나 장기투병을 하는 경우, 아픈 자녀보다 부모가 더 우울해져 오히려 아이가 자신의 감정을 제대로 표현하지 못해 아이의 내면이 곪아가는 경우도 있다.

아이가 아프면 부모는 큰 스트레스를 받는다. 아이가 아픈 것이 자신이나 배우자의 잘못, 혹은 아이를 돌본 조부모의 잘못인 것처럼 생각되어 죄책감과 원망 때문에 집안이 풍비박산 나는 경우도 있다. 그러나 어떤 사람도 세상에 태어나 한 번도 아프거나 사고를 당하지 않는 경우가 없다는 사실을 염두에 두자. 또한 현실적으로 아이가 아픈 것이 꼭 양육자의 잘못이라고 할 수 없는 여러 요인도 있음을 반드시 기억하자.

자녀가 아픈 것은 분명 가슴 아프지만, 한편으로는 자녀와 부모가 더욱 성숙해질 수 있는 기회가 된다는 점을 위안 아닌 위안으로 삼는 것도 한 가지 방법이다. 팔다리 없는 레슬러 더스틴 카터, 선교사 닉 부이치치, 트럼펫 소녀 패트릭 헨리, 태어날 때부터 시각 장애가 있었지만 화가가 된 존 블램블리트, 루게릭병으로 투병 중임에도 공부에 매진한 박주성, 정의서, 신형진 군 같은 젊은이에게는 훌륭한 부모의 든든한 사랑과 또 그 사랑에 보답하려고 하는 스스로의 엄청난 노력이 숨어 있었다. 나는 그들과 그 부모야말로 우리 사회의 큰 스승이라고 생각한다.

자녀가 아프거나 장애가 있을 때, 대부분 부모라면 차라리 그런 불운이 자신에게 오는 것이 낫다고 할 것이다. 그만큼 자녀의 몸에 이상이 생기면 부모 역시 아프고 힘들다. 그러나 훌륭한 부모와 자녀는 그런 불운이 불행이 되게 내버려 두지 않는다. 오히려 자신들이 더 크게 성장할 수 있는 계기로 만든다. 어쩌면 그런 부모들이야말로 '좋은 부모되기'에 대한 책을 쓸 수 있는 진정한 자격이 있는 사람들이 아닌가 싶다.

자녀가 아플 때 부모가 비합리적이고 감정적인 행동을 하는 것은 아닌지, 또 자신의 스트레스를 제대로 다스리지 못해 자녀와 주변 사람을 괴롭히는 것은 아닌지 점검해볼 필요가 있다. 아울러 아픈 자녀를 돌보기 위해서라도 본인 역시 신체적으로나 정신적으로 건강관리를 잘 해야 한다는 점을 잊지 말아야 한다.

무엇보다 장애인과 장애인 부모는 사회와 나라에 지금보다 훨씬 더 당당하게 많은 것을 요구하며 환경을 개선하도록 압력을 넣어야 한다. 더불어 비장애인들 역시 장애인들의 권리가 향상될 수 있도록 많은 관심을 기울여야 한다. 장애인과 환자가 자신의 잠재된 가능성을 충분히 발휘하여 사회에 이바지할 수 있는지의 여부야말로 그 나라가 진정한 선진국이 되었다는 증거이기 때문이다.

과잉행동 증후군 자녀와 자폐 자녀

주의력에 문제가 있는 아이에게는 환경을 깔끔하게 정리해주는 것이 급선무이다. 또한 지나치게 많은 사교육을 시키고 있다면 아이가 좋아하는 것 하나만 남기고 일단은 정리하는 편이 집중력 향상에 좋다.

적절한 관심과 자극 및
적절한 상호작용의 중요성

교사에게 자주 지적받고 꾸중을 듣는 아이 중에는 사춘기 반항심 때문이 아니라 과잉행동 증후군이나 자폐적 성향 때문에 자기를 제어하지 못하는 것이 반항하는 것처럼 보이는 경우가 있다. 과잉행동 증후군이 자신과 타인 및 주변 환경을 끊임없이 교란시킨다면 자폐는 밖에서 어떤 일이 일어나든 자기 세계에만 빠져 있기 때문에 다른 사람을 불편하게 만든다. 이런 아이는 부모나 교사를 무기력하게 만들고 화나게 한다. 어떤 훈육 방법으로도 나아질 기미가 보이지 않기 때문이다.

만약 아이가 과잉행동 증후군이나 자폐 진단을 받았다면 적절한 약물요법과 행동 치료를 받도록 해야 한다. 하지만 유사 과잉행동

증후군이나 유사 자폐의 경우는 다르다. 잘못된 훈육에서 비롯된 증상이므로 약물 대신 행동 치료만으로도 충분히 나아질 수 있다.

어려서부터 지나치게 정리되지 않은 공간에서 무계획적인 시간 관념으로 아이를 키웠다면 생물학적으로는 문제가 없어도 아이가 마치 과잉행동 증후군처럼 행동할 수 있다. 즉 무조건 좋은 물건을 많이 사주고 자유시간을 많이 준다고 좋은 교육이 되지 않는다는 뜻이다. 반대로 아이의 머리를 좋게 만들겠다고 한 살도 되지 않은 아이에게 어학 DVD를 틀어주고 스마트폰 교육 어플에 지나치게 노출시킨다면 사회성을 관장하는 뇌의 발달이 느려져 아이가 자폐 아처럼 보일 수 있다. 또한 부모가 아이에게 적절한 사랑과 관심을 꾸준히 주지 않은 채 혼자 오래 내버려 두어도 아이는 자기 세계에 빠져서 남과 교류하지 않으려 한다.

결국 부모의 적절한 관심과 자극 및 상호작용이 유사 과잉행동 증후군과 유사 자폐를 예방할 수 있다는 이야기이다. 그렇다면 이런 문제가 이미 생긴 경우에는 어떻게 해야 할까? 주의력에 문제가 있는 아이라면 우선 주변에 널려 있는 많은 물건을 정리하고 환경을 깔끔하게 해주는 것이 급선무이다. 또한 지나치게 사교육을 많이 시키고 있다면 아이가 좋아하는 것 하나만 남기고 일단은 정리하는 것이 좋다. 아이에게 많은 것을 시키기보다는 하나라도 제대로 집중하도록 해야 한다. 부모 역시 자신의 물건과 스케줄을 정리하고 집중력을 방해하는 인터넷 웹서핑이나 스마트폰 사용 등을 자제하며 아이와 함께 주의력을 키우는 훈련을 해야 한다.

아이가 유사 자폐일 경우 부모는 아이와 신체적 접촉을 늘리는 것이 좋다. 많이 안아주고 쳐다봐주며 아이의 이야기를 들어주고 웃어주는 시간을 늘려야 한다. 즉 자기 세계에 빠진 아이에게 조급하게 빨리 밖으로 나와 부모와 무언가를 하자고 강요하지 말고 부모가 먼저 아이의 세계에 들어가 보도록 노력하는 것이다. 모형 만들기나 만화, 게임 등에 빠져 있는 아이라면 그런 활동을 같이 하며 아이와 교감을 나누는 것이 자폐 세계에서 아이를 빨리 꺼내올 수 있는 방법 중 하나가 될 것이다.

또한 부모 자신이 우울이나 불안 등의 정서적 문제가 있지는 않는지 알아보아야 한다. 이혼이나 사별, 실직 등 자신의 문제가 지나치게 심각하여 아이와 정서적으로 차단된 채 아이를 제대로 돌보지 못하는 부모라면 부모 자신이야말로 자폐 상황에 빠진 것은 아닌지도 점검해 보아야 한다.

아이는 부모의 습관과 가치관, 행동 등을 반영하는 거울과 같은 존재이다. 아이의 주의력에 문제가 생기거나 아이와 상호작용이 부족하다면 부모 자신이 지나치게 한쪽으로 치우친 것은 아닌지 먼저 살펴보아야 한다.

가슴으로 낳은 아이, 입양 자녀

자신의 입양 사실을 안 후 당황하며 정체성에 혼란을 겪는 입양 자녀가 많다. 아이가 갑자기 부모를 멀리한다든가 자신만의 세계에 빠진다든가 하면 입양에 대해 터놓고 말하는 것이 좋다.

서로에 대한 신뢰와 사랑이 가장 중요하다

핏줄을 중요하게 생각하는 우리 사회에서도 요즘은 국내 입양이 조금씩 증가하고 있는 추세이다. 나는 앞으로 더 많은 국내 입양이 이루어져야 한다고 생각한다. 아직 부모가 될 준비가 되지 않았는데 덜컥 아이가 생긴 어린 부모나 경제적인 문제 때문에 아이를 포기하는 부모를 대신해 어린 핏덩이를 키워주는 것은 사회 전체의 의무라고 믿기 때문이다.

친척끼리도 그다지 교류가 없는 요즘 같은 시대에는 갓난아기를 입양했을 경우 입양한 아이를 자신이 낳은 아이로 말하며 키우는 경우가 있다. 그러나 부모에게 형제나 자매가 있는 경우라면 입양 사실이 쉽게 알려질 수 있다. 꼭 그런 경우가 아니더라도 누구나 어릴 때 '혹시 내 부모가 친부모가 맞을까' 하는 공상을 한두 번쯤은 해보았을 것이다. 부모라고 해서 언제든지 자신의 비위를 맞춰주는 사람은 아니기 때문이다. 한데 입양 자녀의 경우 부모나 주변의 태도가 조금 이상하다면 그런 의심이 성장 후에도 계속 지속되거나 확장될 수 있다. 그런 참에 주변 어른들이 주의 없이 말하는 것을 듣고 자신이 입양되었다는 사실을 알게 되는 경우가 비일비재하다. 임상에서도 입양 자녀가 자신의 입양 사실을 알고 당황하면서 정체성에 혼란을 겪는 경우를 적지 않게 봐 왔다. 아이가 갑자기 부모를 멀리한다든가 자신만의 세계에 빠진다든가 하는 낌새가 보이면 서로 아닌 척하지 말고 입양에 대해 터놓고 말하는 것이 필요하다.

대여섯 살 이후 입양된 경우라면 "친부모가 어쩔 수 없는 사정이 있어 너를 우리에게 부탁했단다. 우리는 너를 입양하게 되어 행운이며 행복해"라는 메시지를 자주 보내는 것이 좋다. 입양된 아이는 자신이 괜찮은 아이라는 것을 보여 주기 위해 오히려 친자녀보다 더 빨리 철이 들고 매사를 열심히 하는 경향이 있다. 입양 자녀를 둔 부모는 핏줄 등을 앞세워 아이를 소외시키지 말고 적극적인 사랑을 보내달라고 주위 친척들에게도 부탁하는 것이 좋다.

자녀가 없다가 느지막이 아이를 입양한 가족의 경우, 그 가족의 친척들이 재산 문제로 아이에게 부정적인 메시지를 보내는 통에 집안이 시끄러워지는 경우가 종종 있다. 본인이 늙고 병들면 자신의 형제보다는 입양한 자녀에게 자신을 위탁하려고 생각하는 부모 입장에서는 입양 자녀를 보호하려 들 것이고, 다른 형제는 '그 아이만 없으면 재산은 우리 것이 될 텐데' 하는 생각에 서운한 감정을 가질 수 있다. 이런 경우 아예 처음부터 재산 문제를 깨끗하게 정리해서 자녀가 상처받지 않게 해주는 것이 필요하다. 또한 입양되었지만 훌륭하게 성장한 여러 사람의 사례를 설명해주며 문제는 핏줄이 아니라 서로에 대한 신뢰와 사랑이라는 점을 부모와 아이 모두 마음 깊이 새기는 것도 필요하다.

외국에 사는 내 여동생은 아예 인종도 다른 아이를 입양해 키우고 있다. 처음 몇 년은 노동 강도가 높은 자신의 일을 하면서도 말도 제대로 못하는 아이를 돌보느라 정말 고생하는 동생을 옆에서 지켜보기가 안쓰러울 정도였다. 일부러 언어장애가 있는 아이를 데려온 것도 대단한 결정이었다. 하지만 키우다 보니 아이의 언어장애는 선천적인 것이 아니라 제대로 보살핌을 받지 못해 후천적으로 생긴 것이라는 사실이 밝혀져 안타깝기도 했다.

지금은 학교 공부뿐 아니라 모든 부분에서 스스로 알아서 잘해 여동생은 로또 복권을 맞았다고 농담을 하며 행복해한다. 아이는 친부모가 아님에도 지극정성으로 키워준 부모에게 고마워서 모든 일을 더욱 열심히 하고 여동생 부부 역시 낳지도 않았는데 훌륭하게 자라준 아이에게 고마워하며 가족이 함께 성장하고 있다. 말로만 타인에 대한 배려와 사랑을 외치고 있는 나보다 힘든 과정을 직접 체화한 내 동생 부부가 더 훌륭한 사람들이라는 생각을 뼛속 깊이 하고 있다.

세상에서 가장 힘든 일 중 하나가 아이를 어른으로 키우는 것이다. 자신의 유전자를 그대로 가진 자녀에게 잘하는 것은 냉정하게 말하면 희생이 아니라 자기애이다. 하지만 자신과 피가 섞이지 않은 아이에게 사랑을 베푸는 것은 거룩한 희생이자 헌신이며 숭고한 행위이다. 하지만 인간이기에 '왜 입양을 해서'라며 때로는 회의할 수도 있고 후회할 수도 있다. 특히 입양자녀가 생각지도 못한 질병을 가지고 있어 감당하기 어렵거나, 기존에 있는 자녀와 갈등이 생겨 어찌해야 할지 고민하는 경우가 현실에서는 적지 않다.

이럴 때에는 내가 낳은 자식 역시 나를 고민스럽게 만들 때가 많다는 것을 상기해 보라. 또한 세상에는 완벽한 부모도 자녀도 없다는 점을 생각하면 도움이 될 것이다. 근본적으로 어떤 자녀도 성인이 되면 부모 곁을 떠난다. 입양이든 내 핏줄이든 자녀는 성장할 때까지 잠시 내 품을 빌려 자신의 삶을 준비하는 것뿐이라는 점을 잊지 말자.

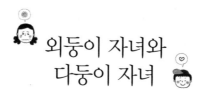

외둥이 자녀와
다둥이 자녀

외둥이라고 부족한 것 없이 모든 것을 내어 주고 제일 좋은 경험만 하게 한다면 아이는 독불장군이 될 뿐이다. 그러니 부모는 부모의 세계가 있고, 아이는 아이의 세계가 있음을 일찌감치 깨우치게 해야 한다.

부모는 부모의 세계가,
아이는 아이의 세계가 있다
　　　　　　　지금 시대에는 형제가 있는 아이보다 외둥이가 더 많다. 여러 가지 이유로 아이를 하나만 낳는 경우 장점도 있지만, 단점도 적지 않다. 특히 형제끼리의 갈등과 상호작용을 통해 사회성과 협동심을 키울 수 있는 기회를 박탈당하는 면이 매우 아쉽다. 이를 보상하기 위해 다른 가족이나 친척과 어울리는 경험이 필요한데, 이런 기회가 도리어 나쁜 경험으로 남는 경우도 있다.

　한 예로 어머니가 일이 있어 외둥이를 다른 집에 맡겼는데 아이를 맡은 이웃이나 친지가 이중적 태도로 아이를 대해 상처를 주는 경우가 있다. 임상에서 만난 사람 중에는 어릴 때 심각한 수준의 정신적 학대를 당했음에도 어머니가 당시 아이의 말을 그냥 의미 없이 넘겨 버려 지금까지 씻을 수 없는 상처를 안고 살아가는 경우도 있었다. 그렇다고 아이를 항상 자신의 품 안에 가두어 놓고 살 수만은 없으니 부모는 아이가 어릴 때부터 정말로 신뢰할 수 있는 대체 형제가 있는 집안과 다양하게 교류하는 것이 좋다.

외둥이에게 최선을 다해 모든 것을 해주고 싶은 것이 부모 마음이지만, 이는 매우 위험한 태도이다. 아이가 혼자라고 부모의 전부를 내어 주고 전혀 부족한 것 없이 제일 좋은 경험만 하게 해준다면 아이는 괴물 같은 독불장군이 되고 말 것이다. 부모가 무엇이든 오냐오냐 하다 보면 아이가 위계질서를 잊어버리는 경우도 생긴다. 그러니 부모는 부모의 세계가 있고, 아이는 아이의 세계가 있다는 것을 일찌감치 깨우쳐 주는 것이 필요하다.

형제가 여럿 있는 경우에도 고려할 점은 많다. 한 예로 아이에게 동생의 탄생은 어른이 배우자를 잃었을 때의 스트레스와 비슷하다. 지금까지 자신에게만 집중되던 모든 사랑과 관심이 새로운 아이의 탄생으로 썰물처럼 빠져나간다면 아이는 심리적으로 매우 큰 박탈감을 느낄 수 있다.

또한 자녀의 수가 많을 때에는 아직 성인이 되지 못한 맏이에게 지나치게 어른 노릇을 강요하는 경우도 있는데, 그 덕분에 맏이가 일찌감치 철이 들 수도 있지만 한편으로는 성장 후 우울증을 겪을 수도 있다. 이를 방지하기 위해 "동생만큼 너도 많이 사랑한다"는 메시지를 끊임없이 보내고 동생을 돌보는 일에 참여시킬 때에는 아이에게 항상 칭찬과 상을 주어야 한다. 자신도 아직 다 크지 못한 아이가 동생을 제대로 돌보지 못하는 것이 당연하니 혹시 실수하더라도 지나치게 책망하지 않아야 한다.

동생 역시 아무리 나이가 어리다 해도 가족의 구성원으로 해야 할 책임을 다하도록 해야 한다. "너는 어리니까 빠져" 하는 식으로 자꾸 일이나 행사 등에서 소외시키면 아이는 자신감을 잃는다. 또한 어리다는 이유로 아이가 요구하는 것을 모두 들어주려고만 한다면 남을 배려하지 않는 무례하고 이기적인 어른으로 자랄 가능성도 높다.

외둥이와 다둥이 모두 각각 장·단점이 있지만, 다둥이는 나쁜 점보다는 좋은 점이 훨씬 더 많다. 부모가 특별히 가르치려 하지 않아도 자기들끼리 알아서 사회성을 배우고 생존을 위한 도덕심도 터득한다. 또 서로 경쟁하면서도 미워하지 않는 마음을 배울 수 있다. 중요한 점은 이때 부모가 어느 편에 서지 않고 공평해야 한다는 것이다. 꾸중은 일관성 있게 해야 하고 잘못한 일이 있을 때는 형제 모두에게 한꺼번에 책임을 묻거나 혼내지 말아야 한다. 또한 다둥이라면 집단의 리더로서 갖추어야 할 덕목을 더 세밀하게 익힐 수도 있다. 이런 다둥이의 장점을 면밀하게 살핀 후 부부는 자녀계획을 세우면 좋을 것이다.

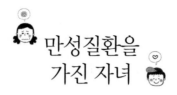

만성질환을 가진 자녀

아이가 아프다고 지나치게 보호하기보다는 허용 범위 안에서 다양한 체험을 할 수 있도록 격려하라. 또한 장애는 결격사유도, 열등한 것도 아님을 아이뿐만 아니라 주변 사람에게도 널리 알려야 한다.

**아이가 자신의 병에 빨리
적응할 수 있도록 하라**
자잘한 작은 상처나 질병은 어쩔 수 없다 해도, 고치기 어려운 큰 병만은 앓지 않았으면 하는 것이 모든 부모의 소망이다. 하지만 아이가 암이나 류머티즘, 근육병, 아토피 등의 질환을 앓거나 불의의 사고로 시각과 청각 등을 잃는 경우가 현실에서는 안타깝지만 존재한다. 아이가 만성질환을 앓게 되면 가족 모두 지치고 우울해지는 것은 당연하다.

투병 중에는 또래와 뛰어놀지 못하고 가족 안으로 고립되는 경우가 많기 때문에 아이는 전보다 정서적으로 불안정해지고 예민해질 수 있다. 과거와는 달리 이제는 비슷한 병을 가진 자녀를 둔 부모들이 인터넷상에서 모임을 만들고 서로 도와주는 자조 모임 그룹(self-help-group)이 많이 생겨났으니 부모는 이런 모임을 적극적으로 활용하는 것이 필요하다. 대형병원에는 환아를 위한 학교와 방과 후 활동들도 운영되고 있으니 놓치지 않고 이용하면 좋다.

아이가 아프다고 지나치게 감싸거나 보호하기보다는 가능한 범위 내에서 다양한 체험을 하도록 격려하라. 무리하는 것은 곤란하지만, 할 수 있는 것은 하도록 하는 것이 좋다. 그런데 이런 활동이 가능하려면 일단 아이의 상태와 부모의 건강 및 경제적 상황이 안정적이어야 한다는 전제가 있어야 한다. 현재 우리나라의 의료보험 체계는 감기 같은 가벼운 병은 지나치게 저렴한 데 비해 암 같은 위중한 병은 지나치게 본인 부담이 높아 만성질환을 앓게 되면 경제적으로 곤란에 빠지는 경우가 허다하다.

선천적으로 시각이나 청각 장애를 타고난 경우에는 부모가 상황을 부정하지 말고 아이가 자신의 장애에 적응할 수 있도록 격려하는 것이 필요하다. 아이와 함께 점자나 수화를 배우는 것도 좋다. 그리고 장애는 결격사유도, 열등한 것도 아니라는 사실을 아이만이 아니라 주변 사람에게도 알려야 한다. 만약 어떤 사람이 장애를 빌미로 아이를 무시한다면 그 사람이야말로 심각하게 비정상적이고 무식한 사람이라는 사실을 아이는 물론 주변인들에게도 확고하게 인식시켜야 한다.

또한 아이가 장애를 넘어서는 각종 활동을 할 수 있게 격려하는 것도 필요하다. 즉 시각장애가 있지만 점토 조각 등을 해본다든지, 청각장애가 있지만 타악기 등을 다루어보고 그 리듬감을 느끼게 한다든지 해서 뇌 발달을 자극하는 것이 필요하다. 어느 한 부분에 장애가 있다 해도 다른 감각기관은 남보다 매우 발달하여 특정 분야에서 뛰어난 동량으로 클 수 있다는 사실을 알려주는 것도 좋다. 청각장애가 있었지만 위대한 교향악을 쓴 베토벤을 비롯하여 청각장애를 딛고 일어선 김환기 화백과 영화 및 게임 음악 제작가인 김치국 씨 등 우리 주위에는 장애가 있음에도 훌륭한 예술가가 된 사람이 많다는 사실을 알려준다면 아이는 큰 격려와 자극을 받을 수 있을 것이다. 장애를 가진 사람도 그 가능성을 충분히 발휘할 수 있어야 비로소 선진국이 될 수 있다. 장애를 가진 아이와 그 부모는 우리나라를 선진국으로 이끌어 나가는데 있어 가장 선도적 역할을 할 중요한 사람들이다.

다만 부모나 자녀가 병마와 싸우다가 탈진에 이르는 것만은 경계해야 한다. 그런 상황을 예방하려면 부모 혼자 모든 짐을 지려고 하지 말고 조부모 등 원가족이나 다른 이들에게 당당하게 도움을 청해야 한다. 또한 학교나 사회도 지금보다 더 많은 힘을 보태주어야 한다. 장애 및 질병이 있는 아이나 부모를 멀리한다거나 불쌍하다는 눈으로 보지 말고, 그런 역경 속에서도 자녀교육을 하고 있는 부모들에게 진심으로 존경심을 보내야 한다.

비장애아를 자녀로 둔 부모는 혹시 장애를 가진 아이와 내 자녀가 같은 반이 되면 그 아이 덕에 내 아이가 더 많은 것을 배우고 경험할 수 있는 기회라고 생각하고 내 아이에게 보다 겸손하게 감사와 존경의 마음을 표현할 수 있도록 교육시켜야 한다.

이 세상 누구도 항상 건강하게 살 수만은 없다. 죽기 전에는 누구나 노화로 인해 몸이 불편한 사람이 된다. 결국 모든 사람이 앞서거니 뒤서거니 하면서 장애인이 되어 이 세상을 살다 떠나가는 게 인생의 진실이다. 그러니 나보다 먼저 장애인이 된 이에게 삶의 지혜를 배우겠다는 자세를 갖고 있어야 한다. 실제로 몸이 아프면 그만큼 마음은 겸손해지는데, 그런 부분을 채우는 것이 바로 지혜와 사랑이다.

만성질환이나 장애를 앓고 있는 자녀를 돌보는 부모 역시 다른 건강한 자녀를 키우는 부모보다 몇 십배 더 큰 고통 덕분에 성숙해졌거나 앞으로 성숙해질 가능성이 높은 사람들이다. 그런 이들에게 존경을 표시하면서 친해지고 함께 인생의 희로애락들을 배운다면 내 자신에게도 분명 도움이 될 것이다. 하지만 어떤 배움에도 공짜는 없다. 그러니 장애나 질병을 가진 부모나 아이에게 삶의 지혜를 배우는 대가로 우리는 과연 무엇을 지불해야 할 것인지 사회 전체가 진심으로 고민해 보아야 할 것이다.

갑작스러운 사고나 급성 질병 앞에 선 자녀

감당하기 힘든 엄청난 사건에 대해 아이가 궁금해할 때에는 아이가 이해할 수 있는 수준으로 솔직하게 설명해 주는 것이 필요하다. 회피하고 감추는 것보다 표현하고 설명하는 것이 아이를 덜 불안하게 한다.

사고 이후에도 신중하게 원칙을 지켜라

갑작스러운 사고나 병을 앓게 되는 등 생각지도 못한 응급상황에서 부모와 자녀 모두 어쩔 줄 몰라 우왕좌왕하다 정신적 혹은 신체적 후유증을 겪는 경우가 적지 않다. 갑작스러운 사고나 질병을 앓을 때보다 오히려 그 이후 수습해야 할 문제가 더 많은 경우도 있다. 아이의 경우 학교에서 수업진도를 따라가지 못해 공부에 흥미를 잃기도 하고, 이미 그룹을 형성한 아이들 무리에 끼지 못해 학교생활에서 소외되는 경우도 생기므로 사고나 투병 이후 아이의 성격 자체가 변할 수도 있다.

부모 입장에서는 큰 고비를 넘긴 후 혹시 비슷한 일이 반복될까 아이를 지나치게 과잉보호하는 일도 생긴다. 하지만 이는 아이의 성장을 방해할 뿐이다. 사고가 나기 전에는 부모가 이런저런 것을 할 수 있도록 허락했는데, 사고 이후에는 갑자기 태도가 바뀌어 예전에는 할 수 있었던 것을 하지 못하게 한다면 아이로서는 답답할 것이다. 반대로 사고나 질병을 이유삼아 지나치게 아이의 응석을 받아주면 아이는 더 이상 아프지 않아도 아픈 척을 하며 자신이 원하는 것을 얻으려는 꼼수를 부릴 수도 있다.

첫 번째 원칙,
아이와 솔직하게 대화하라

"초등학교 3학년 때 집에 강도가 들었습니다. 강도들이 엄마를 묶고 제게는 이불 속에서 꼼짝하지 말라고 했습니다. 밖에서 무언가 무서운 일이 일어나는 것 같았지만 저는 이불을 들출 수가 없었습니다. 그냥 덜덜 떨기만 했습니다. 한참 후 조용해진 것 같긴 한데 잘 기억이 나지 않습니다. 다시 정신이 들었을 때에는 집에 경찰이 많이 있었던 기억이 납니다. 경찰들이 강도에 관해 물었지만 뭐라고 말했는지 기억이 나지 않습니다. 그날 이후 제 생활은 완전히 바뀌었습니다. 친구들과 놀지 않았고 말수도 적어졌습니다. 엄마도 그날의 일은 저와 이야기하지 않으려 했습니다. 우리 집에서는 그 자체가 금기였습니다. 그날부터 엄마와 나 사이에 큰 강처럼 넘을 수 없는 거리가 생겼습니다." 강도를 당한 후 소아 우울증을 앓게 되었고, 성인이 되어서도 그때의 트라우마를 극복하지 못한 한 여성의 고백이다.

'죽음'과 '악'의 본질을 어떻게 이해하고 대처해야 하는지는 사실 성인도 잘 모른다. 왜 태어나고 왜 죽는지, 인간에게는 왜 악의 본성이 잠재해 있는지, 그리고 언제 그 악이 우리를 송두리째 집어삼키는지 등의 질문을 과연 누가 완벽하게 잘 설명할 수 있겠는가. 그럼에도 부모로서, 혹은 교사로서 아이에게 우리가 겪을 수 있는 가장 큰 불행인 죽음 및 이해할 수 없는 악한 사건에 대해 머리를 쥐어짜며 설명해 주어야 할 때가 있다. 특히 최근 나라를 뒤덮었던 비극적인 사건은 아이들도 그 광경을 여과 없이 보게된 터라 어른으로서 난감해진 사람이 많을 것이다. 죽음이라는 엄청난 슬픔에 대해 말하는 것도 힘든데, 그 슬픔의 원인이 악한 사람의 파렴치한 행동에서 비롯된 것이라면 그것을 아이에게 뭐라고 설명할 것인가.

어른도 감당하기 어려운 엄청난 사건일지라도, 일단 아이가 왜 그런 사건이 일어날 수밖에 없었는지 궁금해한다면 그 사건에 관해 대화하는 것을 꺼리지 말아야 한다. 부모는 자신의 공포와 슬픔이 아이에게 전해질까 봐 애써 슬픔을 감추며 마치 그 일이 일어나지 않은 척 일상으로 돌아가려 애쓰지만, 그런 위장과 부정은 사실 가능하지도 않고 올바르지도 않다. 오히려 아이는 부모가 이상해졌다고 생각하거나 자신이 미워져 멀리하는 것이라고 오해할 수 있다. 또 부모가 감정을 참고 참다 아주 사소한 일에 화가 폭발하여 아이에게 엉뚱한 불똥이 튈 수도 있다. 그럴 때면 아이는 부모도 힘들어서 그렇다는 것을 이해하지 못하고 더 큰 상처를 받을 뿐이다. 무언가 나쁜 일에 자기 책임도 있다고 생각하며 오랫동안 입을 닫고 위축되기도 한다. 최악의 경우 이 모든 잘못의 원흉이 바로 나 자신이며, 자신만 사라진다면 부모는 물론 주변 사람 모두가 다시 행복해질 것이라는 극단적인 자기비하를 하기도 한다.

아이가 스스로 자신을 용서받지 못할 사람이라고 자책하는 것은 아이가 할 수 있는 가장 위험한 생각이며 행동이다. 그러니 부모는 무슨 일이 일어났는지 아이가 이해할 수 있는 수준의 단어를 골라 신중하고 솔직하게 설명해 주어야 한다. 부모도 절제해야겠지만, 때로는 그 정도를 감당할 수 없다면 오히려 감정을 억제하지 말고 솔직하게 표현하고 설명하는 것이 아이를 덜 불안하게 하는 길이다.

두 번째 원칙, 있는 그대로 설명하라

아이의 발달 수준에 맞추어 죽음과 악에 대해 설명하는 것은 매우 중요한 자녀교육 중 하나이다. 7세 이하의 아이는 죽음을 어른과는 전혀 다르게 이해한다. 평소에 만화와 게임 등에서 사람이 쓰러져 죽었음에도 다시 살아나는 모습을 자주 본 아이라면 실제 죽음이 불가역적이라는 사실을 이해할 수 없다. 심지어는 총으로 사람을 쏘아 죽이더라도 게임처럼 다시 살아날 수 있다고 생각하기도 하고 가족 중 누가 죽어 그 사람을 다시 보지 못한다는 사실도 받아들이지 못한다. 게다가 대부분 아이는 자신이 이해하기 어려운 죽음이라는 사건에 대해 지속적으로 매달리지 않는다. 공부하다 어려운 문제가 나오면 옆으로 밀어 놓고 다른 것을 하는 것과 같은 이치이다. 이런 경우 죽음과 악에 대해 부모가 세밀하고 깊숙하게 설명하려고 애쓰다 오히려 아이를 힘들게 하는 경우도 있다. 이럴 경우 아이가 아직 추상적이고 심오한 주제를 다룰 준비가 되어 있지 않다고 생각하며 잠시 설명을 미루어도 좋다.

다만 아이가 사랑하는 가족을 잃었을 때에는 '영원한 이별'이라는 개념이 아이에게 이해되지는 않더라도 사실을 조금씩 있는 그대로 받아들일 수 있도록 도와주어야 한다. 즉 죽은 엄마가 보고 싶다고 보채는 아이에게 "이제 다시 엄마를 볼 수 없다"고 말하는 것은 분명 고통이지만 거짓말하는 것보다는 낫다.

종교의 힘을 빌려 이런 상황을 설명하는 것도 좋다. "하느님(혹은 부처님)이 엄마를 많이 사랑하셔서 천국(극락)에 데려갔다"고 말하는 식이다. 그럼 아이가 "나는 왜 데려가지 않느냐"고 다시 물어서 곤혹스러울 수도 있다. 이럴 때에는 "엄마와 하느님(혹은 부처님)이 아직 네가 다른 가족과 이웃을 위해 엄마 대신 해야 할 일이 있다고 생각해서 여기 두고 간 거야. 그러니 네가 해야 할 일을 다 할 때까지 기다려야 한다"고 말해주는 것도 한 방법이다,

"엄마를 다시 만날 때까지 더욱 바르게 열심히 살아야 하고, 지금도 엄마가 보이지는 않지만 네 곁에 있다"고 설명할 수도 있다. 또 "너는 엄마의 몸과 마음을 받아서 태어난 사람이다. 그래서 엄마는 네 안에 그대로 살아 계신다. 그러니 네가 자신을 진심으로 사랑하는 어른으로 성장하면 엄마도 네 속에서 참 행복할 것이다"라고 설명해도 좋다. 처음에는 이해하는 것이 어려워 많이 보챌지 몰라도, 아이는 어른보다 회복력이 빠르다. 먼저 세상을 떠난 사람 대신 누군가가 아이에게 큰 사랑을 꾸준히 베풀기만 하면 아이는 그 슬픔을 잘 견뎌낼 수 있다.

또 추상적인 선악의 개념을 잘 모르는 아이에게는 그 아이의 수준에 맞추어 악한 사건을 설명하는 것이 필요하다. "살인자는 왜 살인을 해?"라고 아이가 물어본다면 그 질문을 회피하지 말고 여러 가

258

능성에 대해 말해주는 것이 좋다. "어렸을 때 그 사람을 제대로 돌봐주는 사람이 없어 사람과 세상에게 마음을 닫아 버린 거야. 화가 나면 그걸 말로 표현하고 화해를 해야 하는데, 살인자는 그런 착한 마음을 배우지 못했단다. 그래서 착한 마음을 배우기 위해 감옥에 가는 거야"라는 식으로 설명하는 것도 좋다.

죽음의 추상적인 의미를 이해할 수 있는 사춘기 아이에게도 죽음과 악은 어려운 문제이다. 사춘기는 성장에 따른 호르몬 변화의 여파로 정서적으로 불안정하고 공부나 대인관계 등에서 큰 스트레스를 받기 시작하는 시기이기 때문에 자칫 먼저 간 사람을 따라가고 싶다며 자살 충동에 시달리는 아이도 생길 수 있다. 또 불행한 운명을 원망하며 타인에게 주먹을 휘두르는 아이도 나타난다. 어차피 삶은 허무한 것이라며 무기력증에 빠져 전문가와 심층적 상담이 필요한 아이도 생긴다.

전문지식이 부족한 부모로서는 불행한 사건이 생기면 아이가 감당하기 힘들어하고 잘못될까 봐 전전긍긍한다. 그러나 역사적으로 보면 어린 시절 겪은 큰 고통을 통해 성장한 사람이 매우 많다. 부처는 아버지가 세상의 불행을 보지 못하게 하려고 평소 완벽한 환경만 제공해 주었는데도 짧은 나들이 길에서 생로병사의 본질을 꿰뚫고 결국 출가하게 되었다. 어린 나이에 아버지를 잃은 공자는 너무 어려 아버지 장례식조차 참석할 수 없었고 스무 살이 되기 전에 어머니마저 돌아가셨다. 율곡 이이도 16세에 어머니가 갑작스럽게 사망하자 모든 과거시험 공부를 그만두고 절에 들어가 불경을 공부했다. 이는 율곡의 성리학이 불교의 이론을 융합하여 창조적으로 변모할 수 있었던 이유가 되었다. 프로이트도 연로한 아버지가 일찍 사망한 탓에 인간 심리에 대해 더 깊이 연구할 수 있었다.

사람의 인생은 지뢰밭처럼 위험투성이다. 때로는 행복하지만 때로는 불행하며 감당하기 어려울 정도로 힘든 일도 생긴다. 마음을 추스른 후 다시 앞으로 나아가도록 도와주는 복원력이 인간에게 없었다면 인류라는 종은 지금까지 생존하기 힘들었을 것이다. 그러니 아이에게는 어른보다 훨씬 더 큰 잠재적 힘이 내재한다는 것을 잊지 말자. 아이 스스로 걸어 나아갈 수 있도록 삶의 본질에 대해 잘 설명하는 것이 부모의 양육태도에서는 필요하다.

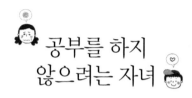

공부를 하지 않으려는 자녀

이미 몸에 배어 버린 자녀의 공부 습관을 고치기는 쉽지 않다. 부모는 힘들더라도 자녀에 대한 욕심을 내려놓으라. 포기하라는 뜻이 아니다. "공부하지 않으면 인생의 실패자가 된다"라는 메시지를 거둬들이라는 뜻이다.

왜 공부해야 하는지
서로 대화를 나누라

자식에 대한 부모의 고민은 뭐니 뭐니 해도 공부가 가장 크다. 부모는 일단 아이가 성적을 웬만큼 받아 오면 특별히 걱정할 것이 없다고 생각한다. 아이가 공부를 잘하면 학교 적응이나 대인관계, 건강, 정서적인 것 등도 문제없이 다 잘하고 있다고 믿어 버리는 것이다. 하지만 그런 추측이 항상 맞는 것은 아니다. 정서적으로나 사회적으로 심각한 문제가 있음에도 초인적인 힘을 발휘하여 공부하거나 혹은 공부 외에는 아무것도 관심이 없어서 성적을 잘 받아오는 아이도 간혹 있기 때문이다. 그러나 자녀의 생활에 어떤 문제가 생기면 대부분은 성적에 반영되는 것이 사실이다. 공부를 잘하기 위해서는 그만큼 정서적으로 안정되어야 하기 때문이다. 그러니 아이와 공부 때문에 다투기 전에 먼저 아이가 왜 공부를 못하는 것인지 그 원인부터 알아보는 것이 필요하다.

대부분의 부모가 "내 아이가 머리는 나쁘지 않은데 친구를 잘못 사귀고 노는 것을 좋아해서 성적이 나오지 않는다"고 말한다. 이런 말을 하는 속내에는 내가 물려준 지능 유전자가 그리 나쁘지 않다는 것을 강조하고 싶은 마음이 있을 것이다. 그리고 남이나 주변 환경 탓을 하면 마음이 좀 더 편해지는 심리도 기저에 깔려 있을 것이다. 이런 행동은 투사, 즉 내 문제의 원인을 내 안에서 찾지 않고 남에게서 찾으려는 방어 기제의 일종이다. 하지만 아이가 공부하지 않거나, 하고 싶어도 잘되지 않는 이유를 잘못 사귄 친구 탓으로 돌린다면 정말로 도와줄 방법이 없으므로 부모는 외부가 아닌 내부에서 자신과 아이의 문제를 냉정하게 들여다보아야 한다.

아이가 공부를 못하는 가장 흔한 이유는 '공부를 왜 해야 하는지' 아이에게 동기화가 되어 있지 않아서이다. 대부분 부모는 "공부를 잘해야 잘살 수 있다" "네가 공부를 못해서 창피하다"는 식으로 아이에게 공부해야 할 이유를 말한다. 그러나 아이에게는 그 이유가 마음에 와 닿지 않는다. 나중에 어떻게 될지 알 수 없는데 지금 당장 놀고 싶은 것을 참아가며 공부해야할 절박함이 느껴지지 않는 것이다. 아이 입장에서는 자신의 성적으로 남에게 잘난 척하거나 창피하다고 말하는 부모의 체면 차리기가 도리어 역겨울 수도 있다.

두 번째는 처음부터 '공부는 재미없는 것'으로 머리에 각인하는 경우이다. 한참 뛰어놀아야 하는 아이를 억지로 붙잡아 두고 지나치게 일찍 영어 공부나 수학 공부를 시킨다면 아이는 조건반사적으로 공부가 지긋지긋하고 끔찍한 것으로 느낄 것이다.

세 번째는 공부는 하고 싶지만 집중을 잘하지 못하는 경우이다. 과잉행동 증후군, 틱 장애, 우울증 등 정신과적 질환 때문에 집중을 못하거나 친구와의 관계에 문제가 있어 공부에 집중하지 못하는 아이도 있다. 또한 가정이 부산스럽고 정리가 되어 있지 않아도 공부를 할 수 없다. 어머니와 아버지가 얼굴만 맞대면 시끄럽게 싸우는 집, 부모가 전화통을 붙들고 몇 시간씩 떠드는 집, TV나 오디오를 크게 틀어놓는 집, 정리정돈이 되어 있지 않고 청소를 하지 않아서 온갖 물건과 먼지가 뒤섞여 뒹구는 집, 식사 시간과 수면 시간이 불규칙한 집에서 자란다면 공부에 집중할 수 있는 가능성이 매우 낮다.

마지막으로 공부 방법을 잘 몰라서, 또는 하고 싶은 공부만 편식하는 바람에 성적이 잘 나오지 않는 경우도 있다. 또한 좋은 교사를 만나지 못해 엉뚱하고 비효율적인 방법으로 미련하게 공부를 해도 성적이 잘 나올 수 없다.

이처럼 자녀가 공부를 잘하지 못하는 원인을 먼저 파악한 다음 공부를 할 수 있도록 유도해야지 무조건 "공부해!"라고 강요한다면 아이의 성적은 오르지 않을 것이다. 만일 부모 자신은 성실하지 않으면서 자녀에게는 성실함을 강요한다면 자녀의 반항심만 부추기거나 비웃음을 살 가능성도 높다.

자녀가 아직 어릴 때에는 위와 같은 여러 가지 원인을 들여다보고 차근차근 고쳐 나가면 아이가 공부에 몰입할 가능성이 높다. 그러나 이미 많이 자란 데다 잘못된 습관이 몸에 밴 자녀의 공부 습관을 고치기는 쉽지 않다. 그럴 때에는 우선 자녀에 대한 과한 욕심을 내려놓아야 한다. 포기하라는 뜻이 아니라, 아이에게 의식적으로나 무의식적으로 보내는 "공부하지 않으면 인생의 실패자가 된다"는 메시지를 거둬들이라는 뜻이다. 물론 공부를 잘하는 아이가 나중에 높은 연봉을 받을 확률이 높은 것은 사실이다. 그러나 어려서는 공부를 잘했지만 사회에 나가서는 업무에 적응을 잘하지 못하는 경우, 또 어려서는 공부를 못했지만 뛰어난 대인관계나 공부 이외의 다른 기술로 사회에서 성공하는 이들도 분명 있다. 부모는 공부를 못한다고 아이의 미래까지 포기할 것이 아니라, 아이의 다른 장점을 빨리 찾아 아이가 행복한 삶을 살 수 있도록 도와주어야 한다.

아이에게 갑자기 성적을 올리라는 비현실적인 압력을 넣는 대신, 아주 작은 것이라도 아이가 개선했다면 칭찬하고 격려하라. 50점을 받아온 아이가 55점을 받아 왔으면 "와, 5점이나 올라갔네" 하고 칭찬하라는 뜻이다. 또한 이미 공부 때문에 기가 죽은 아이의 자존심을 함부로 밟지 않도록 언행을 조심해야 한다. 부모 못지않게 아이 자신도 공부 때문에 힘들어하고 열등감을 느끼고 있는데 거기다 부모가 기름을 붓는다면 부모 자녀 관계는 돌이킬 수 없게 나빠진다.

아마 대부분의 부모 역시 자신의 자녀가 그렇듯 학창시절에 공부를 싫어했을 것이다. 그러니 자녀가 공부를 잘하지 못해 고민할 때 "나도 그랬다. 너처럼 공부가 참 힘들었다"고 솔직하게 이야기하면 아이는 그때부터 마음을 열고 부모와 모든 것을 상의할지도 모른다. 부모가 자신의 약점을 솔직하게 인정하며 자녀의 약점도 보듬어준다면 아이는 자신이 존중받는다는 느낌을 받을 것이며, 그런 부모에게 존경심을 갖게 될 것이다.

부모에게 마음을 열지 않는 자녀

부모의 잣대로 자녀의 모든 것을 성급하게 재단하고 판단한다면 자녀는 자신의 사생활이 침해되는 느낌을 받게 되어 부모에게 마음을 열지 않는다.

아이가 입을 닫은
원인이 있다

자녀가 좀처럼 부모에게 마음을 열지 않으면 부모의 고민은 더 깊어진다. 개중에는 정말로 자폐증이 있어 어릴 때부터 부모와 상호작용이 되지 않아 부모를 좌절하게 하는 경우도 있다. 하지만 정도가 가벼운 자폐증은 언뜻 보면 아이가 말도 잘하고 대인관계도 곧잘 하는 것 같아 과연 내 아이에게 정말 문제가 있는 것인지, 있다 해도 무엇이 문제인지 몰라 부모가 혼란스러울 때가 많다. 어떤 때에는 적절하게 반응하는데 어떤 때에는 엉뚱하게 반응하기도 하고, 어떤 때에는 아예 부모를 무시하는 것 같아 어느 장단에 맞추어야 할지 알 수가 없다. 만약 자폐가 있다면 전문가에게 제대로 된 치료를 받게 해야 하지만 자폐도 아닌데 어느 날부터 자녀가 마음의 문을 닫는 것 같을 때가 있다. 자세히 살펴보면 어려서 부모에게 방치된 자녀일 경우가 많다. 자신의 의사를 제대로 표현하지 못할 때에는 부모가 자신을 학대하거나 유기해도 그에 대해 뭐라고 말할 수 없지만, 좀 더 자라 자신의 의사가 생기고 다른 부모가 하는 것도 보게 되면 어려서 자신이 받은 언어적 혹은 육체적 학대에 대한 분노가 떠올라 부모와 교류를 끊게 되는 것이다.

부모가 자녀의 삶에 지나치게 간섭하고 부담스러운 관심을 보일 때에도 자녀는 마음을 닫는다. 이성 친구가 생겼을 때 부모가 시시콜콜 관심을 두고 하나하나 알려고 한다면 자녀는 자신의 사생활이 침해당하는 느낌을 받을 것이다. 부모가 자신의 잣대로 자녀의 생활이나 친구, 계획 같은 사적인 것들을 성급하게 재단하고 판단하는 경우에도 아이는 마음을 열지 않는다. 모처럼 마음을 열고 자신의 이야기를 하였는데 부모에게 비웃음을 당하거나 무시 혹은 모욕을 당한다면 자녀는 입을 닫고 싶을 것이다.

부모가 아이의 말을 듣지 않고 자신의 말만 할 때도 마찬가지이다. 예를 들어 자신의 가장 친한 친구가 자기를 배신했다고 딸이 조심스럽게 말을 꺼냈는데 어머니가 듣자마자 아버지가 바람을 피운 이야기를 하며 "엄마는 아빠의 배신 때문에 너보다 힘들었어. 네 고통은 엄마에 비하면 아무것도 아니야!"라고 말한다고 생각해보라. 아이는 지금 자신의 삶에서 가장 큰 스트레스를 받고 있는데 어머니가 단숨에 그 고민을 무가치하고 의미 없다는 식으로 말하며 자기 문제만 또 떠들어댄다면 아이는 다시 말을 꺼낼 기분이 들지 않을 것이다.

부모가 지나치게 격하거나 감정적으로 반응할 때도 역시 아이는 마음을 닫는다. 친구 때문에 자존심이 상한다는 말을 부모에게 했는데 부모가 "당장 그놈 전화번호를 말해! 찾아가서 혼내주겠다" 하는 식으로 과잉대응하며 실제로 행동으로 옮긴다면 아이는 놀라서 입을 닫을 것이다. 아이들 사회에서도 평판이 있는 법인데, 만약 부모가 아이 일에 일일이 나서 간섭하고 혼낸다면 아이는 또래에게 더 따돌림을 받을 수도 있기 때문이다.

　물론 부모가 꼭 잘못이 없어도 아이가 마음을 닫는 경우도 있다. 부모가 바쁘거나 불행해 보이는데 자신의 고민까지 털어놓으면 부모에게 부담이 될까 봐 말을 하지 못하는 경우이다. 나쁜 아이들이나 어른들이 "어른에게 고자질하면 더 혼내줄 거야"라고 협박할 때도 아이는 마음을 열지 못한다. 이럴 때 아이는 불안해하거나 짜증을 내고 우울한 나머지 아무 의욕도 없는 것처럼 보이기도 한다.

　이처럼 아이가 마음을 열지 않는 데에도 많은 이유가 있으니, 부모는 자녀가 왜 입을 닫았는지 먼저 원인을 파악한 후 상황별로 대처하는 자세가 필요하다.

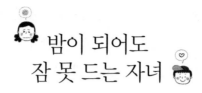

밤이 되어도
잠 못 드는 자녀

규칙적으로 생활하는데도 무언가에 불안감을 느껴 잠 못 드는 아이가 있다. 혹시 아이가 친구들 간에 학교 폭력이나 따돌림을 당하고 있는 건 아닌지, 지속적으로 교사에게 불합리한 꾸중을 듣고 있는 건 아닌지 등을 짚어볼 필요가 있다.

규칙적인 생활부터
할 수 있도록 유도하라

부모들이 잘 모르는 상식이 하나 있다. 청소년 시기에는 10대 이전보다 잠자는 시간이 일시적으로 늘어나는데, 2차 성징으로 성장에 가속도가 붙는 만큼 성장호르몬이 많이 나와 수면에 대한 몸의 욕구도 늘어나기 때문이다. 그런데 우리 사회는 이런 청소년 시기에 잠을 충분히 잘 수 없게 만든다. 공부할 분량도 많지만 게임, 친구와의 수다, 영화나 드라마, 음악, 스마트폰 등 잠자리에 누워도 쉽게 잠들지 못하게 하는 각종 유혹이 주변에서 손을 뻗친다. 그래서 잠들기 전이나 아침에 일어날 때마다 아이와 전쟁을 치르는 부모도 많다.

아침에 일어나지 않으려는 아이를 어떻게 대하면 좋을까? 부모는 기본적으로 아침형 인간과 저녁형 인간이 있다는 것을 인정해야 한다. 어려서부터 일찍 자고 일찍 일어나는 습관이 붙으면 좋겠지만, 맞벌이 부모에게서 자란 아이는 늦게 들어오는 부모를 기다리는 경우가 많기 때문에 일찍 재우기가 쉽지 않다.

또한 청소년기가 된 아이는 혼자 지낼 시간이 필요하다. 특히 부모가 간섭하지 않는 늦은 밤에 혼자 있고 싶다는 아이가 많다. 그러니 부모가 빨리 자라고 잔소리를 해도 그때뿐이지, 다시 몰래 일어나 뭔가를 하게 되고 다음 날 아침이면 어김없이 부모와 실랑이를 벌이는 패턴이 반복되는 것이다. 아침마다 어머니는 자녀를 깨우다 지쳐서 소리를 지르거나 화를 내는 경우가 많다. 아이는 아이대로 어머니의 고함과 꾸중, 잔소리, 또는 발로 툭툭 치는 기분 나쁜 경험 등으로 아침을 시작한다면 온종일 기분이 좋지 않을 것이다.

이럴 때에는 좀 번거롭더라도 아이를 원래 시간보다 일찍 깨워 직접 갈아 만든 주스를 아이에게 마시게 하는 것도 좋은 방법 중 하나이다. 자다 금방 일어나면 밥은 먹기 싫어 해도 채소나 과일주스 같은 것은 꿀떡꿀떡 넘기는 아이가 많다. 얼떨결에 하루에 필요한 양의 비타민과 미네랄을 섭취한 아이 몸에는 생기가 돌기 시작할 것이다. 수분도 충분히 섭취했기 때문에 조금 지나면 화장실에 가느라 어쩔 수 없이 잠자리를 털고 일어나게 될 것이다. 아들의 경우라면 잔소리를 하기보다는 행동으로 옮기게 하는 것이 훨씬 효과적이다. 아이도 부모의 욕이나 비난의 말을 듣는 것으로 하루를 시작하는 것보다 부모가 직접 만든 맛있는 음식을 섭취함으로써 부모가 자신을 돌보고 있다는 느낌을 받을 수 있다.

또한 아이가 밤중에 혼자 컴퓨터를 하거나 TV를 보지 않도록 각종 전자기기는 거실에 놓아두는 것이 좋다. 게임이나 TV 시청에는 반드시 원칙이 있어야 한다. 일주일에 몇 시간까지는 기본적으로 허용하고 상벌로 시간을 조정하는 식의 약속을 부모와 자녀 간에 명확하게 하는 것이 좋다.

이렇게 했음에도 아이가 잠자기 힘들어하는 경우라면 다음의 몇 가지 원인을 살펴보라. 우선 아이가 무언가에 불안한 경우이다. 친구들 간에 따돌림을 당하고 있는 것은 아닌지, 학교 폭력이나 성폭력 같은 것에 시달리고 있는 것은 아닌지, 지속적으로 교사에게 불합리한 꾸중을 듣고 있는 것은 아닌지 짚어볼 필요가 있다. 악몽이나 가위눌림을 자주 경험하는지 물어보는 것도 좋다. 학교 공부가 재미없어 학교에서 수업시간에 온종일 자는 아이라면 당연히 밤에는 잠이 오지 않을 것이다. 아이가 학교 공부를 정말 재미없어 한다면, 그 이유를 알아본 후 공부에 재미를 붙일 수 있는 방법을 찾아보는 것도 필요하다.

수면 환경 및 위생도 살펴보아야 한다. 침실이 지나치게 덥거나 건조한 것은 아닌지, 침구나 벽지 같은 곳에 곰팡이나 진드기 같은 것이 있어 수면에 방해가 되는 것은 아닌지 살펴보라. 침실이 지저분하고 정리가 되어 있지 않으면 건강한 수면이 어렵다. 또한 에너지 음료나 커피 등 고 카페인 음료를 지나치게 많이 마시는 것은 아닌지도 살펴보라. 다이어트를 한다고 배가 고픈 채 자거나 혹은 폭식으로 인한 역류성 위염 때문에 잠들기가 거북할 수도 있으니 아이가 적절한 양의 저녁을 규칙적으로 먹을 수 있도록 하는 것도 좋다.

욕과 반항을
달고 사는 자녀

아이가 욕하는 소리를 들으면 따끔하고 간결하게 "그런 욕을 하면 스스로 자신의 얼굴에 침을 뱉는 것"이라는 메시지를 전달해야 한다. 남들도 다 그런다고 반박하면, 많은 사람이 한다고 그것이 옳은 일은 아니라는 점 역시 확실하게 말해 준다.

**어른부터 거친 말투를 쓰는
것은 아닌지 살펴봐야**

아장아장 걸음마를 하는 시기에 엄마 아빠라는 말보다 욕을 먼저 배우는 아이가 있다. 주위를 살펴보면 아이를 키우는 양육자나 주변 사람들이 아무 생각 없이 자주 욕을 하는 환경일 가능성이 크다. 아이는 스펀지처럼 어른의 언행을 빨아들이기 때문 아이와 함께 막장 드라마나 폭력 영화를 보는 것은 좋지 않다. 만약 아이가 습관처럼 욕을 하고 있다면 아이의 환경을 세밀하게 살펴 욕을 하거나 폭력을 행사하는 해로운 이들이 누구인지 가려내어 아이를 보호해야 한다.

아이가 학교에 입학하여 부모가 통제할 수 있는 물리적 범위를 벗어나면 이때는 아이의 잘못된 행동을 바로잡으려고 해도 쉽지가 않다. 또래 집단에서 욕을 잘하는 것이 마치 강하고 멋진 사람처럼 생각하는 분위기가 형성되면 그때는 정말 부모가 아이를 통제할 수 없다. 밖에서든 집에서든 아이가 욕을 하는 소리를 들으면 따끔하고 간결하게 "그런 욕을 하면 스스로 자신의 얼굴에 침을 뱉는 것"이라는 메시지를 전달해야 한다. 남들도 다 그런다며 반박한다면 많은 사람이 한다고 해서 그것이 옳은 일은 아니라는 점 역시 확실하게 말해 준다. 욕의 내용을 모르고 무심코 하는 경우에는 그 내용이 얼마나 끔찍하고 지저분한 것인지도 아이의 나이에 맞게 설명하여 환기시키는 것이 좋다.

그래도 아이가 계속 욕을 한다면 아이의 내면에 무언가 상처가 있는 것은 아닌지 살펴보아야 한다. 학교 폭력에 시달리고 있는 것은 아닌지, 친구 사이에서 고립되고 있는 것은 아닌지, 부모에게 불만이 있는 것은 아닌지도 짚어봐야 한다. 아이가 하고 싶은 말을 하지 못해 답답한 마음이 누적되어 욕을 하는 것일 수도 있다. 아이에게 무심코 혹은 의도적으로 "욕을 할 만큼 너를 힘들게 하는 상황이 무엇이냐?" 하고 물어보는 것도 좋다.

흔히 사춘기를 부모와 학교에 반항하는 시기라고 하지만, 요즘은 10대가 되기도 전에 사춘기 증상을 보이는 아이도 적지 않다. 부모 앞에서 아이가 욕을 하고 있다면 일단 부모에게 불만이 있다는 뜻이니 윽박지르고 취조하듯이 왜 그러느냐고 다그칠 것이 아니라 "요새 많이 힘들어 보인다. 지금 널 가장 힘들게 하는 일이 무엇이니?"라는 식으로 차분하게 물어보는 것도 좋다. 아이가 흥분하면 부모도 같이 흥분하는 경우가 대부분인데, 이렇게 되면 아이에게 부모가 어른으로 각인되지 못할 뿐만 아니라 부모의 좋은 의도 역시 전달되지 않는다.

또한 아이가 욕하고 반항하는 것을 고친답시고 부모가 체벌을 하는 경우도 있는데, 나는 단언컨대 '사랑의 매' 같은 것은 없다고 확언한다. 아이는 어리지만 독립된 인격이므로 적절한 언어를 쓰고 진심과 성의가 있다면 얼마든지 매를 들지 않고도 훈육할 수 있다. 아이의 반항이 심해 어쩔 수 없이 체벌한다고 말하는 이들을 들여다보면, 실제로는 자기 자신에게 여러 가지 정신적인 문제가 있음에도 스스로 해결하지 못해 아이에게 화풀이하거나 자기 문제를 아이에게 덮어씌우는 경우가 대부분이다. 아이에게 욕도 하고 매도 들어야 버릇이 나빠지지 않는다고 주장하는 이들의 인격은 매우 미숙하거나 파탄이 난 경우가 많다. 아이가 욕하는 것을 걱정할 것이 아니라, 고칠 수 있음에도 고치지 않는 어른의 욕이 더 심각한 문제임을 명심하자.

반사회성 인격장애로
성장하는 자녀

왜 범죄를 저지르는지에 대한 과학적인 근거는 없지만, 부모가 자녀를 어떻게 키워야 그런 범
죄에 노출되거나 혹은 범죄자가 되지 않게 할 수 있는지에 대한 방법은 있다. 우선 자녀에게 복
수심과 분노를 언어화하는 방법을 알려주어야 한다.

범죄자는 타고나는 것일까,
만들어지는 것일까?
　　　　　　　　　부모가 상상할 수 있는 가장 끔찍한 상황
은 내 아이가 비명횡사하거나 불치병에 걸리는 것이다. 그런데 그
보다 더 괴로운 상황이 있다. 아이가 죄의식을 느끼지 못하는 사람
으로 성장하여 사기, 강도, 폭력, 강간, 살인 등을 스스럼없이 저지
르는 끔찍한 범죄자가 되는 것이다.

그렇다면 어떤 사람들이 이렇게 끔찍한 범죄를 저지르는 것일
까? 폭력성이 강한 게임이나 대중문화 탓을 하는 사람들도 있지만,
과학논문을 아무리 뒤져봐도 반사회성 인격장애에 대한 확실한 원
인은 밝혀진 바가 없다. 하지만 이런 범죄자들에게 공통으로 나타
나는 현상은 분명 있다. 바로 누군가 혹은 사회에 대해 '아주 강한

분노와 복수심'을 품고 있다는 점이다. 또한 사람들의 관심을 끌기 위해 끔찍한 범죄를 저지르는 사람도 있는데, 이들의 심리 기저에는 어떤 식으로든 유명해지면 지금까지의 무기력과 열등감을 보상받을 수 있다는 삐뚤어진 자기애를 엿볼 수 있다.

주변 사람들은 이들이 극악한 사건을 일으켰다는 소식에 깜짝 놀란다. 평소 조용하고 내성적인 사람이라고 생각했기 때문이다(여기서 당부하고 싶은 것이 있다. '내향적인 성격의 사람은 범죄를 저지를 가능성이 높다'는 일반적 오류는 범하지 않길 바란다. 다른 사람의 감정을 극단적으로 잘 읽지 못하고 모든 관심이나 준거집단이 자신의 내면으로만 향해 있는 내향적인 성격의 범죄자는 자신이 저지른 일이 타인과 사회에서 어떤 맥락일지 파악하는 능력이 현저하게 떨어져서 범죄를 저지르는 것이다. 그러니 '모든 내향적인 성격의 사람은 잠재적인 범죄자'라는 생각을 해서는 안 된다). 과거에는 이런 사람들의 가족력을 따지거나 성장 과정이 불운했을 것이라는 가설을 세우기도 했지만 꼭 들어맞는 이야기는 아니다. 범죄자 중에는 겉으로 보기에 단란하고 행복한 어린 시절을 보낸 이도 많기 때문이다.

범죄를 저지르는 사람들을 하나의 카테고리로 묶어 "이런 사람들이 범죄를 저지른다"고 생각하는 것 자체가 사실 비논리적이다. 과거 어느 시대와 사회를 들여다봐도 끔찍한 범죄에서 자유로웠던 때는 없기 때문이다. 물론 서로를 잘 이해하고 어떤 사람도 소외감이 들지 않게 배려하며 개인 혹은 집단 간의 경쟁이나 스트레스가 지나치지 않도록 편안하게 감싸주는 공동체에서는 돌발적이고 비인류적인 범죄가 발생할 가능성이 적은 것은 사실이다. 하지만 도시화가 진행되고 산업화가 가속화되면서 그만큼 범죄가 빈번해지고 잔혹해지는 것 또한 사실이다. 그러니 범죄자에 대해 "부모가 교육을 잘못한 탓"이라며 모든 잘못을 부모에게 전가하는 행위는 옳지 않다.

아이가 분노를 언어화할 수 있게 가르쳐라

왜 범죄를 저지르는지에 대한 과학적인 근거는 없지만, 부모가 어떻게 키워야 그런 범죄에 노출되거나 혹은 범죄자가 되지 않게 할 수 있는지에 대한 방법은 있다. 우선 자녀에게 복수심과 분노를 언어화하는 방법을 알려주어야 한다. 문제 상황이 생길 때마다 "너는 그런 걸로 왜 싸우니?" 하고 얼렁뚱땅 넘어가면 아이는 갈등을 해결하는 방법을 익히지 못한다. 갈등 상황이 심화하였을 때 상대방과 대면하여 상호 조정하는 방법 역시 익힐 수 없다. 특히 부모들이 자녀를 교육할 때 자주 범하는 실수가 있다. 갈등 상황에서 아이를 윽박지르고 부모가 나서서 해결하는 것이다. 이렇게 되면 해소되지 못한 자녀의 분노 에너지가 어느 시점에서 매우 잔인하고 엉뚱한 방법으로 폭발될 가능성이 높다.

부모의 이혼 혹은 사망, 전학, 투병생활, 집안의 경제적 변동, 입학과 졸업 시즌, 실연, 입대 직전, 취직시험의 번번한 실패 등 환경이 크게 변화할 때도 위험하므로 조심해야 한다. 급격한 환경 변화로 인해 부모 자신이 큰 스트레스를 받아 자녀를 돌볼 여유가 없을 때에 자녀는 자신의 억압과 좌절을 다른 곳에서 폭력으로 풀 수 있기 때문이다. 만약 아이에게 정신질환이 있다면 더욱 주의해야 한다. 주의력 집중장애, 피해의식, 조울증, 정신분열증 등의 심리적인 증상이 본인도 모르게 폭력적인 행동을 하도록 만들 수 있다.

범죄의 유형에 따라 대처도 달라야 한다. 특히 떼강도나 집단강간 등의 일원으로 참여하는 범죄자는 단독범과 성격 유형이 다르다. 이들은 소속집단에 대한 충성심이나 리더에 대한 복종, 다른 집단과의 힘겨루기에서 우위를 차지하는 것 등을 매우 중요하게 여긴다. 또한 어른들 눈에는 성실하고 여려 보이는 아이가 뜻밖에 이런 폭력 집단에서 리더가 되는 경우도 많아서 적잖이 당황스럽다. 겉으로 보이는 모습과 달리 속내는 짐작도 할 수 없을 만큼 잔인할 수도 있기 때문이다. 나 역시 임상에서 당황한 적이 여러 번 있다. 부모 대부분은 "어린 시절에는 별문제 없었는데 나쁜 친구를 사귀는 바람에 그렇게 되었다"고 말하지만, 이런 아이들에게 공통적인 특징이 몇 가지 있다. 우선 도덕적 잣대가 느슨하여 무엇이든 힘으로 제압하려 한다. 혼자서는 아무것도 하지 못하고 여러 명과 어울려 다닐 때만 자신의 정체성을 찾기 때문에 또래 그룹에 강한 집착을 보인다. 빨리 어른이 되고 싶다며 담배나 술, 성생활 등을 매우 일찍 시작하기도 한다. 자신의 힘을 과시하고 타인을 조종하는 모습을 남에게 보여주고 싶어 하는 심리의 일환이다.

반면 사기나 절도 등 거짓말과 관련된 범죄는 아이가 아주 어릴 때부터 그 싹을 알아차릴 수 있다. 자녀가 누군가에게 잘 보이고 싶어 거짓말을 하거나 눈속임을 한다면 부모는 단호하게 혼을 내는 한편, 자녀가 왜 그렇게까지 절박하게 누군가에게 잘 보이고 싶어 하는지 그 이유를 찾아야 한다. 예를 들면 부모에게 충분한 사랑을 받지 못한다고 느낄 때 자녀가 물건을 훔치거나 거짓말을 하는 경우가 많다. 부모는 최선을 다해 자신의 모든 아이를 사랑한다고 말하지만, 자세히 들여다보면 형제간 편애를 한다든가 부모 자신이 우울증이나 사람 사이의 갈등 및 경제 문제 때문에 자녀를 사랑할 힘이 없다든지 등의 이유가 분명히 있다. 또한 부모가 도덕이나 윤리 등의 예의범절과 양심을 지니지 못한 사람이라면 자녀에게도 그런 태도나 마음이 전이될 수 있을 것이다.

어느 부모도 내 아이가 범죄자가 되는 것을 바라거나 상상하지 않는다. 자신은 끔찍한 범죄의 소굴에 빠진 범죄자일지라도 자신의 아이는 번듯하고 떳떳하게 살기를 바라는 것이 부모의 마음이다. 그럼에도 자녀가 죄의 소굴에 들어가는 것을 막지 못하는 까닭 중 하나는, 부모의 잘못된 선택이 자녀에게 몇 십년이 지나 어떤 식으로 큰 영향을 미칠지에 대해 미리 예지하여 조심할 수 없기 때문이다. 그렇다면 자녀가 남의 고통에 무관심한 반사회성 인격장애나 분노의 노예가 된 폭력 가해자로 성장하는 것을 예방하려면 부모가 자녀교육에서 어떤 원칙을 세워야 할까?

부모는 흔들리지 않는 확고한 원칙을 세우도록 하라　우선 감정을 다치지 않고 주변을 따뜻하게 보고 느낄 수 있는 성장환경을 만들어 주어야 한다. 문제를 일으킨다고 무작정 체벌을 가하고 폭력적인 언어를 쓰면서 아이를 윽박지르며 얄밉다고 아이를 고립시키거나 방기하면 아이는 그때의 상처들을 그대로 마음에 품고 자라게 된다. 그러다 몸이 어느 정도 성장하면 아이는 자신이 가진 폭력적인 기억들을 그대로 복사해 완력의 형태로 밖으로 내뿜는다. 자신을 학대한 가해자뿐 아니라 자신보다 약한 이들, 심지어는 아무 상관없는 이들에게까지 자신의 분노를 그대로 돌려주는 것이다.

언뜻 '나는 아이를 때리지 않으니 괜찮은 부모'라고 생각하는 사람들이 있는데 안심할 일이 아니다. 심각한 우울증이나 불안 장애, 건강 염려증 등에 걸려 있거나 혹은 시댁과의 갈등이나 실직 등 다른 문제에 사로잡힌 나머지 아이의 감정을 그때그때 읽어주지 못하는 부모가 의외로 많다. 이런 부모 밑에서 자라는 아이가 분노를 제대로 푸는 법을 알지 못하면 반사회적 인격장애로 성장할 수 있다. 공부를 많이 시키지 못하고 물질적으로 좋은 환경을 갖춰 주지 못한 부모일지라도, 아이의 눈을 자세히 보고 아픈 마음과 몸을 제때 읽어주는 태도만은 꼭 갖추길 바란다. 물질을 많이 안겨 주는 것이 자녀를 위한 희생이 아니다. 자신의 감정이 아무리 힘들고 아프더라도 일단 자신보다 약하고 어린 아이의 감정부터 먼저 읽고 느끼는 것이 진정한 희생이라는 것을 잊지 말자.

두 번째는 자신이 갖고 있는 사회나 주변에 대한 분노를 자녀에게 그대로 전달하지 않는 것이다. 20여 년 전 미국에서 있었던 일이다. 이민 2세대인 19세의 앤드류 서는 어느 날 누나의 남자친구에게 놀라운 이야기를 듣는다. 누나의 남자친구가 자신들의 어머니를 죽였다는 것이다. 어린 시절 지독하게 가부장적이며 남아선호사상으로 누나를 학대하던 아버지가 암으로 죽고 어머니마저 누군가에게 살해당한 앤드류 서에게 누나는 유일하게 남은 삶의 끈이었다. 사실 어머니의 죽음은 누나와 남자친구가 앤드류 서에게만 남겨진 부모님의 유산을 노리고 함께 꾸민 일이었는데 둘의 사이가 나빠지자 누나의 남자친구가 홧김에 앤드류 서에게 사실대로 말해버린 것이었다. 이에 충격을 받은 앤드류 서는 어머니의 복수를 하자는 누나의 말에 누나의 남자친구를 죽이고 종신형을 선고받은 뒤 지금도 감옥에서 복역 중이다. 형제간의 지나친 차별과 아버지의 학대로 비뚤어진 누나의 조종이 그를 살인자로 만든 것이다.

세 번째는 확고한 원칙과 일관성 있는 훈육을 해야 한다. 거짓말과 폭력을 구렁이 담 넘듯 그대로 넘어가고, 아이의 나쁜 짓을 은근히 즐기는 부모도 현실에서는 존재한다. 도덕과 양심, 약자에 대한 공감 능력 등은 교육의 힘 없이는 절대로 습득하기 힘든 덕성들이다. 만약 아이가 멋대로 구는 데다 양심 불량에 죄의식까지 없다면, 이는 부모와 사회가 그들을 제대로 키우지 못한 탓이다. 상투적인 비유지만 아이는 흰 도화지 같은 존재이기 때문이다.

마지막으로 아이가 실수하거나 실패했을 때 부모가 격려하고 공감해 주며 위로하는 친구가 되어주면 아이는 절대로 탈선하지 않는다. 잘했을 때 칭찬은 물론, 잘못해서 모든 것을 엉망진창으로 만들었을 때도 진심으로 믿어주고 따뜻하게 손잡아 주는 친구 같은 부모가 되라는 뜻이다. 판단력을 제대로 지닌 반듯한 부모에게 모든 것을 털어 놓고 위로받을 수 있다면 어떤 자녀가 범죄의 유혹에 빠지겠는가. 사람은 자신의 진심과 잠재력을 믿어주는 이가 한명만 있어도 그 애정으로 살아갈 힘을 얻는다.

스테디셀러 중 하나인 『나의 라임오렌지 나무』의 주인공 제제는 아버지와 누이와 형, 동네 사람에게 날마다 맞는 불쌍한 아이였다.

아버지에게 얻어맞을 때 제제는 "차라리 죽이지 그래요"라고 절규했고, 자신은 '악마'라며 교회의 촛불을 몽땅 끄기도 했다. 그냥 두면 아마 제제는 반사회성 인격 장애로 성장했을 것이다. 그러나 제제의 상상력과 따뜻한 마음을 믿어준 이웃의 포르투가 아저씨를 만난 뒤 제제는 완전히 다른 사람으로 변하게 된다. 아저씨가 죽은 뒤에도 그 추억은 오래도록 남아서 제제가 성인이 되어 작가가 될 때까지 든든한 밑거름이 되었다.

문제는 현실이 소설이나 영화와 다르다는 점이다. 현실에서는 학교나 학원, 공원과 놀이터 등 그 어떤 곳에서도 좋은 사람보다는 나쁜 사람들을 만날 가능성이 높다. 별 문제 없는 부모 밑에서 곱게 자란 아이들도 언제든 폭력적인 어른이나 친구들을 만날 수 있고, 자신이 당한 폭력을 다른 사람에게 되갚아줄 수 있다는 뜻이다.

세상의 모든 부모가 현명하고 성숙할 수는 없다. 또 어떤 나라도 아이들에게 흠 없는 완벽한 환경을 제공하지는 못한다. 그러니 폭력의 피해자인 아이들, 또 돌봄을 받지 못하고 그대로 방치되는 아이들을 따뜻하게 돌보는 '현명한 부모상'을 '잘' 실천할 수 있는 착한 사마리아인들이 많아져야 한다. 또 범죄를 감시하고 도덕을 가르칠 수 있는 시스템과 법률도 필요하다.

많은 사람에게 해를 끼치는 끔찍한 범죄가 일어났을 때에는 사회 전체가 도대체 무엇이 잘못되었는지를 함께 고민해야 한다. 거짓말, 사기, 폭력, 강간 등 범죄가 많은 나라에서 그 어떤 재물과 권력으로 흥청망청 산다 한들 그 삶이 행복할 수 있겠는가? 내 아이가 안전하고 편안하게 자라 공평하고 정의로운 사회의 일원으로 인간답게 살며 그 기쁨을 누리기 위해서라도 부모와 사회의 적절한 돌봄을 받지 못해 부유하는 이웃들의 소외된 아이들을 먼저 살피고 돌봐야 한다는 뜻이다. 복지의 실천은 단순히 양심과 도덕의 차원에서 해야 하는 것이 아니다. 그 기저에는 내 자녀들을 위한 이기적인 소망과 맞닿아 있음을 부모는 알아야 한다. 그러므로 지금보다 더 확대되고 더 단단해져야 한다고 나는 생각한다.

부모와
이별하게 된 자녀

사별 후 남은 사람은 먼저 떠난 배우자에 대한 원망을 함부로 표현해서 아이의 상실감을 키우지 말아야 한다. 남은 한 부모도 자신을 두고 떠날까 봐 아이가 불안해할 수도 있으니 아이의 분리 불안을 조장하는 말 역시 삼가야 한다.

아이의 분리 불안을
잠재워라

"그날, 저는 그냥 뭔가 신이 났습니다. 먹을 것이 넘쳐 났고 평소 보지 못하던 친척들이 와서 저를 꼭 안아 주었습니다. 사촌들과 마당에서 놀고 있는데 아버지가 불렀습니다. 와서 사진에 절을 하라고요. 저는 좀 귀찮았습니다. 왜 절을 하라고 하는지 이해하지 못했지요. 엄마가 아프신지 꽤 되어서, 엄마와 지냈던 기억이 별로 없었기 때문에 엄마를 찾지도 않았다고 합니다." 성인이 된 후 어머니의 장례식을 기억하며 자신이 어머니의 죽음에 대해 지나치게 무심했다는 죄책감을 안고 있는 한 남성의 증언이다.

갑작스러운 사고나 질병에 의한 사망, 이혼 등으로 부모와 자녀가 이별하는 경우가 생각보다 많다. 사고나 질병으로 부모가 사망하는 경우, 아이에게는 메울 수 없는 커다란 마음의 상처가 생긴다. 또 부모가 자신의 감정에 충실하게 살겠다는 이유로, 혹은 어쩔 수 없는 이유로 한창 예민하고 손이 많이 가는 아이를 두고 부부가 갈라서는 경우도 있다. 이런 상황이 닥치면 남은 부모나 조부모 대부분은 적응기간 동안 애도 반응을 보이는데 죄의식과 원망 같은 부정적인 감정이 커지고 심하면 불안이나 우울, 자살사고 등에 시달리기도 한다. 부모 자신이 이런 상황이라면 자녀의 애도 반응을 살펴 반응해 줄 여유가 없을 것이다.

그렇게 되면 아이는 한 부모를 떠나보낸 슬픔과 함께 남아 있는 부모 역시 자신을 돌보지 않는 데서 오는 외로움과도 혼자서 싸워야 한다. 세상에 대한 원망, 부모에 대한 불만과 슬픔 등 어른도 감당하기 힘든 마음속의 갈등과 씨름하게 된다는 뜻이다.

어른이라면 자아가 만들어진 다음에 겪는 애도 반응이므로 상대적으로 그 상처가 겉으로 잘 드러나지만, 아이는 자아가 아직 완전하게 형성이 되지 않은 상태이므로 엉뚱한 방식으로 그 상처를 표현하기도 한다. 음식을 잘 먹지 않으려 한다든가, 말이 없어진다든가, 퇴행 행동으로 밤에 오줌을 싼다든가, 작은 일에도 화를 잘 낸다든가, 다친 곳이 없음에도 여기저기 통증을 호소한다든가 하는 식으로 우울한 감정을 표현하는 것이다. 관심을 기울여서 지켜보지 않으면 아이의 우울한 감정을 보지 못하고 놓치기 쉽다.

자신의 아픔이 크더라도 부모라면 남아 있는 아이를 위해 일정 기간 정신을 똑바로 차리고 아이의 정신 건강부터 챙기기 위해 노력해야 할 것이다. 아이가 외롭지 않게 다른 친척들과 어울려 다니기도 하고, 떠난 배우자에 대한 원망을 함부로 표현해서 상실감을 키우는 일도 하지 말아야 한다. 남은 한 부모도 떠날까 봐 불안해하는 아이가 많기 때문에 "네가 말을 듣지 않는다면 나도 널 버리고 어디론가 사라지겠다" 하는 식으로 아이의 분리 불안을 조장하는 말역시 삼가야 한다.

아직 자녀가 죽음이나 이혼에 대한 추상적인 인식이 힘든 나이라면 각자 가지고 있는 종교적 믿음을 바탕으로 아이의 수준에 맞추어 죽음을 설명하되, 저세상을 지나치게 낭만적으로 이상화하거나혹은 무서운 곳으로 말하는 오류는 피해야 한다. 먼저 세상을 떠난부모를 만나고 싶다고 아이가 말하면 "인내심을 갖고 열심히 노력하면 우리가 모르는 방식으로 다시 만날 수 있다"고 말해주는 것도좋다. 이때 부모 자신도 먼저 간 배우자를 정말 만나고 싶으니 우리함께 열심히 살아 보자고 격려하는 것도 좋은 방법 중 하나이다.

이혼 후 양육권이 없는 부모를 아이가 정기적으로 만나지 않아아예 관계가 단절되어 마치 부모를 잃은 것과 같은 상황에 부딪힌경우도 있다. 또 배우자가 죽은 후 배우자의 친척들과의 관계까지끊어져 자녀가 상실감을 느낄 수도 있다. 이때는 아무리 전 배우자나 그 가족들이 미워도 아이 앞에서 지나치게 비난하거나 빈정대는식으로 말해서는 안 된다. 부모는 아이가 가진 정체성의 한 부분이므로, 한쪽 부모가 다른 부모 또는 상대방의 가족을 비방하게 되면아이는 자기 자신에 대해서도 부정적으로 생각하고 혼란을 겪을 수도 있다. 부모는 가능한 중립적이고 객관적인 입장에서 떠난 배우자에 관해 아이에게 이야기하는 태도가 필요하다.

에필로그

행복하고 건강한 가족이 많아지기를

**비정상적인 교육
열풍에 맞서려면**   현대의 가정과 학교에서는 여성과 남성이
동등하다고 가르치지만, 실제 우리나라에서 여성과 남성의 위치는
아직 같지 않다. 또한 아이를 낳아 키우는 여성과 그렇지 않은 여성,
자녀를 양육할 때 도움을 받을 수 있는 여성과 그렇지 않은 여성의
삶 역시 확실히 다르다. 하지만 돈이 많고 적고를 떠나, 우리나라에
서 아이를 키우는 것은 즐거움보다 괴로움이 더 많다고 대부분의
부모가 입을 모은다. 한동안 붐이었던(그리고 여전히 붐인) 이민이나 조
기교육 열풍도 그런 부모의 마음과 관련이 있을 것이다.

아이를 직접 양육하는 대다수 부모가 교육제도를 만들고 정책을
수립하는 일들을 하지는 않지만, 그렇다고 해서 이런 비정상적인

교육 열풍에 부모들의 책임이 없다고는 할 수 없다. 이런 비정상적인 환경을 개선할 힘이 우리나라 부모들에게는 전혀 없는 것일까? 왜 우리나라의 부모들은 한명 한명 개개인으로 보면 똑똑하고 재능도 많은데, 어째서 그런 귀한 능력을 자기 아이 명문대에 보내는 데에만 쓰는 것일까? 내담자와 만나거나 내 아이를 키우면서 든 이런 의문은 계속 나를 따라다녔다.

아이가 먼저 교육을 요구하도록 내버려두자

실제로 나는 내 아이들이 어렸을 때 남들 다 한다는 조기 교육을 억지로 시켜본 적이 없다. 아이들이 스스로 무언가 배우기를 원할 때에는 부모의 능력 안에서 할 수 있는 만큼 들어주긴 했지만, 중산층 이상이라면 다 한다는 음악이나 미술, 영재교육 등은 억지로 데리고 다니면서 시킨 적이 없다. 일하는 어머니라서 여건도 되지 않았지만, 솔직히 퇴근 후 귀가 하면 난장판이 된 집을 치우고 아이들을 돌보느라 지친 시어머니의 짜증을 받아주며 저녁상을 차린 후 설거지하기도 바빴기 때문이다.

그래서인지 아이들은 사춘기에 들어서면서부터 오히려 스스로 무언가를 배우고 싶다고 요구하기 시작했다. 초등학교 6학년쯤 되자 내신이 나오지 않는다며 미술학원을 보내달라고 했고, 난데없이 "기타를 배우겠다" "성악을 배우겠다"고 통보하기도 했다. "어려서 남들만큼 배우지 못한 한을 지금이라도 풀겠다"고 이야기하는 아이들의 요구를 무조건 안 된다고 할 수 없어 아이들이 원하는 것은 가능한 한 들어주려고 한 적도 있다.

다른 학부모들을 만날 시간 역시 없었던 나는 입시 정보에도 어두웠다. 이런 어머니를 둔 덕분인지 아이들은 스스로 정보력을 발휘해 "어느 학원이 잘 가르치니 그곳에 가서 꼭 배워야겠다"고 구체적으로 요구하기도 했다. 아이는 내 신용카드를 들고 가서 혼자 등록한 후 알아서 학원에 다녔다. 자신의 자녀에게 다양한 사교육이라는 진수성찬을 차려 떠먹여 주는 부모와는 정반대로, 우리 집에서는 아이가 스스로 무언가 배우기를 먼저 요구했고 그걸 부모가 수동적으로 따라가는 식이었다.

그렇다고 우리 아이들이 또래보다 월등하게 능력이 출중한 영재라고는 생각하지 않는다. 다만 입시 교육 정보에 어두운 어머니 밑에서 자라다 보니 자기 나름대로 공부하는 법을 터득한 것뿐이다. 아이들이 어른이 될 때까지 나의 이런 수동적인 태도는 다른 사람들에게 "일하는 어머니가 무지해서 아이들을 그냥 내놓고 키웠다"는 조롱을 들을 여지가 많았고, 실제로 "너는 세상 물정을 참 모른다"는 이야기도 많이 들었다.

하지만 나는 나만의 방식으로 아이들에게 관심을 기울였다. 아이들의 시험 기간에는 나 역시 두세 시간밖에 자지 못했다. 독서실에서 늦게 돌아온 후에도 (나중에 들은 이야기지만, 친구와 농구를 하거나 놀 때도 잦았다고 한다) 여전히 공부할 것이 많으니 새벽에 깨워달라는 아이의 요구를 거절할 수 없었기 때문이다.

또 아이들은 고등학교에 들어가기 전까지 평소 숙제를 하거나 시험 기간 때에 불쑥 내게 교과서를 들고 와 질문을 하거나 중요한 내용을 표시해달라고도 했다. 꼭 책을 갖고 오지는 않아도 아이는 밥을 먹다 혹은 TV를 보다 말고 학교에서 배운 것이 문득 생각나면 엉뚱하지만 제법 날카로운 질문을 내게 던졌다. 아이의 질문에 성실하게 대답하기 위해, 또 아이가 더욱 깊이 생각할 수 있도록 돕기 위해 나는 아이의 수업 진도에 맞추어 아이들 몰래(아이에게 '나를 공부시키기 위해 엄마가 책을 읽는구나'라는 오해를 받기 싫었다) 책을 읽었다. 아이가 그림책을 읽을 때에는 연극을 하듯 재미있게 읽어주었고, 아이가 한글을 익힌 후 혼자 책을 읽기 시작할 때에는 나 역시 아이의 연령대에 맞는 책을 함께 보았다. 그러다 보니 자연스럽게 책 속에 나온 주인공 혹은 책의 주제에 관해 아이와 토론할 수 있었다. 교과서 역시 마찬가지였다. 교과서에 나오는 내용 중에는 어른인 우리의 흥미와 호기심을 유발하는 것이 의외로 많다. '시험 때문에 억지로 공부한다는 선입견이 공부를 재미없게 만드는 것은 아닐까?' 하는 생각을 했을 정도로 아이들의 교과서를 읽을 때에는 내가 더 재미있게 교과서를 읽었다.

시끄러운 음악을 듣거나 친구와 문자 메시지를 주고받으며 공부하는 아이들이 마음에 들지 않을 때도 있었지만, 그런 공부 방식도 아이가 선택한 것이니 내버려 두었다. 정리정돈 문제도 마찬가지였다. 내가 잔소리하며 치워줄 때도 있었고 직접 치우게 할 때도 있었다. 하지만 아이들이 크면서 나는 차츰 정리정돈에 손을 떼었다. 두 남자아이의 가방 속, 책상 위, 책꽂이, 옷장 등은 어머니의 눈으로 보면 모든 것이 엉망진창이었지만(실은 지금도 마음에 들지 않는다), 바깥에서 일하는 어머니를 만나 어린 시절부터 엄격하게 정리정돈 훈련을 배우지 못한 탓도 크다고 생각했다. 다른 아이들보다 물건을 조직화하는 방법이 느린 것쯤은 어느 정도 감수해야 한다고 생각했다. 대가족 살림이라 "우리 집은 여관이고, 우리 집에서 내 물건이 어디 있느냐"는 자조 섞인 말을 아이들에게 들었던 터라, 좀 더 깔끔한 환경을 제공해주지 못한 부모 책임이 더 컸기 때문이다.

물론 친척들 사이에서 치이지 않고 우리 식구끼리 오붓하고 깔끔하게 살았다면, 우리 아이들이 훨씬 더 우수한 성적으로 학교를 졸업했을지도 모른다. 그러나 나는 여기까지가 '나와 내 아이의 능력이자 한계'라고 생각한다. 모델하우스처럼 꾸며 놓고 살지는 못했지만 집안에 사람이 들끓어 좋은 점도 많았기 때문이다. 실제로 종갓집 아이로 증조할머니, 할머니, 할아버지, 고모, 작은아버지, 작은어머니, 사촌 등과 부대끼며 자라서 그런지, 아이들은 폐쇄적인 성벽의 어머니 밑에서 자랐다는 것이 믿기지 않을 만큼 학교 생활과 사회생활에 적응을 잘하고 어떤 환경에서도 편안해한다.

사회가 나서서
부모를 도와야 한다

나 자신도 맞벌이를 하는 부모이자 직업인으로서 내 아이들을 키우며 겪은 이런저런 이야기가 녹아 들어갈 수밖에 없는, '내 자녀교육에 대한 내용이 만천하에 공개되는 책을 내는 것이 과연 괜찮을까?' 하는 의심을 실은 오랫동안 가지고 있었다. 또한 어려운 환경에서도 사회에서 자기 몫을 잘 해내는 훌륭한 자녀를 키운 어머니가 장한 어머니라고 칭송받지 못하고, 반대로 사교육을 많이 시키고 정보 수집에 능한 부모 덕에 명문대에 진학한 아이를 둔 부잣집의 고학력 어머니가 훌륭한 어머니가 되어 신문에 대문짝만하게 나는 이상한 사회 속에서 '나의 책이 또 다른 왜곡된 교육관을 갖도록 하지는 않을까' 하는 우려도 했다.

그러나 이런저런 망설임에도 자녀교육에 대한 그동안의 임상 및 자녀를 키운 나와 내 주변 어머니들의 경험을 모아 용감하게 이 책을 쓰게 된 이유는, '내 아이 못지않게 남의 아이도 훌륭하게 잘 커주었으면' 하는 바람 때문이다. 또한 나를 직접 찾는 소수의 내담자뿐 아니라 내 책을 읽는 다른 독자들도 함께 나서서 '자녀교육에 대한 지식과 경험을 나눌 수 있다면 지금처럼 잘못된 교육환경을 조금이라도 개선할 수 있지 않을까' 하는 희망을 갖고 있다.

만약 지금처럼 젊은 부모들이 아이 키우는 것을 힘들어해서 아예 자녀 갖기를 거부한다면, 언젠가 한국인의 유전자는 이 지구에서 사라지게 될 것이다. 무서운 이야기지만, 지구상에서 소멸된 민족은 우리의 생각보다 많다. 거기에 한국인이 끼지 않으리라고 누가 보장하겠는가?

아이는 낳지 않은 채 나이 먹는 사람만 점점 늘어나는 초고령 사회가 된다면 어떻게 될까? 또 설령 많이 고민하여 하나 정도 낳는다 해도 아이를 오로지 자기만 알고 공부만 하는 괴물로 키운다면 우리 사회가 어떻게 되겠는가? 생각만 해도 끔찍할 것이다. 우리나라보다 고령화가 먼저 진행되고 있는 옆 나라 일본의 경우를 살펴보자. 엄청난 외화보유고와 기술력을 가지고 있지만 한번 꺼진 일본 경제는 좀처럼 살아날 기미가 보이지 않는다. 일본은 경제력이 있는 노인들이 돈을 쓰지 않는 데다 젊은이들보다 생산성이 떨어지는 탓에 산업 경쟁력이 점차 떨어지고 있다. 전후 세대가 가졌던 애국심이나 근로의욕은 오간데 없이 자기만 알고 혼자만의 세계를 즐기려는 성향을 가진 젊은이가 점점 증가한 탓도 있다. 불과 몇십 년 후, 우리의 모습이 지금의 일본과 다르지 않다고 누가 장담하겠는가.

한국인의 출생률 저하를 누군가는 '사회적 집단 자살'이라 표현했는데, 나 역시 어느 정도는 그런 시각에 동의하고 있다. 내가 몸담은 사회 구성원의 숫자가 서서히 줄어들고 사회 전체의 의욕이 집단적으로 떨어진 곳에 산다면, 나와 내 자녀는 물론 내 손주의 삶도 결국 엉망이 될 것이라는 위기감도 크다. 그런 의미에서 우리나라의 모든 부모가 행복하고 편안하게 자녀를 낳아 올바르게 키울 수 있도록 격려하고 도와주려는 의도를 담은 이 책을 내놓아도, 적어도 으스대거나 잘난 척한다는 오해는 받지 않을 것 같다.

이제 부모 자신의 미래도 걱정해야 한다

이미 시중에는 수천 권 이상의 부모공부 및 자녀교육 관련 서적이 나와 있기 때문에, 이 책에서는 현실적이면서도 기본적인 것에 대해 다시 짚어보려고 했다. "아이가 명문대에 들어가기 위해서는 할아버지의 재력, 아버지의 무관심, 어머니의 정보력이라는 삼박자가 맞아야 한다"는 말을 "말도 되지 않는 이야기!"라고 반박할 수 있었으면 좋겠다.

물론 앞서 말한 삼박자가 잘 맞아 명문대에 들어간 아이도 적지 않을 것이다. 그러나 그런 아이가 사회생활에 잘 적응하지 못하고 어려움을 겪는 것을 나는 임상에서 자주 지켜보고 있다. 30년 가까운 임상 경험에 의하면, 명문대를 나온 부잣집 자녀보다 학력은 좋지 않아도 일찌감치 사회에 나와 열심히 일하며 자립에 성공한 사람들의 삶이 훨씬 더 알찼다. 이른바 집안 좋은 고학력자 중에는 직장을 얻고 집을 사는 등 경제적인 부분뿐만 아니라 자기 아이, 즉 손주의 교육까지 부모에게 의지하는 사람도 많았다. 앞서 언급한 '할아버지의 재력'이 그 증거이다.

문제는 손주의 유학까지 챙겨줄 만한 능력 있는 조부모가 점점 줄고 있다는 것이다. 나는 그들에게 손자 손녀까지 챙겨주는 부모가 되고 싶은지도 묻고 싶다. 우리나라에서 70대 이후 노인의 삶은 특히 양극화가 심해 국가에서 나오는 보조금으로 근근이 생활하는 독거노인도 많지만 부동산과 증권, 채권 등으로 어마어마한 재산을 모은 부자도 많다. 부자 노인의 중년 자녀는 아직은 부모에 대한 책임과 죄책감을 안고 있기 때문에 늙은 부모와 갈등을 일으키면서도 끈끈한 유대 관계를 이어오고 있다. 부자 노인이 중년이 된 자녀를 돌봐주어도 지금은 그리 큰 손해를 느끼지 않는 상황이다.

그러나 철저하게 개인주의자인 현재의 20~30대 자녀가 과거 그들의 부모처럼 효자 효녀 노릇을 할까? 나는 그렇지 않을 것이라고 생각한다. 1980년대 이후 출생한 자녀는 부모에 대한 의무감을 거의 갖고 있지 않다 해도 틀린 말이 아니다. 설령 자녀가 엄청난 효자라도 자녀의 중년 이후까지 책임질 수 있는 능력 있고 운 좋은 베이비붐 세대가 과연 몇이나 되겠는가? 이런 사회적 흐름의 변화는 보지 않고 과거처럼 모든 것을 부모에게 의지하는 이른바 캥거루 자녀를 계속 키워 낸다면 베이비붐 세대의 노년이 어떻게 될지 앞날이 뻔히 보여 가슴이 답답해진다.

우리 사회의 불행을
막기 위해서는

자산관리사나 정신건강의학과 전문의 혹은 심리상담사들은 자녀에게 지나치게 교육비를 많이 쓰는 젊은 부모를 만날 때마다 입을 모아 이렇게 말한다. "당신의 편안한 노후를 위해 아이에게 투자하는 돈을 아끼세요." 그럴 때면 어머니(아버지는 어머니보다 훨씬 더 이성적이다)가 예외 없이 하는 말이 있다. "자녀 덕을 보기 위해서가 아니라, 나중에 아이에게 원망 들으며 돈 뜯길까 봐 지금 열심히 사교육을 시키는 거예요." 지금처럼 사교육에 전부를 건다면 과연 나중에 뜯길 돈이나 남아 있을까? 또 남들 다 하는 사교육을 아이에게 시키지 않았다고 해서 과연 자녀가 그 때문에 삐뚤어져 어른이 된 후 늙어버린 부모를 학대할까? 오히려 사교육에 찌든 아이에게 물어보면, 나중에 부모에게 갚을 마음이 전혀 없는데 왜 내가 원하지도 않는 교육을 시키느라 저렇게 돈을 낭비하는지 모르겠다고 말한다. 부모의 노후를 책임질 마음이 없으니 자신에게 투자하지 말라고 대놓고 요구하는 당찬 초등학생도 임상에서 여러 번 만났다.

부모의 재산을 몽땅 말아먹으며 부모를 끝까지 괴롭히는 사람은 부모에게 찔끔찔끔 용돈을 타 쓰는 자녀가 아니다. 좋은 머리에 많이 배우기까지 해서 부모를 교묘하게 설득해 엉뚱한 곳에 돈을 투자하게 한 다음 수십 년간 번 돈을 하루아침에 날리게 만드는 자녀이다. 치매에 걸렸든 중풍에 걸렸든 늙은 부모를 끝까지 지키며 성심성의껏 돌보는 자녀 중에는 만성 정신분열증이나 지적장애로 사회에 적응하지 못하는 사람이 더 많다.

물론 반대로 노숙자나 걸인, 만성정신질환자 시설에 있는 성인을 면담해 보면 어린 시절 제대로 된 교육을 받지 못하고 부모에게 학대당하거나 방치되었던 경우도 많다. 소위 잘 나가는 사람은 아프고 가난한 사람을 볼 때마다 "왜 저리 무능하지? 저러니까 저렇게밖에 못 살지" 하며 자신과 비교해 그들을 무시하기도 하지만, 실제로 철저하게 소외당한 계층에서 태어나면 사회의 밑바닥에서 다시 올라갈 수 있는 길이 점점 좁아지는 것이 지금의 현실이다.

　사람들이 자신이 가진 것을 자신의 자녀뿐 아니라 다른 아이에게도 나누어 주어 아이라면 모두 평등한 기회를 가질 수 있는 사회를 나는 꿈꾼다. '내 가족'만 생각하는 가족이기주의가 아니라, 공동체를 더 생각하도록 가르치는 자녀교육을 모든 부모가 해 주었으면 한다. 도덕적인 이유가 아니다. 그래야 우리가 늙어서도 대우받고 인간답게 살 수 있기 때문이다. 그것이 궁극적으로는 사회를 행복하게 만들고 내 자녀를 위하는 길이라고 생각한다.

　다시 사람들에게 묻고 싶다. 한쪽에서는 과하게 누리고 살면서 인간미를 잃어 가고 또 한쪽에서는 꼭 필요한 것마저 박탈당해 인간적인 삶을 누리지 못하고 사는 양극화된 교육환경 속에서, 우리 사회의 불행한 미래를 예방하고 현재의 상처를 치유하기 위해 우리는 과연 어떤 노력을 해야 할까? 이런 우둔한 질문의 답이 되고 교육환경을 개선할 수 있는 보다 총괄적이고 구조적인 처방을 내리지는 못하지만, 적어도 이 책을 읽은 독자가 그런 방향으로 시선을 돌려야겠다는 생각이 든다면 더 바랄 것이 없겠다.

슈퍼맨을 꿈꾸는 부모에게 들려주는 정신과 전문의 이나미의 교육처방전

행복한 부모가 세상을 바꾼다

1판 1쇄 발행 2014년 8월 4일
1판 3쇄 발행 2023년 2월 10일

지은이 이나미
펴낸이 이영희
펴낸곳 도서출판 이랑
주소 경기도 파주시 교하로 1007-29
전화 02-326-5535
팩스 02-326-5536
이메일 yirang55@naver.com
페이스북 www.facebook.com/yirang5535
등록 2009년 8월 4일 제313-2010-354호

ISBN 978-89-98746-06-3 03810

「이 도서의 국립중앙도서관 출판시도서목록(CIP)은 서지정보유통지원시스템 홈페이지(http://seoji.nl.go.kr)와
국가자료공동목록시스템(http://www.nl.go.kr/kolisnet)에서 이용하실 수 있습니다.
(CIP제어번호: CIP2014021583)」